Nachtblüte. Die Erbin der Jahreszeiten

© Marcus Lieske

Jennifer Wolf lebt mit ihrem Mann und ihrer Tochter in einem kleinen Dorf zwischen Bonn und Köln. Aufgewachsen ist sie bei ihren Großeltern und es war auch ihre Großmutter, die die Liebe zu Büchern in ihr weckte. Aus Platzmangel wurden nämlich alle Bücher in ihrem Kinderzimmer aufbewahrt und so war es unvermeidbar, dass sie irgendwann mal in eins hineinschaute. Als Jugendliche ärgerte sie sich immer häufiger über den Inhalt einiger Bücher, was mit der Zeit zu dem Entschluss führte, einfach eigene Geschichten zu schreiben.

Jennifer Wolf

Nachtblüte

Die Erbin der Jahreszeiten

im.press
CARLSEN

Von Jennifer Wolf außerdem bei Carlsen erschienen:
Morgentau. Die Auserwählte der Jahreszeiten (1. Buch)
Abendsonne. Die Wiedererwählte der Jahreszeiten (2. Buch)

Von Jennifer Wolf außerdem als E-Book bei Im.press erschienen:
Tagwind. Der Bewahrer der Jahreszeiten (4. Buch)
Götterkind. Die Tochter der Jahreszeiten
Feuerherz
Die Sanguis-Trilogie, Band 1: In sanguine veritas – Die Wahrheit liegt im Blut
Die Sanguis-Trilogie, Band 2: Vivere militare est – Leben heißt zu kämpfen
Die Sanguis-Trilogie, Band 3: Omnia vincit amor – Liebe besiegt alles
Fortes fortuna adiuvat – Den Mutigen hilft das Glück
Häkelenten tanzen nicht. Ein Chat-Roman
Just Friends
Summer Boys <3
Let's Play. Verspieltes Herz

MIX
Papier aus verantwortungsvollen Quellen
FSC® C083411
www.fsc.org

Ein *Im.press*-Titel im Carlsen Verlag
März 2017

Umschlagbild: shutterstock.com © Subbotina Anna
Umschlaggestaltung: formlabor
Corporate Design Taschenbuch: bell étage
Gesetzt von Dörlemann Satz, Lemförde
ISBN 978-3-551-31617-2

www.impress-books.de

Für Anna Elhaus

Eines Tages besiegen wir die Angst

PROLOG – HEMERA UND AVIV

Hemera

Ich betrachte die Energiestränge, die in meinem Heim zusammenlaufen. Aiter steht hinter mir und beobachtet mich bei meiner Arbeit. Er ist der Gott aller Götter. Mein Ehemann. Doch er sieht mich an, als sei ich seiner Aufmerksamkeit nicht würdig. Ich knurre leise und richte meinen Blick wieder auf das Energiegeflecht.

»Gaia«, zische ich. Wieder ein Fehler meiner Tochter, den ich richten muss, damit er nicht in das große Ganze übergeht.

Ich sehe zu Aiter. Er liebt Gaia. Mehr als mich. Mehr als irgendetwas anderes.

Er sieht den Fehler und … *lächelt!* Wut kocht siedend heiß in mir hoch. Wenn ich einen Fehler mache, schreit er mich an, aber seine geliebte Gaia darf das? Ich atme tief durch, versuche mir nichts anmerken zu lassen und entwirre den Fehler, so gut es geht, bevor ich den Energiestrang ins Herz des Ethers weiterfließen lasse. Dank Gaia und ihren Söhnen ist das Gesamtwerk, mein Werk, nicht mehr fehlerlos. Ich hasse sie. Sie und ihre eigene Welt, die sie sich erschaffen hat.

»Reg dich nicht so auf«, sagt Aiter, der mich durchschaut hat.

»Schau dir doch an, was sie aus dem Ether gemacht hat!«, protestiere ich.

»Manchmal liegt Perfektion in Unebenheiten und kleinen Fehlern.« Aiter betrachtet mein Werk mit einem Stirnrunzeln. »Gaia weiß das und deshalb war es ihr auch möglich, Großes zu schaffen.«

»Du meinst diese dumme Erde?«

»Ja.«

»Sie sollte uns darüber herrschen lassen, aber sie hat es geschafft, diesen Ort so zu kreieren, dass wir darauf keinen Einfluss haben.« Schnell bemerke ich meinen Fehler. »Ich meine natürlich, dass sie *dich* darüber regieren lassen sollte. *Du* bist der Schöpfer.«

»Nein. Die Erde und diese Wesen, die sie darauf geschaffen hat, sind ihr Werk. So wie meines der Ether ist.«

»Der dank ihr neuerdings Fehler und Macken aufweist.«

»Ist das nicht so mit Kindern? Sie verändern alles.« Aiter wirkt nachdenklich. Mit einem Lächeln auf den Lippen macht er Anstalten zu gehen.

»Darf ich unsere Tochter besuchen?«, frage ich ganz unschuldig. Aiter überlegt einen Moment.

»Wieso nicht? Vielleicht könnt ihr ja euren alten Groll aus der Welt schaffen.«

Ich wünschte, ich hätte dieses Kind nicht bekommen. Seit sie existiert, habe ich Aiters Liebe verloren. Vielleicht vermag ich nicht auf ihre Erde zu gehen, aber ich habe einen Plan. Ich werde Gaia und ihre lächerliche Welt zerstören und mir meinen Mann zurückholen. Ihre ach so zauberhaften Söhne sind der Schlüssel.

Aviv

Anfangs war es nur Wut.

Und Enttäuschung.

Heiß und glühend.

Dann starb Jesien.

Trauer, von der Art, die einem den Atem raubt.

Zähflüssig mischte sie sich zur Wut.

Es entstand tiefe Dunkelheit ...

... in der ich zu ertrinken drohe.

Sie zieht mich tiefer ... und tiefer.

Hier unten ist kein Licht.

Kein Halt.

Gar nichts.

Ein paar Kirschblütenblätter fallen auf die Marmorstufen der Treppe, als ich mein Reich verlasse und das meiner Mutter betrete. Eigenartig wieder hier zu sein. Vielleicht hätte ich nicht so lange warten sollen.

Ich betrachte die Blüten zwischen meinen nackten Füßen. Auf dem kalten Stein sehen sie genauso verloren aus, wie ich mich fühle. Wie lange ist es her, dass ich zum letzten Mal hier gewesen bin? Es müssen bald fünfhundert Jahre sein, seit ...

Meine Hände ballen sich zu Fäusten und ich atme tief durch.

... seit Mutter die Wahlen abgeschafft und mich gezwungen hat mich zwischen meinem besten Freund, dem Tiergeist Nutty, und der Liebe zu entscheiden. Liebe oder Freundschaft. Eine Gefährtin darf ich nur haben, wenn sie, außer an wenigen Tagen im Monat, in Gestalt eines Tiergeists bleibt.

Ich sehe mich in der Empfangshalle um. Alles in Mutters Welt besteht aus Energie. Bunte Wellen in allen Farben. Schon die kleinste Störung dieser Energie kann alles aus dem Gleichgewicht bringen. Genau wie in der Natur. Ein kleiner Fehler von mir, und die Menschen haben nichts, was sie im Herbst ernten können. Alles muss seine Ordnung haben. Aus diesem Grund darf jeder von uns Jahreszeiten nur einen Tiergeist haben. Das Aufleben der Liebe bedeutet also den Tod der Freundschaft.

Das kann ich nicht.

Niemals werde ich Nutty der Liebe wegen opfern.

Ich lasse mich auf die Stufen fallen und stütze meinen Kopf in die Hände. Bin ich wirklich schon wieder bereit den anderen unter die Augen zu treten? Sol hatte Mutters Entscheidung, die Wahlen ausfallen zu lassen, so glücklich gemacht. Ich will ihm das nicht nehmen. Wenn Mutter sieht, dass es mich so sehr mitnimmt, mich so wütend und traurig macht, dann … Nein, das kann ich Sol nicht antun. Ich atme erneut tief durch. Stark sein, erinnere ich mich. Lass dir nicht anmerken, dass man dir die Hoffnung genommen hat.

Ich bin schon öfter längere Zeit alleine gewesen.

Noch nie so lange, erinnert mich eine kleine traurige Stimme in meinem Kopf, die ich in letzter Zeit ständig höre. *Und es gab immer die Hoffnung auf die nächste Wahl. Doch jetzt ist alles …*

»Hoffnungslos«, murmele ich und reibe mir über das Gesicht, um mich dann auf meine Unterarme zu stützen. Ich bin noch nicht bereit mich mit meiner Familie an den Tisch zu setzen. Das Glück in ihren Augen zu sehen. Und Jesiens Züge in Espens Gesicht.

Jesien.

Die traurige Stimme in mir schreit laut auf, beklagt den verlorenen Bruder und treibt mir Tränen in die Augen. Nein, ich kann nicht. Ich muss zurück. Doch bevor ich mich auch nur regen kann, spüre ich, wie plötzlich Kälte meinen Rücken überzieht und mich innehalten lässt. Zu den Kirschblüten gesellen sich Schneeflocken, die sofort zu kleinen Pfützen schmelzen.

Nein, nicht er.

Nicht ausgerechnet Nevis.

Der lebende Beweis für mein Versagen als Bruder.

Ich kann spüren, wie erstaunt er über meinen Anblick ist, auch wenn ich ihn nicht sehe. Er verharrt auf der Stufe. Die Kälte verschwindet, als sich das Portal zu seiner Welt schließt. *Komm schon, lach mich aus. Sag mir, dass es genau das ist, was du so lange ertragen hast: Einsamkeit. Halt mir vor, dass ich, als ältester Bruder, dich, unseren Jüngsten, im Stich gelassen habe. Verdammt, ich hätte für dich da sein müssen.*

Nevis' Leid war zum Greifen nah und ich ... ich war nur daran interessiert, meine eigene Einsamkeit mit der Buhlerei um eine Frau zu bekämpfen. Ich war nie für ihn da. Ohne etwas zu sagen, setzt Nevis sich neben mich. Seine Kleidung ist noch so mit Kälte aufgeladen, dass sie bis zu mir abstrahlt. Aus dem Augenwinkel sehe ich seine blassen Hände und den hellblauen Pullover, den er für Mutter trägt. Sie liebt es, wenn wir die Farben unserer Jahreszeit tragen. Ich wende meinen Kopf von ihm ab und starre eine Wand an, auf der Mutters Energie in bunten Wellen wabert. *Jetzt sag schon etwas,* denke ich.

Doch er schweigt.

Dann legt er plötzlich eine Hand auf meine und ... drückt sie.

Ich erwidere es, ohne ein Wort zu verlieren. Zu sprechen würde mir ohnehin nicht gelingen. Ich bin vollauf damit beschäftigt, nicht allzu zittrig und verräterisch zu atmen. Nevis soll nicht sehen, wie es mir geht. Neben ihm habe ich kein Recht auf Trauer. Oder Wut. Er hat so viel mehr ... so viel länger ... durchgemacht.

»Es ist schön, dich zu sehen, Aviv«, sagt er schließlich und beim Klang seiner Stimme presse ich meine Lider fest zu, um das aufbrausende Gefühl in mir zu halten. Es droht über meine Augen nach draußen zu brechen.

»Tu das nicht, Nevis«, presse ich krächzend hervor. Er soll mich nicht trösten. Ich habe es nie ... niemals ... für ihn getan. Und er ist mein kleiner Bruder.

Seine Hand ruht nach wie vor in meiner. Vorsichtig wage ich es, sie anzusehen. Dabei fängt Nevis meinen Blick von der Seite ein und ich schaue zu ihm auf. Eisblaue Augen mustern mich.

»Bleib nie wieder so lange allein«, sagt er. »In Ordnung?«

»Ich ... ich kann ...« Mehr fällt mir nicht ein. Ich muss seinem Blick wieder ausweichen. »Es tut mir so leid, Nevis.«

»Was denn?« Seine Stimme klingt aufrichtig. Er hat keine Ahnung. Ich bin dankbar, dass seine Seele nach dieser harten Zeit so freundlich und rein ist ... und dass sein gebeuteltes Herz wieder zum Leben erwacht ist.

»Dass ich nie für dich da gewesen ...« Das fehlende Wort schaffe ich nicht mehr und muss schlucken. »... bin«, beende ich schließlich meinen Satz.

»Ich hatte große Angst um dich«, sagt er und jetzt ist es seine Stimme, die brüchig klingt. »Als Jesien dann ...«

»Nicht«, falle ich ihm ins Wort, lasse dabei seine Hand los und starre ihn an. »Sprich nicht von ihm.«

Nevis nickt, aber ich kann sehen, dass seine Eisaugen flüssig werden. Jesien war ihm am nächsten. Er war der Einzige von uns, der für ihn da gewesen ist. Meine Fäuste ballen sich vor Wut und Selbsthass.

»Er war der Beste von uns allen«, sage ich und reibe mir mit dem Ärmel über die Augen. Nevis nickt stumm und weicht nun meinem Blick aus. Ich höre ihn leise und zittrig seufzen.

»Sol ist auf der Erde, oder?«, wechsele ich das Thema. Gestern begann der Herbst und ich habe seine Abwesenheit gespürt. Nevis nickt und sieht dann wieder zu mir. Tränen stehen in seinen Augen. Das erste Mal in meinem Leben handele ich wie ein großer Bruder und nehme ihn in den Arm. Mit meinem Gesicht an seinem weißen Haar atme ich tief den Duft von Schnee ein. Klar und rein. Er löst sich wieder von mir und scheint etwas gefasster.

»Du solltest Espen richtig kennenlernen. Er fragt jedes Mal nach dir.«

»Ich komme jetzt wieder regelmäßig«, verspreche ich und Nevis lächelt.

»Söhne?«, unterbricht Mutter uns unerwartet. Sofort erheben wir uns und sehen zu ihr. Sie steht im Türrahmen, Espen hinter ihr. Ihr Blick ruht auf mir und ein trauriges, aber gütiges Lächeln ziert ihr Gesicht. Weiß sie, wie es mir geht?

»Eure Großmutter Hemera ist auf dem Weg hierher«, sagt Mutter schließlich und ich spüre Nevis' fragenden Blick.

Tut mir leid, kleiner Bruder. Darauf habe auch ich keine Antwort.

TEIL 1

1. DAS SOMMERKIND – ILEA

Ich sehe von meiner Näharbeit auf und schaue in die teichgrünen Augen meines besten Freundes. Yannis sucht meinen Blick, nur um dann wieder versonnen die Handarbeit in meinem Schoß zu betrachten, während er zufrieden an einem Grashalm kaut. Der Bach plätschert leise neben uns und die Sonne verschwindet hinter den Häusern und Bäumen Hemeras.

»Lass mich raten«, sagt Yannis, »du machst wieder etwas ganz anderes als bestellt.«

Ich lächele die Nadel an und blicke durch die Wimpern zu ihm hoch.

»Was denkst du?«, gebe ich zurück und Yannis lacht.

»Eines Tages bringst du deinen Vater mit deinem Sturkopf noch ins Grab.« Er stockt. »Verzeih, Ilea.«

»Schon in Ordnung, Yannis. Mutter hatte einen Unfall. Niemand kann etwas dafür.« Ich seufze und widme mich wieder meiner Näharbeit. »Aber ich habe sie schon ein wenig verrückt gemacht, oder?«

»Ein wenig – vielleicht«, bestätigt er und seine Stimme trieft nur so vor Sarkasmus. Ich sehe erneut zu ihm auf. Er hat die Augen geschlossen und hält sein Gesicht in die letzten Sonnenstrahlen. Yannis ist ein attraktiver Mann mit seinem pechschwarzen Haar und den Gesichtszügen einer klassischen griechischen Statue. Wenn er sich nur öfter rasieren würde … Ich frage mich ernsthaft, warum er sich noch keine Frau gesucht hat.

»Wir sollten so langsam aufbrechen, sonst verpassen wir das Abendessen«, reißt er mich aus meinen Gedanken und ich stimme ihm nickend zu. Wenn ich ihn nicht hätte, würde ich vermutlich die Zeit vergessen. Zum Glück ist auf Yannis' Hunger immer Verlass.

»Wie kann man nur so schlank und gleichzeitig so verfressen sein?«, frage ich mich laut, woraufhin Yannis grinst.

»Guter Stoffwechsel.« Er zwinkert mir zu.

»Ich komme später wieder und arbeite die Nacht durch«, sage ich seufzend und lege das Kleid, an dem ich gerade nähe, vorsichtig in meinen großen Weidenkorb. Ich habe ihn immer dabei, wenn ich am Bach arbeite, weil er so praktisch ist. Darin hat alles Platz, was ich so brauche.

»Ich wünschte, ich könnte mir auch jederzeit draußen Licht machen«, grübelt Yannis. Er steht auf und reicht mir eine Hand.

Ich ergreife sie und lasse mir von ihm auf die Füße helfen, kann mir dabei aber ein freches Grinsen nicht verkneifen. »Tja, da hättest du dir ein paar Götter-Gene besorgen sollen.« Ich zwinkere ihm zu und hake mich bei ihm ein.

»Das Glück hat nicht jeder, Ilea Sola Sommerkind.«

Als er meinen Namen sagt, rufe ich einen kleinen warmen Wind, der ihm kräftig ins Gesicht pustet. Meine von Natur aus brünetten Haare leuchten kurz hellblond auf und die Locken wehen mir ins Gesicht. Ich stecke sie wieder hinter die Ohren und hoffe, dass sie wenigstens ein paar Sekunden lang dort bleiben.

»Daran werde ich mich nie gewöhnen«, sagt Yannis.

Ich lehne mich beim Gehen vorsichtig an seine Schulter. Als Kind habe ich es gehasst, den Namen *Sommerkind* zu tragen. Ich habe nie verstanden, warum wir Kinder der Jahreszeiten einen anderen Namen haben müssen als unsere Familien. Ich wollte eine Nachtblüte sein – so wie meine Mutter und mein Vater. Doch Großmutter hat sich in ihrer Jugend mit Sol eingelassen und eine Tochter bekommen. Meine Mutter. Sie besaß jedoch keine Fähigkeiten. Die hat sie freundlicherweise an mich weitergegeben und somit bin ich das einzige Sommerkind in Hemera. Es gibt noch einige Herbstkinder, die von Jesien und Dahlia abstammen, doch ihr Erbe liegt schon viele Generationen zurück. Sol für seinen Teil hat immer gut aufgepasst keine Nachfahren zu zeugen. Meine Mutter ist der einzige Unfall. Meinen göttlichen Großvater habe ich jedoch bisher noch nie gesehen. Ihm ist es zu verdanken, dass ich mich als Kind im Labor auf den Kopf stellen lassen musste. Man hat mir Blut abgenommen und an mir geforscht. Dafür habe ich Sol verflucht. Man wollte herausfinden, was ich alles kann und inwiefern ich mit den Herbstkindern verwandt bin. Das Ergebnis: keinerlei Verwandtschaft. Offensichtlich sind die vier Jahreszeiten nur im weitesten Sinne Brüder. Gaia, die Mutter aller Dinge, hat vier eigenständige Wesen erschaffen. Mit unterschiedlichen Kräften.

»Bist du heute mit deiner Arbeit fertig geworden?«, frage ich Yannis.

»Ja, es war nicht viel zu tun. Ich habe das Dach der alten Kirschbaum gemacht. Dafür hat sie mir Apfelkuchen gebacken.«

Ich halte an und boxe seinen Oberarm. »Und du hast mir kein Stück davon mitgebracht?« Ivetta Kirschbaum macht den besten Apfelkuchen der Welt, ich bin immer froh, wenn es Herbst wird.

»Meine Geschwister sind wie Holzwürmer darüber hergefallen und haben nicht mal Sägespäne hinterlassen.« Yannis gluckst.

»Magst du später nicht noch mal zum Bach kommen?«, frage ich.

»Soll ich für dich spielen?«

Ein Lächeln breitet sich über mein ganzes Gesicht aus. »Ja, bitte.«

Yannis spielt Geige wie kein Zweiter und es ist ein Hochgenuss, ihm dabei zuhören zu dürfen.

»Wenn mich deine braunen Augen so anfunkeln, kann ich nicht Nein sagen«, jammert Yannis und sieht kurz weg. »Na schön.«

Ich zupfe ihn freudig am Ärmel und stelle mich auf die Zehenspitzen, um ihm einen Kuss auf die Wange zu geben.

»Bis später«, trällere ich fröhlich.

»Bis später, Sommerkind.«

»Vergiss mich nicht, Tagwind«, schicke ich noch hinterher.

»Niemals.« Er grinst mich an und ich fühle mich wieder, als wäre ich noch acht Jahre alt – wie damals, als wir beste Freunde wurden. Vielleicht strecke ich ihm auch deswegen noch schnell im Weggehen die Zunge raus.

Seit wir uns kennen, verbringen wir jeden Tag zusammen. Wir lachen, zanken und spielen, als wären wir keinen Tag älter geworden. Ich liebe es, dass ich bei ihm wieder Kind sein darf. Besonders seit Mutter nicht mehr bei uns ist und die Erwartungen an mich gewachsen sind. Doch ich kann nicht aus meiner Haut. Die achtjährige Ilea lebt noch in mir und verlangt gelegentlich ihr Recht – auch wenn ich inzwischen zehn Jahre älter bin.

Yannis verschwindet in die Veilchengasse und ich schlendere weiter über das Kopfsteinpflaster zur Schneiderei meines Vaters. Unsere kleine Wohnung ist im selben Haus. Direkt über dem Laden. Als meine Mutter vor zwei Jahren starb, ist meine Großmutter zu uns gezogen, um meinem Vater zu helfen. Doch sie ist mittlerweile etwas gebrechlich geworden und gibt immer mehr Aufgaben an mich ab. Das hält mich aber nicht davon ab, vor dem Haus noch schnell ein Spiel aus dem Kopfsteinpflaster zu machen und darüberzuhüpfen. Vor der Tür halte ich an und richte meine Kleidung. Meinen Lockenkopf bändige ich mit einem Haarband, das ich um den Arm getragen habe. Ich betrete die Schneiderei, wo mich bereits eine glückliche Braut erwartet. Vater steht hinter ihr und betrachtet mich mit einem tadelnden Blick. Seine Augen strahlen jedoch auch Stolz aus und er wirkt gut gelaunt, weswegen ich nicht übermäßig getroffen bin.

»Es ist so schön geworden, Ilea«, schwärmt Jelanda und dreht sich in dem weißen Kleid.

»Ja, und das Beste ist, mit dem breiten gestickten Gürtel bleibt das Kleid deiner Mutter unter dem weiten Rock unversehrt.« Ich gehe zu ihr und ziehe das Kleid ein wenig zurecht, bis es richtig sitzt. Vor einigen Jahren waren noch kurze, enge Brautkleider modern, doch jetzt tragen die Bräute wieder ausladende Röcke. Jelanda wollte eigentlich, dass ich das Oberteil des Kleids ihrer Mutter abtrenne und es mit einem weiten Rock kombiniere, doch ich fand diese andere Lösung. Die Brautmutter stellt sich zu meinem Vater und sieht glücklich aus. Ihr Kleid liegt in meinem Korb am Bach. Auch daran habe ich ein paar persönliche Änderungen vorgenommen.

»Nach der Trauungszeremonie kannst du den Rock abnehmen und im Kleid deiner Mutter feiern«, sage ich und Jelanda betrachtet sich mit großen, glücklichen Augen im Spiegel.

»Es sieht wundervoll aus, Ilea. Man sieht gar nicht, dass der Rock nur drübergezogen ist.«

»Meine Nachtblüte macht zwar nie, was man ihr sagt, aber was sie anfasst, gelingt ihr«, meldet sich Vater zu Wort. Ich liebe es, wenn er mich *seine Nachtblüte* nennt. Auch wenn ich mich mittlerweile mit meinem tatsächlichen Nachnamen abgefunden habe.

»Es ist wirklich wundervoll, Herr Nachtblüte.« Die Brautmutter sieht zu mir. »Erstklassige Arbeit, Kind. Dein Vater muss sehr stolz auf dich sein.«

Er räuspert sich amüsiert.

»Ihr Kleid habe ich morgen fertig«, verspreche ich und verschweige vorerst, dass ich auch daran meinen eigenen Kopf durchgesetzt habe. »Ich habe so lange für den Gürtel gebraucht.«

»Keine Sorge, wir haben noch genügend Zeit«, sagt Jelandas Mutter. »Es hieß doch, dass die Kleider erst am Mittwoch fertig sind, und wir waren ganz verblüfft, dass wir das Brautkleid schon heute abholen konnten.«

Wir sehen alle zu Jelanda, die offensichtlich in Gedanken schon vor der Hüterin steht und Ja sagt.

»Ich gehe Großmutter mit dem Abendessen helfen«, entschuldige ich mich. Vater nickt und unsere Kundinnen bekommen es nicht einmal mit, weil Braut und Brautmutter in ihrem Hochzeitstraum schwelgen. Mit einem zufriedenen Lächeln im Gesicht steige ich die Treppen hinauf und mir weht der Duft von Großmutters Kochkünsten in die Nase. Augenblicklich läuft mir das Wasser im Mund zusammen.

»Hey, Nanny«, begrüße ich sie.

»Ilea, Kind, da bist du ja. Kannst du den Tisch decken?«

Ich gebe ihr einen Kuss auf die raue faltige Wange und schnappe mir die Teller, die sie bereits aus dem Schrank geholt hat.

»Was gibt es Neues bei dir?«, will sie wissen.

»Der Braut gefällt das Kleid. Und der Gürtel auch.«

Meine Großmutter schnauft leise amüsiert. »Was sagt dein Vater dazu?«

»Ich glaube, er reißt mir nachher den Kopf ab, Nanny«, scherze ich und hole Besteck und Gläser.

»Das werde ich zu verhindern wissen! Der ist nämlich viel zu hübsch.«

»Ich hoffe, du hast dich an die Vorgaben für das Kleid der Mutter gehalten«, hakt Vater beim Abendessen nach. Nanny und ich tauschen einen Blick. Wir sitzen am großen Esstisch, der den

Bereich unserer Küche vom Wohnzimmer trennt. Die mittlere Etage unseres Hauses ist ein großer Raum, der beides beherbergt.

»Sie wird es lieben, genau wie Jelanda ihres«, verspreche ich.

»Ilea«, seufzt Vater. Immer wenn er das tut, sieht er älter aus, als er eigentlich ist.

»Hey, es wird ihr viel besser stehen als das, was sie wollte!«

Vater will gerade Luft holen, als sich hinter uns der Fernseher einschaltet. Wir drehen uns um, denn das tut er nur, wenn es wichtige Neuigkeiten aus dem Orden gibt.

»Liebe Mitmenschen«, meldet sich die oberste Hüterin Wanja zu Wort. Ihr schwarzer Zopf fällt ihr über die Schulter und sie trägt die offizielle Robe des Ordens. »Ich freue mich von ganzem Herzen euch mitteilen zu können, dass wir das erste Mal seit fast fünfzig Jahren wieder göttlichen Besuch in Hemera haben. Soeben ist der zweitälteste Sohn unserer Göttin Gaia angekommen. Sol wird uns für einige Zeit hier Gesellschaft leisten. Er …« Sie spricht noch weiter, doch meine Aufmerksamkeit gilt Nanny. Ich glaube, dass sie die Liebelei mit dem Sommer nie ganz verarbeitet hat.

»Oh … das …«, stammelt Vater und sieht mich an. »Er wird dich sicher sehen wollen, Nachtblüte.«

»Was?«, entfährt es mir. »Wieso?«

»Du bist seine Enkelin«, sagt Großmutter ruhig. »Aber ich weiß nicht, ob ihn das wirklich interessiert. Er liebt nämlich nur sich selbst. Und das mit solcher Inbrunst, dass für niemand anderen Platz in seinem Herzen bleibt.«

»Meinst du nicht, dass er sich geändert hat, Nandra?« Vater

überlegt. »Ich meine, euer ... Zusammentreffen ... das ist doch Schnee von gestern.«

»Glaub mir, Paulek, mit Schnee hat der Kerl nichts am Hut. Der schmilzt sofort in seinem strahlenden Ego.«

Nanny bringt mich zum Lachen, ihr Gesichtsausdruck ist einfach köstlich. Vater sieht mich jedoch ernst an und ich kämpfe mit meinen Mundwinkeln.

»... bitten wir Ilea Sola Sommerkind, morgen Mittag in den Orden zu kommen. Sol wünscht sie zu sehen.« Wanjas Worte aus dem Fernseher reißen uns aus der Unterhaltung.

»Siehst du«, triumphiert Vater. Offensichtlich scheint es ihn zu freuen, dass Sol mich sehen will. Ich hingegen weiß noch nicht, was ich davon halten soll. Mein Großvater, der Halbgott ... Und er wird nicht einmal viel älter aussehen als ich.

»Ich gehe mit.« Nanny wirkt entschlossen.

»Sie sprach nur von Ilea.«

»Das ist mir egal, dem Kerl wasche ich den Kopf. Mit Gallseife und Bimsstein. Oder mit einer Drahtbürste. Ich nehme die vom Klo.«

»Nanny!«, rufe ich schockiert aus, während Vater hustet.

»Was? Der hat mich deine Mutter ganz alleine großziehen lassen und sich einen Fiedlerfurz darum geschert, was aus uns wurde. Er hat nicht mal mitbekommen, dass seine Tochter gestorben ist.«

»Das werden sie ihm wahrscheinlich eben erst gesagt haben.« Vaters Gesicht verdüstert sich. »Wenn sie nicht mit ihm über unsere Familie gesprochen hätten, wüsste er wahrscheinlich auch nichts von Ilea.«

»Wie ist Sol so?«, frage ich meine Großmutter. Vater hatte mir immer verboten sie auf ihn anzusprechen, aber nun wittere ich meine Chance, es doch zu tun. Nannys Gesicht nimmt einen abwesenden Zug an.

»Er ist ... imposant und ... einschüchternd.«

Ich schlucke, doch sie spricht weiter.

»Aber er hat ein heiteres Gemüt. Er lacht sehr gerne und man kann viel Spaß mit ihm haben. Zumindest wenn man kurz vergessen kann, dass er der Sohn unserer Göttin ist. Seine Nähe macht süchtig ... Ich habe mich nie so wertvoll und beschützt gefühlt wie an seiner Seite.« Nanny schüttelt den Kopf und sieht mich ernst an. »Er ist ein guter Schauspieler.«

»Sol will mich nur kennenlernen«, beschwichtige ich sie. »Ich bin seine Enkelin und komme nicht als Beute in Frage.«

»Ilea«, zischt Vater.

»Was denn?« Nanny sieht ihn an. »Das Kind hat Recht, deshalb ist er hier: zum Beutezug.«

»Ihr solltet über einen Sohn der Göttin nicht so reden.« Vater rügt mich erneut mit einem Blick. Verlegen nippe ich an meinem Glas Wasser und unterdrücke verschämt den Wunsch, ein paar Blubberblasen hineinzupusten.

»Hemera ist für Sol nichts weiter als ein großes Freudenhaus.«

Fast hätte ich mein Wasser über den Tisch gespuckt.

»Nandra!« Vater sieht mich Hilfe suchend an, doch ich bin zu sehr damit beschäftigt, das Wasser in meinem Mund herunterzuschlucken, ohne daran vor Lachen zu ersticken. »Ich weiß schon, von wem Ilea ihren Kindskopf hat«, seufzt er schließlich.

Ich lache noch, als ich am Bach ankomme, wo Yannis bereits auf mich wartet. Mit der Geige in der Hand rutscht er nervös auf dem großen Stein herum, auf dem er immer zum Spielen Platz nimmt.

»Ilea!« Er steht auf und sieht mich gespannt an. »Wie geht es dir? Bist du aufgeregt?«

»Warum?«, gluckse ich amüsiert. »Weil ich meinen göttlichen Opa treffen werde?«

»Du wirkst erstaunlich gelassen.« Yannis sieht mich ungläubig an, weil er weiß, dass das nur rein äußerlich ist. Gemeinsam lassen wir uns am Bach nieder und er beobachtet staunend, wie ich das Licht des Mondes so breche, dass ich genug sehen kann. Das Kleid muss fertig werden, Sol hin oder her. Yannis nimmt kurz meinen durch die Magie hellblond gefärbten Zopf in die Hand, dann setzt er die Geige an. Er hat verstanden. Ich will nicht darüber reden. Stattdessen spielt er mein Lieblingslied. Ich stimme mit ein und vergesse Zeile für Zeile die Aufregung in meinem Bauch.

Es ist schon Mittag, als ich wach werde. Meine Familie kennt das von mir. In der Nacht kann ich am besten arbeiten, Schlaf brauche ich nur wenig. Vier Stunden reichen vollkommen aus. Das Kleid der Brautmutter habe ich in der Schneiderei fein säuberlich auf eine Puppe gezogen, als die Sonne bereits flammend am Horizont aufging. Vermutlich wurde es längst abgeholt.

Ich schlage die Bettdecke auf und stelle meine nackten Füße auf die quietschenden Holzdielen des Schlafzimmers. Es ist zu verführerisch, ich muss einfach mein Gewicht ein paarmal verlagern, um aus dem Quietschen eine Melodie zu machen. Lachend schüttele ich den Kopf über mich selbst und gehe zum Kleiderschrank. Aus dem Augenwinkel betrachte ich mich in dem großen Standspiegel meiner Großmutter Inres. Sie hat ihn mir vermacht, als ich sechzehn war. Das ist zwei Jahre her. Es war in dem Jahr, als meine Mutter starb. Sie meinte damals, dass ich nun eine Frau sei, und als Frau benötigt man einen Spiegel. Mein langes Haar habe ich über Nacht geflochten, damit es nicht verknotet. Der Zopf reicht bis zum Ende meiner Schulterblätter. Ich löse ihn und binde mir die Haare dann zu einem simplen Pferdeschwanz. So trage ich sie am liebsten. Na ja, eigentlich mag ich sie offen und wild, aber das würde Nanny nur aufregen. Ich ziehe das vom Schlaf zerknitterte Nachtkleid aus und hole mir eine Bluse und Reiterhosen aus dem Schrank. Den Weg zum Orden kenne ich in- und auswendig. Als Nachfahrin des Sommers musste ich ihn oft genug gehen, um den Hüterinnen meine Kräfte und deren Fortschritte zu präsentieren. Daher weiß ich, dass die Zeit drängt.

Nachdem ich mich gewaschen habe, ziehe ich mich an und gehe in die Küche, wo mir Nanny bereits ein Frühstück auf den Tisch gestellt hat. Mit Sicherheit ist sie unten in der Schneiderei. Ich beiße genüsslich in das selbst gebackene Brot und streiche mir etwas von der Butter darauf, die immer in einem kleinen Holzkasten neben dem Brotkorb steht. Sie ist salzig und ein Genuss. Ein Blick auf die Uhr verrät mir, dass ich mich jetzt aber wirklich auf den Weg machen muss. Ich nehme meine Reiterstiefel aus dem Schuhschrank im Treppenhaus und schlüpfe hinein.

»So willst du doch wohl nicht gehen?«, erklingt Nannys

Stimme aus der Schneiderei. Sie trägt eines ihrer schönsten Kleider und betrachtet mich mit aufgerissenen Augen.

»Wieso denn nicht?« Ich sehe an mir herunter.

»Zum einen triffst du heute einen Gott und zum anderen ... Kind, du kannst doch nicht in Reitersachen gehen.«

»Ich trage eine Bluse«, verteidige ich mich. »Ich wusste nicht, dass ich mich für Sol schick machen soll. Er ist doch Familie, oder etwa nicht?«

Vater kommt aus der kleinen Kammer, in der wir die Stoffe im Dunkeln lagern, damit die Sonne sie nicht ausbleichen kann.

»Nachtblüte, du willst doch hoffentlich nicht in Reiterhose und Stiefeln zum Halbgott gehen, oder?«

Ich rolle mit den Augen. »Es bleibt keine Zeit mehr zum Umziehen.«

»Und ob dafür Zeit ist«, schimpft Nanny. »Ab nach oben, ich mache dir die Haare.«

»Dann kommen wir niemals pünktlich!« Ich sehe zur Schneiderpuppe. Das Kleid der Brautmutter ist weg.

»Jaja, es hat ihr gefallen«, knurrt mein Vater, der meinen Blick bemerkt hat. »Du hattest Recht, dein Schnitt stand ihr viel besser.«

Ich klatsche in die Hände und kann ein hämisches Grinsen nicht unterdrücken. Meine Großmutter gibt mir einen Klaps auf den Po.

»Ab! Nach oben. Und raus aus den Bauernlumpen!«

Ich gehorche, stampfe aber extralaut die Treppe hoch. Bauernlumpen! Also wirklich ... Die Reiterhose ist zufällig sehr schick, ich habe sie selbst entworfen.

»Sol bekommt ja einen völlig falschen Eindruck von seiner Enkelin«, grummelt Nanny hinter mir.

»Ich dachte, du magst ihn nicht«, kontere ich oben angekommen. Ich setze mich auf eine Stufe und zerre mir die Stiefel vom Bein. »Wieso also der Aufwand? Man könnte glatt glauben, du legst Wert auf seine Meinung.«

Nannys Antwort verstehe ich nicht. Sie geht in Gemurmel unter, als sie die Wohnung betritt. Ich folge ihr grinsend, wohlwissend, dass sie schrecklich aufgeregt ist. Wie muss sie sich fühlen? Sie hat ihn sehr geliebt und er hat sie schwanger im Stich gelassen. Sich Jahrzehnte nicht gemeldet. Ich habe keine Ahnung, wie ich ihm gegenübertreten soll. Was sage ich nur zu ihm? *Hallo Großvater, alles klar im Tal des Sommers?* Wohl kaum. Ich zerbreche mir den Kopf, während Nanny mir die Haare hochsteckt. Mittlerweile trage ich eine enge Stoffhose und einen breiten Taillengürtel aus Leder, darüber eine Hüftkette. Die sind gerade der letzte Schrei. Lediglich die Bluse durfte ich behalten. Großmutter drückt mir noch ihre goldenen Ohrringe in die Hand.

»Jetzt fahren wir aber wirklich auf«, sage ich erstaunt und stecke sie mir an. Sie fallen mir fast bis auf die Schulter und dank der halben Hochsteckfrisur sieht man sie sogar. Beim Gedanken daran, dass mir der Wind beim Reiten die Haare wieder zerzausen wird, muss ich unwillkürlich seufzen.

»Dann sattele ich mal die Pferde«, sage ich.

»Nichts da, wir gehen zu Fuß.«

Ich sehe Nanny fragend an.

»Er kann warten. Konnte ich ja auch – fast fünfzig Jahre

lang.« Sie lächelt mir vielsagend zu. »Und wenn einer Zeit hat, dann ja wohl er. Er ist unsterblich.«

Ich verstehe. Und es gibt nichts, was ich darauf erwidern könnte. Sie hat absolut Recht.

»Komm, Kind. Wir haben Zeit.«

Lächelnd nehme ich ihre Hand und gemeinsam ignorieren wir Vater, der uns zur Eile drängt. Die Absätze meiner Schuhe klackern ein wenig auf dem Kopfsteinpflaster. Immer wieder begegnen wir Passanten, die den Kopf vor mir verneigen, und manche bekunden ihre Freude darüber, dass mein Großvater auf der Erde weilt. Viele Männer und Frauen sind damit beschäftigt, Häuser und Straßen zu reinigen. Hemera will sich dem Gott von seiner schönsten Seite präsentieren.

Wir verlassen die engen Gassen und den Trubel und kommen auf einen Waldweg, der zum Orden führt. Der Duft von Grillfleisch und Gewürzen, der so typisch für Hemera ist, verfliegt. Stattdessen füllt frische Waldluft meine Lungen. Ich atme tief durch. Ab und zu rattern Pferdekarren an uns vorbei. Wir grüßen die Bauern, die ihre Waren in die Stadt bringen oder Besorgungen erledigt haben. In der Landwirtschaft gibt es einige Herbstkinder. Ob Sol auch sie kennenlernen möchte? Immerhin sind sie Jesiens Nachfahren. Wobei ... Sie sind nicht mit ihm verwandt. Zumindest nicht körperlich. Die Tests im Labor haben das ohne Zweifel ergeben. Wie sonst sollten die Jahreszeiten auch alle so unterschiedlich aussehen?

Nanny beginnt leise das Jahreszeitenlied zu singen und irgendwann falle ich mit ein.

»Bist du sehr aufgeregt?«, frage ich sie schließlich.

»Meine Hände zittern.« Sie zeigt mir ihre vom Leben gezeichneten Finger. Schnell nehme ich sie in meine Hände und wärme sie ein wenig.

»Wie war das damals? Wo hast du ihn getroffen?«

Nanny seufzt und ihr Blick schweift in die Ferne, wo man schon den Orden erkennen kann.

»Es war auf einem Fest in Hemera. Musik spielte und Laternen tauchten alles in ein schummriges Licht.« Nanny bleibt stehen. »Er war so schön, Ilea. Strahlend wie die Sonne am Himmel. Er zeigte zuerst keinerlei Interesse. Die hübschesten Mädchen pressten sich an seine Brust, doch er wirkte irgendwie abwesend.« Sie lächelt verträumt. »Ich gewann ihn für mich, weil ich mit ihm Witze machte.«

Da muss ich lachen. »Das passt zu dir, Nanny.« Sanft ziehe ich sie weiter.

»Lass dich von ihm nicht blenden, Kind«, warnt sie mich. »Denk dran, was er mir und deiner Mutter angetan hat.«

»Ach, du weißt doch«, sage ich und beginne zu singen, während wir uns den Mauern des Ordens nähern. *»Sind die Nächte manchmal finster und die Wege viel zu steil, wie ein Vogel finde ich meinen Weg, zielsicher wie ein Pfeil. Ich lebe mein eigenes Leben, in dem mein Traum stets siegt. Bin so stark, wie die Wolken hoch sind, und so stolz, wie der Adler fliegt.«*

»Du hast das Gemüt deiner Mutter«, sagt Nanny und betrachtet mich mit gütigen Augen. Ich beiße mir auf die Unterlippe und verschränke die Hände hinter dem Rücken. Schlendernd gehe ich neben ihr weiter und genieße den Herbstwind in meinem Gesicht. Ob Espen uns beobachtet? Immerhin ist sein

Onkel hier. Durch die erhabenen Baumkronen über uns sehe ich zum Himmel und bemerke erst gar nicht, dass Nanny stehen geblieben ist.

»Gütige Mutter«, murmelt sie und ich drehe mich im Gehen zu ihr um und ... pralle gegen etwas. Jemanden.

»Hallo Ilea«, begrüßt mich eine warme, tiefe Stimme mit einem verborgenen Lächeln darin. Ich blicke auf und sehe ... das Meer. So wie ich es von Bildern und Filmen kenne. Gefangen in einem Paar Augen. Ich weiche erschrocken zurück.

»Ich wusste, dass du mitkommen würdest, Nanny.« Sol lächelt und sein blondes Haar schimmert im Sonnenlicht wie gesponnenes Gold. Das Licht blendet ihn und er blinzelt.

»Sol«, begrüßt ihn meine Großmutter. Dass er sie mit ihrem Spitznamen angesprochen hat, irritiert mich, doch ich kann nicht lange darüber nachdenken, weil er mir eine Hand unter das Kinn legt. Er hebt mein Gesicht an und betrachtet es eingehend. Auch ich wage noch einen Blick. Noch nie habe ich so ebenmäßige Gesichtszüge und so reine Haut gesehen.

»Ich freue mich dich kennenzulernen, Ilea.«

»D-die Freude ist ganz meinerseits«, antworte ich und erröte.

»Sie kommt nach ihrem Vater, nehme ich an?« Sols Blick wandert zu Nanny.

»Blitzmerker«, grummelt sie zurück. Ich zucke zusammen, weil sie so mit ihm spricht, doch mein göttlicher Großvater lacht.

»Hat sie dein Temperament?«

»Sie steht vor dir, Sol! Es ist unhöflich, wenn du über sie sprichst, als wäre sie gar nicht da.«

Meine Augen werden groß. Nanny!

»Ich hätte nicht gedacht, dass diese Augen noch größer werden können.« Sol scheint amüsiert, doch dann tritt etwas anderes in sein Gesicht. Stolz? »Du bist ein wunderschönes Mädchen.«

»D-danke«, bringe ich nervös hervor.

»Zum Glück ist sie deine Enkelin und du musst die Finger von ihr lassen.« Großmutter ist zu uns herübergekommen und schlägt Sols Hand von meinem Kinn weg.

»Oh, ich bete zu meiner Mutter, dass du nur annähernd so unterhaltsam bist wie deine Großmutter, Ilea. Auch wenn du fast nur halb so groß bist.«

»Hey!«, protestiere ich. »Ich bin zwar klein, aber auch nicht so winzig!«

Sols Augen verengen sich mit einem amüsierten Schmunzeln zu Schlitzen. Er duftet gut, fällt mir auf. Was ist das? Wenn ich ihn so betrachte, kann ich Nanny gut verstehen.

»Würdet ihr mich mit nach Hemera nehmen? Ich möchte sehen, wie ihr lebt«, reißt er mich aus meinen Gedanken. Ich nicke. Wie könnte ich einem Sohn der Göttin diesen Wunsch auch abschlagen?

»Das könnte dir so passen, was?« Nanny klingt jetzt richtig wütend. »Wo warst du die ganze Zeit, während ich deine Brut großgezogen habe?«

»Ich habe von unserer Tochter gehört«, sagt der Sommer. »Es tut mir unendlich leid.«

»Du hast sie nie kennengelernt«, faucht Nanny. Ich hake mich bei ihr ein, damit sie sich an mir abstützen kann.

»Ich wusste nichts von ihr, Nanny.«

»Sie hat immer nach ihrem Vater gefragt! Ständig habe ich sie auf den nächsten Frühling, Herbst oder Winter vertröstet.«

Ich traue mich gar nicht den Halbgott anzusehen, während sich Nanny den Frust von der Seele redet.

»Hätte ich von ihr gewusst ... Aber du hast Recht und ich möchte es wiedergutmachen«, sagt Sol und es klingt aufrichtig.

»Zu spät, deine Tochter ist tot und deine Mutter möge ihrer Seele gnädig sein!«

»Das ist sie. Glaube mir, da, wo sie jetzt ist, geht es ihr gut.« Sol klingt sicher. »Es wundert mich, dass ihr nicht in den Orden musstet.«

»Man hat mir die Wahl gelassen.«

Erstaunt sehe ich Nanny an. Das wusste ich gar nicht.

»Aber ein Leben im Orden wäre nichts für mich gewesen.«

Sol grinst. »Deinen Sturkopf habe ich noch gut im Gedächtnis.«

Ich betrachte diesen jungen Mann. Er sieht wirklich aus, als wäre er in meinem Alter. Vielleicht ein wenig älter. In dem weißen Shirt und der Hose aus Denim sieht er so normal aus. Zumindest bis man in sein Gesicht und in die blauen Augen sieht. Es ist, als würde ein Zauber in ihnen liegen. Etwas, das seine Göttlichkeit hier auf Erden gefangen hält.

»Wenigstens bist du jetzt hier, um Ilea kennenzulernen.« Nanny schnalzt mit der Zunge. »Oder nimmst dir zumindest die Zeit dafür, während du auf der Jagd nach einem anderen Rock bist.«

»Ich habe dich vermisst«, sagt Sol und lacht herzhaft. Als

Nanny einstimmt, muss auch ich schmunzeln. Meine Großmutter seufzt und dreht sich um.

»Komm, du göttlicher Idiot«, befiehlt sie und winkt ihn zu sich.

»Ich fühle mich so … willkommen und geehrt.« Sol zieht amüsiert die Augenbrauen hoch.

»Du meinst verehrt«, denke ich laut und beiße mir auf die Zunge. Habe ich ihn gerade einfach so geduzt und korrigiert? Ich schlucke und sehe unsicher zu ihm hinüber. Er legt Nanny einen Arm um die Schulter und lächelt mich über ihren Kopf hinweg an. Ich muss an die Geschichte denken, die mir Großmutter eben erzählt hat: Sol hat sie ausgesucht, weil sie ihn behandelt hat wie jeden anderen auch. Die Frauen, die ihn nur angehimmelt haben, hat er ignoriert. Der Ehrgeiz packt mich. Ich möchte meinem Großvater gefallen – ich will, dass er mich gernhat. Also werde ich mit ihm reden, als sei er Yannis. Was habe ich schon zu verlieren? Und Großmutter macht es immerhin genauso … Ich muss nur meine Nervosität unter Kontrolle bekommen.

»Welche Fähigkeiten hast du, Ilea?«, fragt Sol und sieht mich wieder an.

»Ich kann Licht brechen und warmen Wind herbeirufen«, berichte ich stolz. Die meisten Herbstkinder können nur eine Sache.

»Das klingt gut. Kannst du etwas wachsen lassen?«

»Nein, tut mir leid.«

»Du brauchst dich doch nicht zu entschuldigen.« Sols Meeresaugen ruhen voller Neugier auf mir. »Ich werde einige Zeit hierbleiben. Es wäre schön, wenn du mir zeigst, was du kannst.«

»Gerne. Vielleicht lerne ich ja sogar noch was.«

Als wir mit Sol die Stadt erreichen, wird es fast schon unangenehm. Die Leute starren ihn an, werfen ihm teilweise sogar Blumen vor die Füße. Mädchen rücken ihr Dekolleté zurecht, in der Hoffnung, dass er sie dazu auserwählt, mit ihm in den ewigen Sommer zu gehen. Es ist peinlich, fast schon traurig. Meine Augen suchen nach Yannis, doch ich sehe ihn nirgendwo. Sicherlich wird er heute Abend wieder zum Bach kommen. Dann kann ich ihn mitnehmen und ihm Sol vorstellen. Doch jetzt muss ich mich auf das Hier und Jetzt konzentrieren, denn immer mehr Menschen drängen sich um uns.

Langsam werde ich nervös. Es sind einfach zu viele und ein Mann ist mit seinem Pferd in der Menschentraube gefangen. Ich kann hören, wie es ängstlich schnaubt. Alle wollen den Sohn der Göttin sehen, ihn berühren und grüßen. Immer mehr Leute werden dazugerufen, doch dann geht plötzlich alles ganz schnell.

Ein Knall hallt durch die kleine Gasse. Es klingt, als hätte jemand etwas Großes aus Metall fallen gelassen. Noch ehe einer von uns reagieren kann, steigt das Pferd neben mir hoch. Der Schrei erstickt in meiner Kehle, als ich einen Herzschlag später zur Seite und auf den Boden gerissen werde. Auf mir liegt der blutüberströmte Sol. Ich kämpfe mich unter ihm hervor und ziehe seinen Kopf auf meinen Schoß.

»Ruft einen Arzt«, schreie ich.

Überall ist Blut.

»Er hat starke Prellungen am Oberkörper, aber die meisten Sorgen macht mir sein Kopf.« Der Arzt betrachtet ein Röntgenbild, auf dem sich klar erkennbar ein Schädelbruch abzeichnet. Wanja steht weinend neben Nanny, Vater und mir. Ich fühle mich schuldig. Sol hat mich geschützt und die Tritte des Pferdes selbst abbekommen. Ich habe nur eine kleine Beule am Hinterkopf.

»Das wird uns die Göttin nie verzeihen«, flüstert die oberste Hüterin und sieht zu Sol, der an so vielen Geräten hängt, dass mir lähmende Angst in die Glieder fährt.

»Wir müssen abwarten. Die nächsten Tage sind kritisch.« Der Arzt seufzt und ich kann in seinem Gesicht sehen, dass er gerne mehr tun würde.

»Jetzt verliere ich auch ihn an ein Pferd«, flüstert Nanny tonlos. Ich muss an Mutter denken. Sie ist geritten wie der Teufel. Im Scherz haben wir immer prophezeit, dass sie das eines Tages umbringen würde. Ironie der Göttin, dass es wirklich so gekommen ist. Ich setze mich zu Sol ans Bett und nehme seine schlaffe Hand in meine. Sie ist ganz warm. Ich wünschte, ich könnte sie streicheln, aber ein Zugang steckt im Handrücken. Verzweifelt schließe ich die Augen. Ich wünschte, ich könnte die Zeit zurückdrehen.

»Wenigstens hat er dich gerettet«, sagt Nanny.

Aber bin ich nicht unwichtig im Vergleich zu einem Halbgott?

2. DIE REISE ZUR ERDE – AVIV

»Möchtest du mir denn nicht erzählen, wie das Essen mit deiner Familie gewesen ist?«, will Nutty wissen. Ich habe ihn in den letzten Tagen ignoriert.

»Hat gut geschmeckt.« Mit diesen Worten lasse ich mich in die Hängematte fallen. Der Himmel hängt voller Sterne, weil ich die Wolken zur Seite geschoben habe. Nutty springt zu mir und lässt sich auf meiner Brust nieder. Gemütlich legt er sich auf den Bauch und streckt die Beine aus. Den Kopf auf seine kleinen Arme gestützt sieht er mich an.

»Du weißt ganz genau, dass ich nicht das Essen an sich gemeint habe.«

»Sondern?«, frage ich provokativ.

»Na, was haben deine Brüder dazu gesagt, dass du so lange weggeblieben bist?« Seine schwarzen Knopfaugen betrachten mich ernst.

»Sie haben nicht wirklich nachgefragt, sondern waren einfach nur froh, dass ich mich habe blickenlassen.«

»Ganz ehrlich, ich wüsste gerne endlich mal, was los ist. Du zeichnest nicht mal mehr.«

»Ich habe dir doch hundertmal erklärt, dass ich eine Pause brauchte.«

»Fünfhundert Jahre lang! Du bist nicht mal zur Auswahl gegangen. Dass deine Mutter das geduldet hat ...«

Ich zucke mit den Schultern. Niemals darf Nutty die Wahrheit erfahren. Zu groß ist meine Angst, dass er sich das Leben nehmen würde, nur damit ich Liebe finden kann. Wenn er wüsste, dass meine Mutter die Wahlen abgeschafft hat, damit Sol und ich ihn und Seth gegen eine Frau tauschen können ... Ich will gar nicht daran denken. Was ihn angeht, habe ich einfach gerade eine schlechte Phase. Zum Glück fühlen wir Zeit nicht wie Menschen, doch so langsam wird es auch für ihn merkwürdig. Ich brauche bald eine bessere Ausrede.

»Hemera ist auf dem Weg zu uns«, teile ich Nutty mit, um das Thema zu wechseln.

Er zieht die Augenbrauen hoch. »Deine Großmutter?«

»Ja, genau die.«

»Warum?«

»Das wüsste Mutter auch gerne. Und ich ...«

Nutty kratzt sich am Kopf und pult dann weiß die Göttin was zwischen seinen Krallen heraus. »Das kann nichts Gutes bedeuten.« Er grübelt und wir hängen beide unseren Gedanken nach. »Glaubst du, sie will das Projekt Erde beenden? Weißt du, ob Nevis noch alles im Griff hat?«

»Auf die Idee bin ich ehrlich gesagt noch gar nicht gekommen. Keine Ahnung, aber mein kleiner Bruder machte nicht den Eindruck, als hätte er Schwierigkeiten.« Ich überlege. »Aber Nevis ist auch niemand, der sein Herz auf der Zunge trägt.«

»Scheint in der Familie zu liegen«, murmelt Nutty und pfeift ein kleines Lied, um von seinen Worten abzulenken. Er räuspert sich und kommt wieder zum Thema: »Es ist ganz schön anstrengend, was Nevis jeden Tag leistet. Wirkt er erschöpft?«

»Nein, seit Maya da ist, gar nicht mehr.«

Nutty nickt verständnisvoll. »Maya hätte ich auch gerne hiergehabt.«

Ich stupse ihn lächelnd an.

»Was denn? Ich stehe auf rote Haare.« Damit fährt er sich über das Fell, welches ebenfalls rot schimmert, wenn das Licht im richtigen Winkel darauf fällt.

»Du bist so unglaublich selbstverliebt«, ziehe ich ihn auf.

»Jemand muss mich ja lieben.« Er sieht mich beleidigt an. »Du ignorierst mich ja immer.« Theatralisch hebt er einen Arm und hält ihn sich vor die Stirn.

»Tut mir leid, Nutty.« Die Entschuldigung meine ich ernst. Ich wünschte, ich könnte es ihm erklären. Könnte ihm mein Herz ausschütten. Aber ich kann ihm diesen Gewissenskonflikt nicht aufbürden. Den trage ich lieber alleine.

»Da du endlich mal in Redelaune zu sein scheinst: Warum gehst du nicht mehr zur Auswahl? Müsste nicht bald wieder eine sein?« Er überlegt. »Und was sagt Sol dazu?«

»Die Auserwählte ist bei ihm«, lüge ich.

»Du hast sie ihm einfach überlassen?« Nutty klingt schockiert.

»Mir ist nicht nach Buhlerei.« Das ist allerdings nicht gelogen. Der Wettstreit mit meinen Brüdern war mir schon immer unangenehm, aber ich habe mitgemacht. Habe mich über meine Schüchternheit hinweggesetzt, habe versucht es locker zu nehmen, weil ich gerne weibliche Gesellschaft habe. Darüber habe ich sogar das Leid meines kleinen Bruders ignoriert. Ich schäme mich dafür in Grund und Boden, wenn ich nur daran denke. Und doch ... die Wärme und der Duft einer Frau fehlen mir. Wenn ich nachts alleine im Bett liege, friere ich des Öfteren. Es ist so still. So ... leer. Seit einigen Jahrzehnten schlafe ich deshalb nur noch in der Hängematte. Hier fühle ich mich nicht ganz so verlassen. Sie umfängt mich, gibt mir Halt und ich falle nicht im Schlaf aus dem Bett, weil ich mich auf die Suche nach Nähe gemacht habe.

»Ich ahne Übles«, sagt Nutty unheilschwanger und seufzt.

»Was?«

»Du wirst wie Nevis. Vor Maya.« Seine schwarzen Knopfaugen suchen meinen Blick und ich weiche ihnen aus.

»Nein, mir geht es gut. Wirklich.« Ein Brennen in meiner Brust straft mich Lügen. Es gräbt sich wie eine Klaue mit langen, scharfen Kallen nach oben in meine Augen. Ich schließe meine Lider und hoffe, dass sie dabei nicht wässrig werden. Nutty rollt sich auf mir zusammen und ich atme erleichtert aus. Ich weiß nicht, ob er von sich aus aufgegeben oder bemerkt hat, dass mir das Thema zu naheging. Das muss ich auch nicht wissen. Meine Konzentration richte ich darauf, ein wenig zu schlafen. Es ist der einzige Zustand, den ich ertragen kann.

Als ich am Morgen die Augen aufschlage, ist Nutty verschwunden. Sicher ist er auf Futtersuche. Ich betrachte die Baumkronen über meinem Kopf und lasse den Himmel zuziehen. Im Moment lebe ich mit Nutty in einem Baumhaus. Nachdem ich nach oben geklettert bin, lasse ich es regnen. Ich stelle mich hinter ein Fenster und sehe zu, wie die Tropfen auf den Blättern des Baums zerplatzen. Das Haus hat nur ein Zimmer mit Bett, Sessel, Fernseher und Kochnische. Mehr brauche ich nicht. Neben dem Sessel steht noch ein Regal mit meinen Lieblingsbüchern. Sie und das Bild, das danebenhängt, nehme ich immer mit, egal wo ich gerade wohne. Es zeigt meine Familie, so wie ich sie vor langer Zeit selbst gezeichnet habe. Sollte ich etwas anderes brauchen, lasse ich es einfach erscheinen.

Als ich zum Fenster hinausblicke, fällt mir auf, dass ich mein eigenes Spiegelbild sehe. Meine grünen Augen wirken leblos. Als sei ich eine Puppe. Wie lange ich Nutty wohl noch belügen kann? Ich muss mich zusammenreißen, die Einsamkeit ertragen. Doch so lange war ich noch nie alleine und es lässt sich nicht mehr leugnen, dass in meinem Leben etwas fehlt – die Hoffnung, dass es sich bei der nächsten Auswahl ändert. Jetzt ist alles aussichtslos.

»Mein Ältester«, höre ich plötzlich die sanfte Stimme meiner Mutter hinter mir. Erschrocken ziehe ich die Schultern zusammen. Als ich mich jedoch umdrehe, bleibt mir die Luft weg. Meine Mutter weint. Als ich sie das letzte Mal weinen gesehen habe, hat sie die Erde geheilt.

»Mutter?«, rufe ich aus und gehe zu ihr. Ich nehme ihre Hände, spüre das magische Vibrieren ihrer Haut und sehe in ihre schillernden Augen. Nuttys Worte von gestern Nacht kommen mir in den Sinn. »Wird Großmutter die Erde zerstören?«

»Nein, Aviv«, sagt sie und hat Mühe, ihre Stimme zu kontrollieren. »Es geht um Sol.«

»Was ist mit ihm?«, frage ich vor Aufregung vielleicht etwas zu laut.

»Er ist verletzt.« Sie schluckt. »Schwer.«

»Kannst du ihn nicht holen und heilen?«, frage ich verwirrt.

»Mutter ... sie hat ... meine Kräfte eingeschränkt, bis sie hier ist. Sie ist wütend, Aviv. Sehr wütend.«

Ich lasse ihre Hände los und gehe ein paar Schritte rückwärts. Nervös fahre ich mir durchs Haar. *Nein, nein, nein ... ich kann nicht noch einen Bruder verlieren. Das ertrage ich nicht. Nein ... nein.*

»Und jetzt?«, frage ich. »Wie schlimm steht es um Sol?«

»Er liegt im Koma, ist also nicht bei Bewusstsein.« Mutter atmet tief durch und ich habe das Gefühl, dass mir die Fähigkeit zu atmen abhandengekommen ist. »Espen ist an der Reihe, es ist Herbst. Nevis kann seine Jahreszeit nicht verlassen, wie du weißt, und ich kann hier nicht weg. Ich muss mit Mutter reden, sobald sie da ist. Abgesehen davon würde eine Reise meine eingeschränkten Fähigkeiten vollständig aufzehren.« Sie sieht mich flehend an. »Du musst zur Erde, zu deinem Bruder.«

»Nein!«, ist meine erste Reaktion. Ich kann nicht zur Erde ... zu den Menschen. Wie soll ich denn ... es sind so viele ...

»Ich weiß, mein geliebter Erstgeborener«, sagt Mutter voller Liebe, »aber wir können Sol nicht im Stich lassen.«

Dem stimme ich vollkommen zu ... aber ... ich? Auf der Erde?

»Aviv, dein Bruder braucht dich.« Mutter tritt auf mich zu und legt ihren Kopf in den Nacken, um mir in die Augen sehen zu können. Sanft ergreift sie wieder meine Hände. »Bitte, Kind.«

Ich reiße mich von ihr los und drehe mich weg. Die Hände zu Fäusten geballt versuche ich mich zu sammeln. Neben Nutty ist Sol mein bester Freund. Ich kann ihn nicht alleinelassen. Was für ein Bruder wäre ich denn? Für Nevis war ich nie da, ich darf nicht den gleichen Fehler mit Sol machen.

»In Ordnung, Mutter. Bring mich zur Erde«, höre ich mich sagen und bereue es im selben Moment. Mutter verschwindet und ich klettere vom Baumhaus herunter, um Nutty zu suchen. *Die Erde. Verdammt. Was hat Sol, dieser Idiot, nur angestellt?* Ich will nicht da runter. Ich kann nicht ... Hat Mutter denn keine Ahnung, in welche Lage sie mich da bringt? Aber wenn Sol ... Nein. Ich bin so wütend, ich möchte etwas zerstören. Glühender Zorn zerreißt mir die Brust. Am liebsten würde ich den Baum treten, doch ich kann es nicht. Zerstören liegt mir nicht. Ich erschaffe.

Da kommt mir ein Gedanke: Was ist, wenn ich auf der Erde eine Frau kennenlerne? Wenn ich mich verliebe? *Nein, das darf nicht passieren.*

Resigniert, aber mit wild klopfendem Herzen lege ich eine Hand auf die Rinde. Sofort spüre ich das pulsierende Leben dahinter und die Blüten an den Ästen über meinem Kopf öffnen sich, recken sich mir entgegen, als wäre ich die Sonne.

Ich muss Nutty finden und mir eine Ausrede einfallen lassen, ihm irgendetwas erzählen, wieso Sol auf der Erde verunglückt ist. *Du kannst das, Aviv.* Ich fühle mich innerlich tot. Noch einen Bruder zu verlieren ertrage ich nicht. In mir ist kein Leben mehr. *Doch, ein wenig Leben ist noch übrig ...*

Ich habe keine Ahnung, was mich erwartet. Wie es Sol geht oder wie ich mich den Menschen gegenüber verhalten soll. Normalerweise unterhalte ich mich mit einem durchgeknallten Eichhörnchen und ab und zu mit Mutter und meinen Brüdern. Aber keiner von ihnen ist ein Mensch. Ich weiß nicht viel über sie. Ein wenig haben mir die Auserwählten erzählt, aber im Grunde ist dies eine Reise ins Unbekannte. Ich betrachte das wabernde Portal vor meinen Augen. Ein Wächter sitzt neben dem Baum und beobachtet Mutter, die es so für mich einstellt, dass ich im Orden der Hüterinnen ankomme. Das schwarze Wesen ohne richtige Konturen beunruhigt mich, obwohl ich weiß, dass es mir nichts tun wird. Die negative Energie, die es ausstrahlt, droht trotzdem mich zu erwürgen. Oder ist es nur die Aufregung?

»Kümmere dich gut um Sol«, sagt Mutter. »Ich komme euch holen, so schnell ich kann.«

»Was ist, wenn ich zurückmöchte oder -muss?«, frage ich. Ich könnte in Not geraten. Krank werden, was auch immer das bedeutet. Es scheint jedenfalls nicht angenehm zu sein.

»Wenn dein Geist wach ist, kannst du eine Verbindung zu mir aufbauen und ich kann dich daran hierherbringen.« Ihr Gesichtsausdruck sagt den Rest – Sol kann das zurzeit nicht. Ich nicke ihr zu und denke an den Beschluss, den ich für mich gefasst habe: Ich darf mich nicht verlieben. Falls es mir doch passiert, habe ich Nutty auf dem Gewissen. Frauen sind tabu. Ich kümmere mich um Sol. Nicht mehr und nicht weniger.

»Die Frauen des Ordens wissen nichts von deiner Ankunft. Sie rechnen damit, dass jemand kommt, aber sicher nicht mit dir.« Mutter wirkt frustriert. »Du darfst ihnen nichts von Hemera sagen, hörst du? Ich will nicht, dass sie in Panik verfallen.«

»Ist es so ernst?«, frage ich.

»Das könnte es werden. Ich fürchte, Mutter ist nicht zufrieden mit mir und meiner Arbeit.«

Ich schlucke einen Kloß im Hals herunter. Will ich wissen, was es für meine Brüder und mich bedeutet, wenn Hemera das Projekt Erde beendet? Was machen wir dann? Mutter scheint zu ahnen, woran ich denke.

»Ich werde das mit ihr regeln. Vertraue mir.«

Wenn ich eins über meine göttliche Mutter weiß, dann dass sie auch meint, was sie sagt. Das ungute Gefühl im Bauch bleibt jedoch, es kann aber auch mit der bevorstehenden Reise und dem überhasteten Aufbruch zusammenhängen.

»Das Portal ist bereit.« Mutter stellt sich auf die Zehenspitzen und ich beuge mich ihr ein wenig entgegen, damit sie meine Wangen küssen kann. »Meine Gedanken sind bei dir, Kind.«

»Auf Wiedersehen, Mutter.«

Ich mache vorsichtig einen Schritt nach vorne, spüre den Sog des Portals und für einen Moment presst es mir die Luft aus den Lungen. *Zurück, ich möchte zurück,* ist mein einziger Gedanke, doch das Portal verschluckt mich und ich schließe die Augen. Stille hüllt mich ein. Ich fühle mich wie in einem Vakuum, traue mich nicht zu atmen oder die Augen zu öffnen, bis mich ein Ruck durchfährt und es mich zu Boden reißt. Mein Körper ist noch wie betäubt, ich spüre nichts, doch dann rauscht Lärm auf mich zu und meine Lungen füllen sich mit Luft.

»Göttin, wer ist das?«, schreit eine Frau.

»Gütige Mutter, ist das …?« Die Stimmen vermischen sich zu einem Gemurmel und Raunen, das in meinem Kopf dröhnt. Es kostet mich Überwindung, die Augen zu öffnen – langsam, ganz langsam. Dann sehe ich in erstaunte Gesichter, die zu Frauen gehören, die voller Ehrfurcht auf die Knie gehen. Sie alle tragen lange, geflochtene Zöpfe über ihren Schultern. Ich bin im Orden. Es ist so lange her, dass ich eine Ordensfrau gesehen habe …

»A-aviv?«, rät eine ältere Frau mit grauem Haar. Ihr Gesicht verrät die Jahre ihres Lebens, doch ihre Augen sind wach und gütig. Ich nicke, woraufhin ein erstaunter Aufschrei durch die Runde geht.

»Ruft Wanja, schnell!«, befiehlt die alte Frau und sieht wieder zu mir. »Es ist uns eine große Ehre, Frühling.« Sie bietet mir eine Hand an, um mir auf die Füße zu helfen, doch ich lehne dankend ab und stehe alleine auf. Die vielen Augen, die mich anstarren, machen mich nervös.

»Berührt so wenig wie möglich, Frühling!«, ruft eine Frau mit schwarzem Haar, die auf mich zugerannt kommt. »Ihr braucht erst eine Spritze aus dem Labor, sonst werdet Ihr bestimmt krank.« Sie kommt vor mir zum Stehen und mustert mich voller … Bewunderung? »Ich bin Wanja, die oberste Hüterin. Bitte lasst mich sagen, wie sehr wir uns geehrt fühlen, Euch hier zu haben.«

»Mutter schickt mich, um nach Sol zu sehen«, erwidere ich und versuche die vielen Frauen zu ignorieren und mich nur auf Wanja zu konzentrieren. Es ist so lange her, dass ich ein Gespräch mit einer Fremden geführt habe. Ich fürchte, ich bin ziemlich eingerostet.

»Es tut uns so leid, was mit ihm passiert ist.«

Unsicher, was ich darauf antworten soll, nicke ich nur.

»Kommt mit mir, Frühling. Folgt mir in mein Büro. Ich habe bereits nach einem Arzt schicken lassen.« Sie sieht zu der alten Frau. »Sorge dafür, dass das Gästezimmer frisch desinfiziert wird.«

»Wozu benötige ich einen Arzt?«, frage ich verwirrt.

»Er wird Euch ein Mittel spritzen, das Eurem jetzt menschlichen Körper hilft sich gegen die Bakterien und Viren auf der Erde zu verteidigen. Wir haben es extra für die Besuche von Euch und Sol entwickeln lassen.«

»In Ordnung«, gebe ich mich geschlagen. Ich will ohnehin nicht mit ihr diskutieren. Nicht wenn mich so viele Frauen anstarren.

»Er ist so ... wunderschön«, höre ich ein Mädchen neben mir flüstern. Als sie bemerkt, dass ich es mitbekommen habe, errötet sie und versteckt sich hinter ihrer Freundin. Ich bin wie erstarrt, möchte aber am liebsten nur wegrennen.

»Kommt Ihr?«, rettet mich Wanja und zum Glück gehorchen meine Beine.

In ihrem Büro ist es still und friedlich. Es riecht nach alten Büchern und Lavendel. Der Raum ist so dunkel wie das Holz der Möbel und nur durch ein einziges kleines Fenster dringt etwas Licht. Eine alte Weltkugel zieht meine Aufmerksamkeit auf sich. Die Erde vor Mutters Eingreifen.

»Glaubt Ihr, dass es je wieder so werden wird?«, fragt Wanja neben mir.

»Ich weiß es nicht.« Der Gedanke an Großmutter Hemera

schnürt mir die Kehle zu, aber ich darf der Frau neben mir nichts davon erzählen. »Wie geht es meinem Bruder?«, frage ich stattdessen.

»Die Ärzte sagen, dass wir noch bangen müssen.« Sie räuspert sich nervös. »Seine … irdische Familie ist bei ihm.«

Ich sehe sie fragend an.

»Er hat bei einem Besuch auf der Erde ein Kind gezeugt.«

Völlig perplex starre ich die Oberin an.

»Seine Tochter ist mittlerweile verstorben, aber sie hat selbst wiederum eine Tochter bekommen, ihr Name ist Ilea. Sie ist achtzehn und sitzt mit ihrer Großmutter Nandra bei ihm am Bett. Nandra war damals Sols Geliebte, aber das habt Ihr Euch vermutlich schon gedacht.«

»Das heißt, ich habe eine Großnichte? Oder wie nennt man das?«

»N-nein.« Wanja sieht mich entschuldigend an. »Wir haben ihr Blut mit Blutproben von Eurem Bruder Jesien und seinen Abkömmlingen verglichen. Körperlich seid Ihr nicht verwandt. Es ist also wirklich nur Sols Familie.« Sie räuspert sich. »Wie Ihr das emotional seht, ist natürlich eine andere Sache.«

»Wie lange wird das mit der Spritze dauern?«, frage ich nervös. Ich will nicht über Familie reden und die Liebe, die sie entstehen lässt.

»Nicht lange, aber Ihr solltet trotzdem besser erst morgen ins Krankenhaus fahren und Eurem Körper Zeit geben, hier anzukommen, bevor Ihr direkt in eine Brutstätte von Keimen geht.« Wanja sieht mich flehend an. »Bitte, Frühling. Ich kann es Euch nicht verbieten, aber wir wollen nicht für noch einen todkranken Göttersohn verantwortlich sein. Wir alle beten für Sol.« Sie legt ihren Kopf schief. »Und wir fragen uns … nun ja, warum die Göttin ihn nicht … holen kommt?« Sie amtet tief ein und rudert zurück. »Ich möchte Gaia nicht in Frage stellen, verzeiht, Frühling.« Sie neigt den Kopf vor mir.

»Weil Sol nicht bei Bewusstsein ist«, antworte ich. »Um ihn zu holen, muss sein Geist sich Mutter entgegenstrecken können.« Den Rest verschweige ich.

»Oh«, antwortet Wanja. In ihrem Gesicht spiegeln sich tausend Fragen, doch ich habe nicht vor, näher darauf einzugehen. Dafür weiß ich selbst zu wenig.

»Möchtet Ihr, dass wir Euch hier während Eures Aufenthaltes ein Zimmer einrichten, oder zieht Ihr es vor, zu Sols Familie zu gehen?«

Ich runzele die Stirn und überlege.

»Er wollte dort wohnen«, erklärt Wanja. »Es ist mitten in Hemera, näher am Krankenhaus, aber hier habt Ihr viel mehr Ruhe.«

Ja, und Dutzende von Frauen, die um mich herumscharwenzeln und bereit wären meine Braut zu werden. Vielleicht sollte ich wirklich zu Sols Familie gehen. Ich muss gestehen, dass ich neugierig auf diese Menschen bin, auch wenn sie anscheinend nicht mit mir verwandt sind. Die Tatsache, dass meine Bruder und ich nicht blutsverwandt sind, interessiert mich nicht großartig. Das ist menschliches Denken.

»Ich werde das mit der Familie meines Bruders besprechen«, sage ich und halte mir meine Entscheidung noch offen.

»Wie Ihr wünscht. Und seid versichert, dass wir Euch immer mit offenen Armen empfangen werden.« Wanja räuspert sich. »Es wäre schön, wenn Ihr irgendwann etwas Zeit für mich erübrigen könntet. Ihr wart noch nie hier und wir würden gerne ... für unsere Schriften ... nun ja, ein paar Dinge über Euch erfahren.«

»Ja, in Ordnung«, sage ich, weil ich das Gefühl habe, dass ich mich davor nicht drücken kann.

»Wir Hüterinnen stehen Euch während Eures Aufenthaltes immer zur Verfügung. Wenn Ihr etwas benötigt, zögert nicht, uns zu kontaktieren.«

Das alles überfordert mich, ich möchte nur noch zu Sol. Zum Glück klopft es in diesem Moment an der Tür.

»Der Arzt«, sagt Wanja und bittet einen Mann mit dunklem Haar und weißer Kleidung herein.

»Seid gegrüßt, Aviv.« Er verneigt sich vor mir. Ich habe noch nie einen männlichen Menschen gesehen und starre ihn deswegen vielleicht etwas zu lange an.

»Setzt ihm die Spritze, Doktor Weidenfeld«, bittet Wanja und ich beobachte, wie der Arzt sich Handschuhe und Mundschutz anzieht, bevor er sich mir nähert.

»Macht bitte einen Eurer Oberarme frei«, sagt er gedämpft in das Papier vor seinem Gesicht. Ich folge seiner Bitte und sehe zu, wie er mir etwas Kaltes auf die Haut sprüht, um es dann mit einem sauberen Tuch zu verreiben. Dann holt er etwas aus einer Verpackung. *Was ...?* Ich zucke zurück. Was ist das?

»Ich werde Euch mit dieser feinen Nadel nun leicht stechen und das Mittel direkt in Euren Körper injizieren.« Mein Atem und mein Herzschlag beschleunigen sich, doch ich lasse den

Mann machen. Dann spüre ich zum ersten Mal in meinem langen Leben echten körperlichen Schmerz. Es überwältigt mich so sehr, dass ich ins Wanken gerate. Ich höre den Arzt leise lachen, als er mich stützt. Göttin, hat das wehgetan!

»Vergebt mir«, sagt der Mann. »Ich habe vergessen, dass Euch Euer menschlicher Körper in allen Belangen neu ist.«

Ich sage nichts, starre nur auf die Stelle, wo er dieses Ding in meinen Arm gerammt hat. Man sieht nichts, aber warum tut es immer noch weh? Ich traue mich nicht mal darüberzustreichen. Der Arzt klebt etwas über die Einstichstelle und beendet damit seine Arbeit.

»Ich bringe Euch in unser Gästezimmer«, sagt Wanja und mustert mich besorgt. »Dort könnt Ihr Euch erholen und darauf warten, dass der Impfschutz wirksam wird.«

Der Geruch in diesem Raum weiter oben im Orden ist verstörend. Es riecht vollkommen unbekannt. Die oberste Hüterin hat davon gesprochen, dass dieser Raum *desinfiziert* worden ist, und ich vermute hierin den Grund für diesen unangenehmen Gestank. Ich öffne entgegen der Anweisung der Hüterinnen das Fenster. Diesen merkwürdig chemischen Geruch ertrage ich nicht länger. Ich brauche den Duft der Bäume, die mich verlockend vor dem Fenster erwarten. Tief Luft holend sehe ich mich um. Unten stehen einige Hüterinnen und unterhalten sich. Sie bemerken mich nicht, also setze ich mich auf die Fensterbank und schaue hinaus auf die Wälder. Irgendwo dort hinten beginnt das Grenzgebiet, das nicht mehr in meinem Aufgabenbereich liegt. Ein Teil des Wetters ähnelt dem in Hemera, zumindest im engeren Kreis um das Gebiet der Menschen, doch je näher man Nevis' Eiswelt kommt, desto kälter wird es sein. Ich betrachte die Bäume, die sich zu verfärben beginnen. Der Spätsommer ist vorbei und Espen beginnt mit seiner Arbeit. Das macht er wirklich erstaunlich gut, und zwar von Anfang an, obwohl Mutter ihn immer noch kontrolliert und anlernt.

Ich frage mich, wie es Sol geht. Wie ist das wohl ... im Koma zu liegen? Nervös knete ich meine Hände. Sols Zustand ist für mich so unbekannt, dass ich mir nichts darunter vorstellen kann. Hat er Schmerzen?

Meine Kehle brennt. Ich möchte etwas trinken und hebe meine Hand. Doch ... nichts passiert.

»Ach ja«, sage ich zu mir selbst. Ich habe hier keine Kräfte. Dieser schutzlose Körper ist mir unheimlich. Ich sehe mich um und finde etwas zu trinken auf einem kleinen Tisch. Eine Verpackung, auf der ein Glas Wasser abgebildet ist.

»Klinisch rein, mehrfach entkeimt«, lese ich laut vor. Na dann, Prost. Ich öffne die Packung gemäß der aufgemalten Anleitung und nehme einen Schluck Wasser. Es schmeckt abgestanden. Leblos. Ich stelle es weg und fange an unruhig im Zimmer umherzulaufen. Die Erde macht mir Angst, ich fühle mich unsicher, habe keine Macht. Zudem muss ich aufpassen, dass ich niemanden hier ins Herz schließe. *Sol, was hast du nur getan? Wieso tust du mir das an?*

Plötzlich fühle ich mich ganz seltsam. Mir wird heiß und kalt. Ist das normal? Ich gehe zur Tür und öffne sie. Eine junge Hüterin mit dunkler Haut und schwarzem Haar steht von einem Stuhl auf.

»Aviv.« Sie verbeugt sich. »Ich bin Shania und stehe Euch zur Verfügung.«

»Etwas stimmt nicht mit mir.«

Sie sieht mich an und legt mir eine Hand auf die Stirn. Verstehend nickt sie.

»Ihr habt etwas Fieber. Laut unseren Aufzeichnungen ging es Sol nach der ersten Impfung genauso. Legt Euch bitte ins Bett, ich hole den Arzt.«

Ich folge ihrem Rat und meine Augen schließen sich wie von selbst.

Als ich am nächsten Morgen aufwache, fühle ich mich kraftlos und müde, aber nicht mehr unwohl.

»Guten Morgen«, begrüßt mich Wanja und ich schrecke hoch. »Verzeiht mir, Frühling. Ich wollte Euch nicht erschrecken. Das Fieber ist weg und die Impfung aktiv. Ihr könnt Euch nun auf der Erde bewegen. Zwar seid Ihr nicht vor Erkrankungen gefeit, aber Euer Immunsystem ist nun zumindest ähnlich stark wie das eines Menschen.«

Mir schwirrt der Kopf. Er fühlt sich immer noch schwer an und ich bin noch nicht wach genug, um die Information sofort zu verarbeiten. Schlaftrunken setze ich mich auf.

»Ihr könnt jetzt duschen und frühstücken. Dann wird Euch jemand zu Eurem Bruder bringen.«

»Danke«, murmele ich und Wanja erhebt sich.

»Kleidung und Handtücher findet Ihr im Badezimmer. Kommt nach unten in den großen Saal, wenn Ihr fertig seid.«

Ich nicke und reibe mir den Schlaf aus den Augen.

Nach dem Frühstück fühle ich mich wieder halbwegs lebendig. Dieser Kaffee, den mir die Hüterinnen serviert haben, elektrisiert mich förmlich.

»Die Pferde sind bereit«, sagt eine Hüterin zu Wanja, die mir bei meiner Mahlzeit Gesellschaft geleistet hat. Die Frauen um uns herum versuche ich auszublenden, auch wenn ich immer wieder Wortfetzen aufschnappe und aus dem Augenwinkel sehe, wie sie mich ehrfurchtsvoll betrachten. *Ich muss hier raus!*

»Wollen wir aufbrechen?«, fragt Wanja. »Ich begleite Euch ins Krankenhaus. Der Bevölkerung haben wir von Eurer Ankunft nichts erzählt. Wir hoffen, dass Ihr Euch auf diese Weise zumindest heute unerkannt in Hemera bewegen könnt.«

»Weiß Sols Familie Bescheid?«

»Ja, wir haben gestern eine Botin zu ihnen geschickt.«

»Gut. Ich denke, es wäre das Beste, wenn ich bei ihnen bleiben könnte.« *Hier werde ich nur wahnsinnig.*

»Wie Ihr wünscht, Frühling. Unsere Türen stehen Euch immer offen.«

Wanja steht auf und ich folge ihr durch die Halle hinaus zu einem kleinen Pferdestall. Zwei Tiere stehen gesattelt und aufgezäumt für uns bereit. Wanja reicht mir die Zügel eines schwarzen Hengsts.

»Ihr könnt reiten?«, fragt sie.

»Ja, da, wo ich herkomme, gibt es auch Tiere.« Ich nehme ihr die Zügel ab, streichele kurz über die Stirn des Pferds und steige dann auf. Wir reiten über einen kleinen Waldweg. Dort ist es still und friedlich und ich habe das Gefühl, aufatmen zu können.

»Darf ich Euch etwas Persönliches fragen?« Wanja sieht mich abwartend an.

»Ja, wenn ich mir vorbehalten darf nicht zu antworten.«

»Selbstverständlich.« Ihr Blick geht nach vorne. »Warum seid Ihr bisher nie auf die Erde gekommen? Sol erzählte uns, dass Ihr Euch genau wie er eine Frau suchen dürft.«

Ich atme tief durch und überlege, was ich sagen soll. Dann weiß ich es plötzlich: »Ich bin sehr alt, Wanja. Und man empfindet Zeit anders, wenn man sie im Überfluss hat. Ich werde nichts überstürzen.«

»Ihr seid besonnener als Euer Bruder«, stellt die Hüterin mit einem Lächeln auf den Lippen fest.

Wir passieren einen kleinen Bach, an dem ein Liebespaar sitzt. Zuerst will ich mit einem Stich im Herzen wegsehen, doch dann ziehe ich die Zügel an und bleibe stehen.

Nein, das kann nicht ... Ist das ...?

Diese Augen!

Ich kann bis in die Seele blicken.

Und sie ist mir so vertraut.

»Was ist mit Euch, Aviv?«, höre ich Wanja fragen. Auch sie hat ihr Pferd angehalten. Ich springe von meinem herunter.

Das Liebespaar sieht mich verwirrt an. Der junge Mann hat hellblondes Haar und warme braune Augen, die mir so unglaublich vertraut sind. Nur die Haarfarbe ist anders als damals ... Das Mädchen ist blond, so wie ich mich an sie erinnere, und aus ihrem Blick spricht das gleiche Temperament wie vor fünfhundert Jahren. Ich will meinen Augen nicht trauen, aber ... sie sind es.

»Stimmt etwas nicht?«, möchte der junge Mann wissen. Seine Stimme klingt fremd, aber es besteht kein Zweifel. Wenn ich in seine Augen sehe, kann ich es spüren.

Jesien.

»Können wir helfen?«, fragt jetzt das Mädchen an seiner Seite. Sie hat ihre Finger mit seinen verschlungen.

»Nein«, antworte ich und lächele.

Ihre Seelen wurden wiedergeboren …

… Und sie haben sich wiedergefunden.

»Sie sehen blass aus«, sagt Jesien und die Sorge in seinen Worten kommt mir so vertraut vor, dass es mir das Herz bricht. Ich blinzele kräftig gegen das Brennen in meinen Augen an.

»Bitte verzeiht«, sage ich und steige wieder auf mein Pferd. Am liebsten hätte ich ihn umarmt, aber er weiß nicht, wer er ist. Er kann sich an sein früheres Leben nicht erinnern.

»Alles in Ordnung?«, fragt Wanja flüsternd.

»Ja.« Ich treibe das Pferd an und sehe noch einmal zu dem Liebespaar zurück. Die beiden mustern abwechselnd sich gegenseitig und dann wieder mich.

»Ihr seid füreinander bestimmt«, rufe ich ihnen noch zu, dann sind wir auch schon zu weit entfernt.

»Kanntet Ihr die beiden?«, will Wanja wissen.

»Ihre Seelen.«

Sie sieht mich mit großen Augen an.

»Das sind Jesien und Dahlia.«

»Sicher?« Die Hüterin ist ganz aufgeregt. »Caleb Friedland und Tereseh Himmelthal sind Jesien und Dahlia …?«

»Kein Zweifel.« Ich muss einen Kloß im Hals herunterschlucken. Es gibt sie tatsächlich: füreinander bestimmte Seelen. Nur für mich nicht. Niemals. Eine Liebe, die den Tod der Freundschaft fordert, darf nie geboren werden. Wanja schweigt in Gedanken versunken. Ich schließe meine Augen und danke Gaia. Mit Sicherheit habe ich Mutter diese Begegnung zu verdanken.

»Ich würde sie gerne noch einmal sehen«, sage ich schließlich. »Könntet Ihr das organisieren? Irgendwo ... in aller Ruhe?«

»Selbstverständlich.« Wanjas Stimme ist belegt und sie räuspert sich. Sie klingt ... betroffen.

»Stimmt etwas nicht?«, frage ich vorsichtig.

»Caleb ist ... mein Sohn.«

Der Weg macht eine Kurve und gibt die Sicht auf Hemera frei. Von nahem sieht es ganz anders aus als von oben betrachtet. Natürlich habe ich mir die Stadt schon über mein Wetterportal genau angesehen, aber tatsächlich hier zu sein ist noch mal etwas anderes. Die verschiedensten Gerüche schlagen mir entgegen. Es sind so viele, dass es mir nicht gelingt, sie alle zuzuordnen. Eine geballte Ansammlung von Eindrücken überflutet meine Reize. Wie eine Welle schlagen sie über mir zusammen. Ich fühle mich, als wäre jeder Muskel in meinem Körper verkrampft. Menschen starren mich an und fragen sich wahrscheinlich, wer ich bin. Ich halte meinen Blick gesenkt und versuche sie nicht direkt anzusehen. Wanja hatte mir beim Frühstück erzählt, dass man an dem blühenden Grün in meinen Augen erkennen könne, dass ich anders bin. Im abgeschlossenen Raum im Orden hatte mir das in der Tat ein wenig geschmeichelt, doch nun werde ich panisch bei dem Gedanken, dass diese vielen Menschen mich erkennen könnten. Ich will nur noch zu Sol.

»ILEA!«, ruft eine männliche Stimme hinter mir. In dem Moment überholt eine Frau auf einem braunen Pferd Wanja und mich. Ihr Gesicht konnte ich nicht sehen, aber sie reitet ohne Sattel und hat die Arme zu den Seiten ausgestreckt. Ein weiteres Pferd schießt an uns vorbei. Ein junger Mann mit schwarzen Haaren sitzt darauf.

»Ilea, mach langsam!«, fordert er lauthals. »Du endest noch wie deine Mutter.«

Wanja gibt ein komisches Geräusch von sich. Ich sehe zu ihr und lese einen schwer zu deutenden Ausdruck irgendwo zwischen Sorge und Belustigung in ihrer Miene.

»Das war Sols Enkelin«, sagt sie und dann klingelt es bei mir. *Ilea.* Ja, der Name war gestern gefallen. »Wir werden sie am Krankenhaus treffen.«

In der Tat kann ich vor einem merkwürdig deplatziert aussehenden weißen Gebäude die junge Frau und den schwarzhaarigen Mann ausmachen. Sie binden gerade die Pferde an.

»Ilea Sommerkind«, ruft Wanja, um auf sich aufmerksam zu machen. Ilea dreht sich um. Verspielte, große Augen blicken erwartungsvoll in unsere Richtung. Ihr lockiges Haar ist vom Ritt noch ganz zerzaust. Ich habe Mühe, im Sattel sitzen zu bleiben. Es ist, als hätte mir eine unsichtbare Macht einen Stoß versetzt. Doch dann hält mich Ileas Blick plötzlich gefangen. Sie ist so … schön!

3. FRÜHLING IM HAUS – ILEA

Wanjas Stimme habe ich sofort erkannt. Mein Lachanfall ebbt langsam ab, auch wenn der japsende Yannis neben mir mich wieder an unsere kleine Jagd erinnert. Nanny wollte mir gestern Abend noch etwas wegen der Oberin sagen, aber dann haben wir uns nicht mehr gesehen, und als ich aufgestanden bin, war Großmutter bereits ins Krankenhaus aufgebrochen. Ein Mann begleitet Wanja ... Wer kann das sein?

»Kennst du den Kerl?«, fragt Yannis.

»Nein, noch nie gesehen.«

»Der ist mindestens einen Kopf größer als ich.«

»Das ist auch kein Kunststück«, flüstere ich und ramme ihm spielerisch einen Ellenbogen in die Seite. »Du bist nicht viel größer als ich.« Dass ich winzig bin, sage ich nicht noch extra dazu. Das sieht Yannis schließlich selbst.

»Guten Tag, Ilea. Yannis«, begrüßt uns Wanja und steigt vom Pferd.

Ich sehe zu dem Mann. Sein brünettes Haar ist vom Wind zerzaust und seine grünen Augen beobachten mich gespannt. Er wirkt ernst und ... irgendwie verloren. Vielleicht auch etwas schüchtern, was im starken Kontrast zu seinem attraktiven Äußeren steht.

»Seid gegrüßt, Wanja«, sagt Yannis, doch ich betrachte immer noch den Mann neben ihr. Wieso ist er so traurig? In seinem Blick liegt etwas, das mir tief unter die Haut geht. Er steigt vom Pferd und sieht zur obersten Hüterin.

»Aviv, das ist Ilea Sola Sommerkind und das ist Ya…« Mehr bekomme ich von Wanjas Worten nicht mit. Aviv? D-das ist … Aviv? DER Aviv?

Ich meine, es gibt Menschen, die ihre Kinder nach denen der Göttin benennen, aber … in diesem Fall. Nein. Er muss der Echte sein. Sicher will er seinem Bruder beistehen.

Ich schlucke.

Gaias ältester Sohn.

Der, der bisher noch nie auf die Erde gekommen ist.

Der, der Leben schenkt.

Der Frühling.

Ich weiche ehrfurchtsvoll einen Schritt zurück und neige mein Haupt vor ihm.

»Seid gegrüßt, Aviv. Es ist eine große Ehre, Euch hier zu haben.« Ich sehe hoch und unsere Blicke treffen sich. Es ist, als würde pures Leben in seinen grünen Augen pulsieren … und dennoch ist da diese Melancholie … und eine Dunkelheit, die mir Angst macht.

»Du wirkst überrascht, Ilea?« Wanja rettet den Moment mit ihrer Frage.

»Ich wusste es nicht«, sage ich ehrlich.

»Wir haben euch einen Boten geschickt.«

»Großmutter wollte mir etwas sagen, aber wir haben uns immer verpasst. Vermutlich war es das.« Nanny hätte mir einen

Zettel schreiben können. Wieso hat sie mich nicht darauf vorbereitet? Aviv ist mit Yannis beschäftigt, der ihm mutig eine Hand entgegengestreckt hat. Der Frühling ergreift sie und ich bin neidisch, dass ich nicht so tapfer gewesen bin.

»Ist deine Großmutter schon bei Sol?«

Ich nicke Wanja zu. »Sie weicht ihm nur von der Seite, wenn die Müdigkeit sie zwingt.«

Aviv sieht wieder zu mir. Er ist so ... schön. Natürlich, ich schlage mir gedanklich selbst vor die Stirn. Er ist ja auch ein Sohn der Göttin, selbstverständlich hat sie sich bei seiner Schöpfung besonders viel Mühe gegeben. Dennoch verknotet sich alles in mir vor Ehrfurcht. *Göttin, meine Haare!* Hektisch versuche ich sie zu ordnen.

»Gehen wir rein«, sagt Wanja. »Folgt mir bitte, Aviv.«

Er nickt ihr zu und ich frage mich, wie seine Stimme klingt. Bisher hat er nichts gesagt. Mein Kopf fühlt sich an, als würde er sich drehen. Yannis und ich folgen Wanja und dem Frühling in das große Laborgebäude, das auch das Krankenhaus beherbergt.

»Ich hasse den Geruch hier drin«, sagt Yannis.

»Es riecht so unnatürlich«, stimme ich ihm zu. »Man merkt, dass hier viel mit künstlichen Stoffen gearbeitet wird.«

»Das ist das Desinfektionsmittel«, erklärt Wanja von vorne.

»Davon wird mir immer schlecht.« Hoffentlich werde ich nicht ganz grün im Gesicht. Aviv sieht kurz über seine Schulter zu mir und lächelt wissend. Geht es ihm auch so? Meine Knie werden augenblicklich weich und in Bauch und Armen kribbelt es vor Aufregung. Wow, ich habe mich schon bei Sol so merkwürdig gefühlt, aber was Aviv mit mir anstellt, ist ganz anders. Er hat eine fast schon unnahbare Aura und dennoch habe ich das Gefühl, seine Nähe suchen zu wollen. Das muss mit seiner Göttlichkeit zu tun haben, anders kann ich es mir nicht erklären.

Als wir an Sols Zimmer ankommen, bittet Wanja Yannis und mich, draußen zu warten. Sie möchte dem Frühling etwas Zeit alleine mit seinem Bruder geben. Nach ein paar Minuten kommt sie mit Nanny aus dem Raum. Die Augen meiner Großmutter leuchten.

»Aviv ist so ein schöner Mann«, flüstert sie. Wanja nickt und ich weiche ihrem Blick aus, während meine Wangen zu glühen beginnen. Nanny beobachtet mich, das kann ich fühlen.

»Aviv hat den Wunsch geäußert, seinen Aufenthalt hier bei euch zu verbringen«, teilt uns Wanja mit und sieht Großmutter an. »Ich schätze, er möchte die Familie seines Bruders gerne kennenlernen.«

»Natürlich.« Nanny sieht mich an. »Wir finden schon ein Plätzchen für ihn.«

»Er kann mein Zimmer haben«, sage ich. »Ich schlafe eh kaum.«

»Du bekommst dann mein Bett, wenn ich aufstehe.« Nanny hat ein Grinsen auf den Lippen, das ich nicht deuten kann. »Meistens kommst du erst nach Hause, wenn ich aufstehe.«

»Nachts kann ich am besten arbeiten«, erkläre ich Wanja meine merkwürdigen Schlafgewohnheiten. »Und Lichtprobleme habe ich nie.«

»Das ist wohl so, wenn man die Sonne im Blut trägt.« Die

oberste Hüterin wirkt zufrieden. »Also gut, dann übergebe ich den Frühling in eure Hände. Passt bitte auf ihn auf und denkt dran, dass vieles hier für ihn fremd und neu ist.«

Es erstaunt mich, dass Wanja uns nie einen Vorwurf gemacht hat für das, was mit Sol passiert ist. Er hat sich ebenfalls in unserer Obhut befunden und jetzt überlässt sie uns auch noch Aviv. Allerdings hatte sie eine wütende Ansprache an alle Hemeraner gerichtet. Ich bezweifle, dass Aviv so bedrängt werden wird wie Sol. Die Menschen haben ein schlechtes Gewissen.

»Wir geben uns Mühe«, verspricht Nanny.

Göttin, wir nehmen Aviv wirklich mit zu uns nach Hause? Der Gedanke an Sol im Haus war schon aufregend, aber er ist Familie. Aviv hingegen ... Ich weiß nicht, wieso, aber er kommt mir irgendwie göttlicher vor als Sol. Besser kann ich es nicht beschreiben. Aviv ist unnahbar. Unantastbar. Heilig und rein. Vielleicht liegt es daran, dass Sol sich in der Vergangenheit schon hier auf der Erde vergnügt hat und deswegen einen gewissen Ruf hat. Aber Aviv ... Er ist ... *war* bisher die Jahreszeit, die sich rargemacht hat. Als es die Wahlen noch gab, konnte er einige Frauen für sich gewinnen, doch wenn ich jetzt an seine Augen denke – so traurig, so verloren ... Als Abkömmling des Sommers durfte ich in den Aufzeichnungen des Ordens lesen, wurde dort sogar ein wenig unterrichtet, und ich erinnere mich an die Beschreibung von Aviv. Sie passt so gar nicht zu dem wahren Halbgott. Hieß es nicht, er wäre jungenhaft und verspielt? Nur die Schüchternheit passt. Ich lache innerlich über mich selbst. Natürlich wirkt er jetzt gedämpft. Sein Bruder kämpft um sein Leben. Da ist es doch selbstverständlich, dass er nicht bester Laune ist. Dennoch werde ich das Gefühl nicht los, dass die Traurigkeit in seinen Augen tiefer wurzelt.

»Hat er schon diese Spritze bekommen?«, fragt Nanny und reißt mich aus den Gedanken. »Ich erinnere mich daran, dass das bei Sol notwendig war. Für sein Immunsystem.«

»Ja, Aviv ist versorgt. Darüber müsst ihr euch keine Gedanken machen.« Wanja starrt zur Tür. »Wir leben wirklich in einer gesegneten Zeit, dass wir zwei Söhne der Göttin sehen und kennenlernen dürfen.«

»Auch wenn ich mir manchmal wünsche, ich hätte Sol nicht ganz so gut kennengelernt«, seufzt Nanny und sieht entschuldigend zu mir. »Aber ohne ihn hätte ich meine wundervolle Ilea nicht.«

»Danke«, sage ich voller Sarkasmus. Ich lächele Nanny an.

»Gehen wir zu Aviv«, schlägt Wanja vor. Yannis, der bisher schweigend neben mir stand, nimmt meine Hand und drückt sie. Gemeinsam betreten wir das Zimmer. Der Blick des Frühlings fällt auf unsere verschränkten Finger. Er wandert kurz zwischen Yannis und mir hin und her, dann widmet er sich wieder dem blassen Sol, der immer noch an so vielen Instrumenten hängt, dass es mir jedes Mal einen Schauer über den Rücken jagt. Nanny geht an seine andere Seite und tätschelt liebevoll und ohne Berührungsängste Avivs Hand über das Bett hinweg. Ich hingegen verkrampfe und drücke mich näher an Yannis, der mich an sich zieht. Sein Geruch beruhigt mich. Er ist mein Bruder. Nicht im Blut, aber im Herzen. So geht es den Jahreszeiten sicherlich auch untereinander. Ich sehe zu Yannis, sein Blick ruht auf Sol und irgendetwas liegt da in seinen Augen. Angst? Ehrfurcht?

»Kann er uns hören?«, möchte Aviv wissen und seine Stimme durchfährt mich wie ein Blitz. Ich möchte auf der Stelle weinen, um diese Gefühlsexplosion in meinem Körper loszuwerden. Sie tobt wie ein Orkan in mir und lässt mich mein hämmerndes Herz ganz deutlich spüren.

»Das kann man nicht genau sagen«, antwortet Nanny. »Aber ich erzähle ihm viel oder singe für ihn.«

Aviv nickt und umklammert eine Hand seines Bruders.

»Frühling?«, lenkt Wanja seine Aufmerksamkeit auf sich. Er schaut auf und die Trauer in seinem Blick lässt mich wegsehen. Zu viel. Zu stark. Das Bild verschwimmt vor meinen Augen.

»Ich werde wieder in den Orden gehen. Schickt nach mir, wenn Ihr etwas benötigt. Die Familie Nachtblüte wird Euch aufnehmen.«

»Danke«, sagt Aviv. Da ich meine Füße eingehend studiere, kann ich nicht genau sagen, ob er dabei Wanja oder Nanny ansieht.

»Wir werden ihn gut versorgen«, versichert meine Großmutter noch einmal. Ich sehe zu Wanja, die ihr Haupt vor dem Frühling verneigt und dann leise das Zimmer verlässt.

»Ich muss jetzt zum alten Freiwald«, flüstert Yannis mir zu und sieht mich entschuldigend an. »Der ist gestern mit dem Karren gegen den verwitterten Stall gekracht und jetzt steht das Vieh schutzlos dem Wetter ausgeliefert auf der Weide.«

Ich gebe ihm einen Kuss auf die Wange. »Pass gut auf dich auf, wenn du auf irgendwelchen Bauruinen herumkletterst.«

»Du weißt doch, ich bin wie eine Katze. Ich falle immer auf die Beine.« Yannis zwinkert mir zu und küsst dann meine Stirn. »Die Göttin sei mit dir, Nanny.« Er sieht etwas schüchtern zum Frühling. »Aviv, es war mir eine Ehre.«

»Mach es gut, Junge. Die Göttin wache über dich«, antwortet Nanny und Aviv lächelt. Für einen Moment kann ich das in ihm sehen, was Maya in den Schriften berichtet.

»Es ist merkwürdig, Euch so über meine Mutter reden zu hören«, sagt er und der Anflug des Lächelns verschwindet wieder. »Auf Wiedersehen, Yannis.«

Mein bester Freund verschwindet und ich gehe zu Nanny hinüber. Was sich jedoch als keine besonders gute Idee herausstellt. Jetzt stehe ich Aviv genau gegenüber und kämpfe damit, ihn nicht anzustarren.

»Hast du deine Arbeit schon fertig, Kind?«, fragt Nanny, vermutlich um die Stille zu durchbrechen.

»Ich war die ganze Nacht fleißig.«

»Hast du etwas geschlafen?«

»Ja.« Ich lächele meine Großmutter an und versuche ruhig zu stehen. Irgendwie habe ich das Gefühl, gleich abzuheben und davonzuschweben. Der Grund dafür starrt mich unverhohlen an.

»Als was arbeitet Eure Familie?«, fragt Aviv schließlich und übertönt damit das laute Dröhnen meines Pulses in meinen Ohren.

»Ich bin Lehrerin gewesen«, antwortet Nanny. »Doch meine Tochter hat in eine Schneiderfamilie eingeheiratet und das Handwerk erlernt. So kommt es, dass ich jetzt bei Schneidern lebe und den Haushalt für meinen Schwiegersohn und Ilea führe, so gut das meine alten Knochen noch können.« Nanny sieht mich voller Stolz an. »Ilea ist die beste Schneiderin in Hemera. Was sie herstellt, wird Mode.«

Meine Wangen brennen. »Nanny!«, zische ich ermahnend und senke den Blick. »Gib doch nicht so an vor Gaias Sohn.«

»Es ist ein Unterschied, ob man angibt oder einfach nur die Wahrheit sagt«, belehrt sie mich.

»Trotzdem.«

»Ach, ist doch in Ordnung, Kind. Aviv arbeitet selbst auch schöpferisch.«

»Großmutter!«, rufe ich entsetzt aus. »Du kannst das Herstellen von Kleidung doch nicht mit dem vergleichen, was Aviv tut. Er erweckt die Natur zum Leben!«

Ein leises Lachen erklingt von der anderen Seite des Bettes.

»Er ist aber auch ein Halbgott und du nur ein Mensch«, verteidigt sich Nanny und funkelt mich warnend an. Ich soll ihr nicht mehr widersprechen. Ich verschränke die Arme vor der Brust.

»Ein Mensch mit ein paar Göttergenen, bitte schön«, korrigiere ich Nanny trotz ihres tödlichen Blicks. »So viel Zeit muss sein.«

»Schon in Ordnung«, meldet sich Aviv zu Wort. Ich sehe zu ihm und kann genau beobachten, wie das Lächeln in seinem Gesicht wieder stirbt und von dieser eigenartigen Melancholie erdrückt wird. Nanny wirkt plötzlich, als wolle sie aufbrechen.

»Ich werde nach Hause gehen und etwas für uns kochen«, bestätigt sie meinen Verdacht. »Bleibst du bitte noch bei Aviv, Ilea? Ihr könnt dann später nachkommen, wenn ich das Essen fertig habe.« Nanny wendet sich an Aviv, bevor ich protestieren kann. »Gibt es etwas, was Ihr besonders gerne esst, Frühling?«

»Ich bin, was das angeht, recht unkompliziert«, antwortet er und die Wärme seiner Stimme kribbelt in meinen Adern. »Ich esse das, was Ihr mir kocht. Bitte macht Euch keine Umstände.«

Nanny nickt und sieht kurz warnend zu mir. Ihre Augen sagen: *Sei ja nett.*

»Bist du sicher, dass wir dich nicht begleiten sollen, Nanny?«, frage ich in der Hoffnung, nicht alleine mit Aviv hierbleiben zu müssen.

»Ja, bitte bleibt hier und leistet Sol etwas Gesellschaft.« Sie sieht zu dem Mann, den sie ihr Leben lang geliebt hat, auch wenn sie immer zu eitel war es zuzugeben. Für einen Moment kann ich ihren Schmerz spüren. Ich drücke ihre knöchrigen Hände sanft und lasse sie dann gehen. Aus Angst, Avivs Blick zu begegnen, sehe ich ihr eine ganze Weile lang nach, auch wenn das bedeutet, dass ich nur die Tür anstarre. Schweigend stehen wir an Sols Bett. Keiner sagt etwas und die Stille liegt schwer über uns. Mir fällt nichts Kluges ein, was ich sagen könnte. Ihn zu fragen, wie es ihm auf der Erde gefällt, wäre dämlich. Wie soll es ihm schon gefallen, wenn er die Hand seines in Lebensgefahr schwebenden Bruders hält?

»Steht Ihr Euch sehr nahe?«, frage ich schließlich, meide jedoch seinen Blick und sehe stattdessen auf Sols blasse Hand in meiner.

»Ich möchte ungern einen Liebling unter meinen Brüdern wählen, aber ja, irgendwie steht Sol mir am nächsten. Oder stand …«

»Bitte sprecht nicht in der Vergangenheit von ihm, Frühling«, flehe ich und schaue ihn jetzt doch an. Seine grünen Augen mustern verzweifelt Sols Gesicht. Als er meinen Blick bemerkt, sieht er mich an und ich erstarre.

»Bitte, wollen wir nicht Du sagen?« Er lächelt kurz, aber ohne dass es seine Augen erreicht.

»In Ordnung.« Ich schlucke. »Leider weiß ich ganz genau, wie du dich jetzt fühlst.« Es kommt mir falsch vor, ihn so vertraulich anzusprechen. »Als meine Mutter ...« Nein, ich habe Unrecht. Ich weiß nicht, wie er sich fühlt. »Tut mir leid, bei dir ist es etwas anderes. Dein Bruder und du, ihr seid unsterblich. Wir Menschen werden mit dem Wissen geboren, dass unsere Zeit hier begrenzt ist ... Verzeih mir, dass ich so töricht war.«

»Ich kann mir nicht vorstellen, dass es wirklich anders ist«, sagt er mit ruhiger, sanfter Stimme und ich muss unweigerlich daran denken, wie er mit ihr Blumen blühen lässt und Tiere aus dem Winterschlaf erweckt. Oder macht er das mit seinen Händen? Ich jedenfalls habe das Gefühl, innerlich zu erblühen, wenn er spricht. Alles kribbelt und pulsiert vor Leben. Ich lasse das Thema ruhen und setze mich auf einen Stuhl neben Sol. Hätte ich mir doch nur eine Näharbeit mitgenommen.

»Es ist so merkwürdig, ihn so zu sehen«, sagt Aviv. »Ich erwarte die ganze Zeit, dass er gleich die Augen aufschlägt und einen dummen Witz macht.«

Ich muss leise lachen. »Macht er die öfter? Dumme Witze, meine ich?«

»Ständig«, seufzt Aviv. »Er kann nicht lange still sein.« Er schließt einen Moment die Augen. »Was seine *Situation* noch surrealer macht.«

»Wenn du eine Pause brauchst, können wir gerne einen kleinen Spaziergang machen, bevor wir nach Hause gehen.« Es ist komisch, ihn und mein Zuhause in Verbindung zu bringen. Sein Heim kann ich mir höchstens im Ansatz erträumen. Aviv drückt Sols Arm, als wolle er sich an ihm festhalten.

»Nein, aber danke, Ilea.«

Mein Name aus seinem Mund erweckt etwas in mir, das ich nicht benennen kann. Es fühlt sich an wie ein Tornado tief in meinem Innersten. Er reißt meine Gedanken mit sich und wirbelt sie wild in meinem Kopf umher. Es schmerzt, aber auf eine wunderschöne Art. Ich bin so durch den Wind, dass ich gar nicht mitbekomme, dass Aviv mich mustert.

»Deine Haare haben eine sehr eigene Farbe«, stellt er fest und ich streiche mir verlegen über den Kopf.

»Eigentlich sind sie brünett, aber mit den Jahren sind immer mehr hellblonde Strähnen dazugekommen.« Ich seufze. »Das liegt vermutlich an der Magie in mir.«

Aviv legt fragend den Kopf schief und runzelt die Stirn.

»Wenn ich den Sommerwind rufe oder das Licht breche, wird mein Haar blond.« Ich sehe zu Sol. »Wie seins.«

»Würdest du es mir zeigen?«

Ich nicke und breche das Sonnenlicht im Fenster so, dass ein Regenbogen im Zimmer erscheint. Die bunten Farben streifen Avivs Schulter und ich wünsche mir, an ihrer Stelle zu sein. Ich muss mein Haar nicht sehen, um zu wissen, dass es hellblond strahlt.

»Gütige Mutter«, flüstert Aviv erstaunt. »Das ist unglaublich.«

Ich beende den Zauber und lächele verlegen. Aviv hat seine großen grünen Augen immer noch erstaunt aufgerissen.

»Als Kind wurde ich deswegen immer ausgelacht, weil es da diesen einen Film gibt, über das Märchen …«

»… Rapunzel?«, rät er richtig und ich bin erstaunt, dass er es kennt.

»Ja, genau.« Ich lächele. Das machen Halbgötter also, wenn sie gerade nicht an der Reihe sind. Sie sehen sich Filme an. Kinderfilme. Interessant.

»Ich liebe Filme. Schade, dass nichts Neues mehr produziert wird.« Aviv betrachtet seine Hände. »Sie sind eine nette Ablenkung.«

Wovon?, will ich ihn fragen, aber die Traurigkeit in seinen Augen lässt mich ehrfurchtsvoll zurückschrecken. Abgesehen von der Sorge um seinen todkranken Bruder ist da noch etwas anderes. Etwas, das mich den Atem anhalten lässt, weil es so grausam und mächtig ist und ihm die Luft abzuschnüren droht. Wenn ich könnte, würde ich ihm etwas von dem warmen Licht, das Sols Blut in mich gepflanzt hat, in sein Herz leiten. Ein Grummeln am Himmel holt mich aus den Gedanken und ich sehe zum Fenster.

»Espen, jetzt bitte kein Gewitter«, murmele ich. Aviv lacht kurz auf.

»Macht ihr Menschen das wirklich so? Ihr sprecht mit uns, wenn euch das Wetter nicht passt?« Das Grün seiner Augen funkelt neugierig.

»O ja«, sage ich. »Weißt du, wie oft ich mit dir geschimpft habe, weil ich im April nachmittags in der Sonne fast geschmolzen bin, nur um dann nachts von einer Sekunde auf die andere frierend und klatschnass vor dem Regen Schutz zu suchen?«

»Ich entschuldige mich ganz offiziell dafür.« Er grinst und es steckt mich an. »Für jedes einzelne Mal.«

»Danke«, sage ich in Ermangelung einer besseren Erwiderung.

»Aber ihr bekommt auch Liebesbekundungen. Du ganz besonders, wenn der Schnee schmilzt und die Welt wieder Farbe annimmt. Dann hört man deinen Namen ganz oft in der Stadt: *Danke, Aviv, endlich bist du wieder da.* Oder: *Aviv liebt uns heute ganz besonders, so ein schöner, warmer Frühlingstag.«*

»Das hören wir leider nicht«, sagt er und sieht wieder zu seinem Bruder. »Irgendwie schade.«

Ich will ihm noch so viel mehr erzählen, wie wir ihm zu Ehren Lieder singen oder dass er für die Menschen so geheimnisvoll ist, weil wir kein Bild von ihm haben. Letzteres wird sich jetzt wohl ändern und zukünftige Generationen, zumindest die der Hüterinnen, werden wissen, wie der Gott aussieht, der ihnen jedes Frühjahr das Aufleben der Natur schenkt. Seine Welt im Reich der Göttin muss das Schönste sein, was es in diesem Universum gibt. Ich kann mir nicht vorstellen, dass irgendeine andere Jahreszeit gegen die Blütenpracht im Frühling ankommt. Ein Blitz erhellt das Zimmer für einen Moment und erst jetzt wird mir klar, wie dunkel es geworden ist. Ich gehe zum Lichtschalter und betätige ihn. Der Raum wird in ein orangefarbenes Licht getaucht.

»Espen kann nicht anders«, verteidigt Aviv Jesiens Sohn. »Es ist noch zu viel heiße Sommerluft in der Sphäre. Er muss sie abkühlen und dann gibt es Gewitter.«

Gebannt hänge ich an Avivs Lippen. Die Arbeit der vier Jahreszeiten hat mich schon immer interessiert.

»Er ist nicht so geschickt wie Jesien.« Aviv sieht ebenfalls zum Fenster. Ist das Heimweh in seinen Augen? Zu gerne würde ich ihn fragen, ihn trösten und ablenken, doch ... er ist Gaias Sohn und die Ehrfurcht vor ihm lässt mich Abstand halten.

»Wie weit ist es bis zu deinem Heim?«, fragt er. In dem Moment prasseln die ersten Regentropfen gegen das Fenster.

»Zu weit, um trocken nach Hause zu kommen.« So schnell rennt kein Pferd. Aviv lächelt mich an und zieht die Augenbrauen hoch.

»Das denke ich mir«, spricht er gegen den lauter werdenden Regen an. Er trommelt jetzt heftig gegen die Scheibe. Ein Grummeln und Dröhnen lässt die Luft vibrieren.

»Espen hätte warten können, bis wir zu Hause sind«, sage ich gespielt vorwurfsvoll.

»Ich werde es ihm ausrichten.« Aviv lächelt wieder und dennoch wirkt er dabei so unnahbar.

»Göttin!«, rufe ich erschrocken aus. »Die Pferde!«

Es ist schon dunkel, als es aufhört, so furchtbar zu regnen, und Aviv und ich das Krankenhaus verlassen. Zum Glück hatte schon jemand vom Krankenhaus unsere Pferde mit allen anderen Tieren untergestellt, so dass ich vollkommen umsonst klatschnass geworden bin. Meine Haare stehen jetzt, wo sie wieder getrocknet sind, in alle Richtungen ab und kräuseln sich. Wir holen die Tiere aus dem Stall und Aviv sattelt seins. Wer auch immer die Pferde in Sicherheit gebracht hat, hat seines auch von seinem Sattel befreit. Ich war ohne gekommen, und als ich aufsitzen will, ist Aviv plötzlich direkt neben mir und hält mir seine Hände als Tritt hin.

»Oh«, sage ich erstaunt. »Danke.« Mit seiner Hilfe steige ich auf das Pferd und lächele zu ihm herunter. »Danke, ich hatte noch gar nicht daran gedacht, dass Yannis mir auf das Pferd geholfen hat.« Warum muss ich kleine Person auch immer ohne Sattel reiten? Das sind eindeutig die Gene meiner Mutter. Aviv nickt mir nur zu, bevor er auf den schwarzen Hengst steigt und die Zügel in die Hand nimmt. Ich sehe nach oben. Der Mond ist hinter großen, schweren Wolken verschwunden, weshalb es nicht leicht sein wird, seinen silbrigen Schein so zu brechen, dass er uns den Weg ausleuchtet. Wir werden also den Lichtern Hemeras folgen müssen.

»Man sieht keine Sterne«, sagt Aviv, dessen Blick meinem in den Himmel gefolgt ist.

»Ja, leider nicht. Wir sollten uns beeilen, bevor der nächste Wolkenbruch herunterkommt.« Damit gebe ich dem Pferd den Befehl loszutraben. Aviv folgt mir.

»Ist dir kalt?«, fragt er plötzlich und ich bemerke, dass ich ein wenig zittere. Das liegt allerdings nicht an den Temperaturen. Aviv hat vorhin so nah bei mir gestanden, dass ich seine Körperwärme auf der Haut schmerzlich vermisse.

»Es ist nicht weit«, weiche ich seiner Frage aus. Er sagt nichts weiter, bis wir schließlich in den mittleren Kreis von Hemera kommen. Hier werden die Straßen enger, dafür haben wir aber mehr Licht. Wir reiten zu den Ställen, wo auch unsere Tiere stehen, und versorgen die Pferde mit allem Nötigen, bevor wir uns auf den Weg nach Hause machen. Dafür müssen wir die Liliengasse entlanggehen, wo es noch nach den köstlichen Backwaren der Kahlfelds duftet. Ich kann in Avivs Gesicht sehen, dass er Hunger bekommt. Mir geht es genauso.

»Jetzt ist es noch ruhig in den Straßen, aber bald werden dir die Frauen Hemeras zu Füßen liegen«, sage ich und versuche es scherzhaft klingen zu lassen. Doch so richtig will mir das nicht gelingen. Irgendwie versetzt mir der Gedanke einen Stich. Schlimmer als jede Nadel.

»Ich hoffe, dass ich möglichst lange unerkannt bleiben kann.« Aviv sieht sich unsicher um.

»Das wird nicht lange gut gehen, fürchte ich.«

»Ich auch.« Er klingt nachdenklich. Wäre er Yannis, hätte ich jetzt seine Hand genommen, mich spielerisch gegen seine Seite geworfen, um ihn aus dem Gleichgewicht und aus seinen Gedanken zu stoßen. Doch er ist der älteste Sohn meiner Göttin. Mein Frühling. Ich reiße mich zusammen, denn wir sind angekommen.

»Hier wohnen wir«, sage ich und deute auf das Schaufenster, durch das man ein paar meiner geschneiderten Sachen erkennen kann. Aviv betrachtet das Haus und sagt nichts.

»Komm rein«, bitte ich ihn. Als wir den Laden betreten, schalte ich das Licht ein und mir fällt auf, dass der Frühling vollkommen erschöpft aussieht. Erneut muss ich dem Drang widerstehen, ihn an die Hand zu nehmen. Ich war eigentlich schon immer ein Mensch, der schnell Körperkontakt sucht. Das irritiert manche Leute. Yannis hingegen war es von Anfang an willkommen. Ob Sol auch so ist? Vielleicht habe ich das von ihm? Nur haben die Jahreszeiten meistens niemanden zum Anfassen, oder? Ich starre Aviv an, der zerknirscht und ausgezehrt aussieht, und frage mich, ob er einsam ist.

»Er fällt uns gleich mit dem Kopf in die Suppe«, sagt Großmutter, die zu Avivs Ehren ein Drei-Gänge-Menü gezaubert hat. Ich lächele, weil Nanny kein Blatt vor den Mund nimmt.

»Möchtet Ihr schlafen gehen, Aviv?«, fragt Vater. »Meine Tochter geht sofort das Bett frisch beziehen.«

»Das habe ich schon erledigt«, meldet sich Nanny. »Aber der Junge geht nirgendwohin, solange er nichts im Bauch hat. Sonst wacht er mitten in der Nacht auf und hat Hunger.« Sie sieht zu mir. »Es reicht, wenn hier *ein* Nachtgespenst herumhuscht.«

»Haha«, mache ich zwischen zwei Löffeln von Nannys köstlicher Gemüsebrühe.

»Ich kenne das gar nicht«, sagt Aviv und fasst sich an den Kopf. »So müde zu sein.«

Wäre er Yannis, hätte ich ihm ein Brötchen an den Kopf geworfen. Aber ich kann mich beherrschen, weil es unten an der Tür klopft. Wenn man vom Teufel spricht …

»Gehst du noch an den Bach?«, fragt Vater.

»Ja«, antworte ich und rufe im Gehen noch hinterher: »Ich habe doch ohnehin kein Bett.«

Yannis grinst mich an, als ich ihm die Tür öffne.

»Komm rein, es gibt Essen!« Gemeinsam gehen wir nach oben. Yannis grüßt in die Runde und neigt den Kopf vor Aviv. Ehe er sich's versieht, hat Nanny ihn neben den Frühling gesetzt und ihm einen Teller Suppe hingestellt.

»Ich habe schon gegessen«, meint Yannis vorsichtig, den sie gar nicht gefragt hatte, ob er etwas essen möchte.

»Ein Teller Suppe geht immer. Du bist ohnehin viel zu dürr.«

»Er muss schlank sein«, verteidige ich meinen besten Freund.

»Meinst du, dass ich sonst irgendwann durchs Dach breche?«, fragt Yannis glucksend und seine Augen funkeln verspielt. Bevor ich mich daran erinnern kann, dass wir göttlichen Besuch haben, fliegt auch schon das erste Brötchen. Yannis fängt es lässig mit einer Hand und beißt hinein.

»Ich habe einen guten Stoffwechsel.«

»Du arbeitest wie ein Tier, kletterst den ganzen Tag auf Häusern herum. Da würde jeder schlank bleiben«, meint Vater und lächelt uns beiden zu. Ich glaube, er hofft, dass wir irgendwann mal heiraten. Dass zwischen Yannis und mir aber überhaupt keine Funken sprühen, sieht er nicht.

»Ein Schneider muss auf die Figur achten«, seufzt Vater und reibt sich den Bauch.

»Das ist dir ja nicht so gut gelungen«, meint Nanny trocken, woraufhin wir alle zu lachen beginnen. Sogar Aviv lächelt. Als ich ihn so neben Yannis betrachte, wird mir klar, dass ich ihm unbedingt ein paar neue Sachen nähen muss. Ich weiß nicht, wie lange die Frauen im Orden diese Kleider schon lagern, aber aus diesem Jahrzehnt sind sie nicht. Yannis hingegen trägt das dunkelblaue Shirt und die knielange schwarze Strickjacke, die ich ihm vor einiger Zeit gemacht habe. Für seine Arbeit ist sie untauglich, für die Abende am Bach dagegen perfekt. Wenn ich Aviv so anschaue, ist es egal, was er trägt. Im Moment würde ihm eine dicke, warme Bettdecke am besten stehen. Er muss sich dringend ausruhen.

Nanny serviert Schweinegeschnetzeltes mit Kartoffeln und Kohlrabi. Letzteren hat sie heute Morgen frisch geerntet. Das schmeckt man mit jedem Biss. Yannis wartet geduldig und unterhält sich dabei mit Vater über seine Arbeit, während Nanny und ich Aviv immer wieder heimlich mustern. Der Frühling hat Hunger, er verputzt alles bis auf den letzten Bissen, doch man kann sehen, wie schwer es ihm fällt, uns zuzuhören.

»Zeigst du Aviv dein Zimmer?«, fragt Nanny, nachdem wir uns zum Nachtisch noch etwas Sahnepudding gegönnt haben.

»Natürlich«, sage ich und erhebe mich. »Kommst du, Aviv?«

»Ilea!«, zischt Vater wegen der vertrauten Anrede.

»Ich habe es ihr selbst vorgeschlagen«, kommt mir der Frühling zu Hilfe. »Das Gleiche gilt für alle hier im Raum, wir sollten uns alle duzen!«

»Wie Ihr ... du wünschst«, sagt Vater, der sich Aviv bereits bei unserer Ankunft mit dem Vornamen vorgestellt hatte. Ich führe den Frühling die Treppe hinauf und zeige ihm das Bad und mein Zimmer.

»Wasser hat dir Nanny schon auf den Nachttisch gestellt, wie ich sehe. Brauchst du sonst noch etwas?« Ich betrachte den Frühling, der mit seinen schweren Augenlidern kämpft.

»Nein danke.« Er sieht zu einem Bild über meiner Kommode. Es ist ein altes Ölgemälde und zeigt eine Frau in einem weißen

Kleid. Sie sitzt auf dunklen Klippen und blickt auf den Sonnenuntergang über einem wild aufgepeitschten Meer.

»Die Gene deines Großvaters«, sagt er und ich nicke verlegen.

»Ich würde zu gerne einmal das Meer sehen.« Meine Stimme klingt sehnsüchtiger als beabsichtigt. »Auf einem Schiff fahren ... Das wäre was. Sol hat Nanny damals von seinem Meer erzählt und seither sehnt sie sich danach. Meine Mutter und mich hat sie damit wohl angesteckt.«

Aviv gähnt und betrachtet immer noch das Bild.

»Schlaf gut.« Ich lächele ihn an und zwischen uns entsteht ein merkwürdiger Moment. Aviv ist im Vergleich zu mir so groß. Ich passe genau unter sein Kinn. Wenn ich ihn umarmen würde, könnte ich meinen Kopf einfach mitten auf seine Brust betten. Aber wieso denke ich an so etwas?

»Gute Nacht«, brabbele ich in einem viel zu schrillen Ton und verlasse mein Zimmer. Ich muss raus und den Kopf freibekommen. Schnell schnappe ich mir die Aufträge und Yannis, dann machen wir uns auf den Weg zum Bach.

4. NÄHE IST NICHT EINFACH – AVIV

Ich schaffe es kaum noch, die Augen offen zu halten. Trotzdem gehe ich zum Fenster und schaue hinaus, als ich unten die Türe höre. Da läuft sie … Ilea. Sie ist so winzig klein und doch so … voller Leben. Ihre Beine lassen sie beinahe über das Kopfsteinpflaster schweben. Sie hat sich einen Mantel übergezogen und trägt einen Korb. Yannis folgt ihr. Die beiden scheinen zu scherzen, denn sie lachen und kneifen sich gegenseitig. Sie sind ein schönes Paar. Ich kann verstehen, dass Yannis seine Nächte lieber mit ihr verbringt, als zu schlafen.

Schlafen.

Ich sehe zum Bett. Ihrem Bett. Ich muss mich dringend hinlegen und die Augen schließen. Müdigkeit ist mir nicht fremd, aber noch nie in meinem langen Leben bin ich so erschöpft gewesen wie heute. Ich verschwinde im Badezimmer und setze mich danach auf die Matratze. Schwerfällig ziehe ich mir die Schuhe von den Füßen. Das muss reichen. Ich kippe zur Seite und falle in einen traumlosen Schlaf.

»Aviv?«, weckt mich nach gefühlt kurzer Zeit eine Stimme. »Aufwachen, die Sonne ist schon längst aufgegangen.« Es ist Nandra, die alle Nanny nennen. Sie rüttelt sanft an mir und ich öffne die Augen. Mein Kopf tut weh und das Licht blendet mich.

»Ich gehe jetzt zu Sol. Möchtest du mitkommen oder später Ilea dorthin begleiten? Sie hat sich gerade hingelegt und dürfte gegen Mittag aufstehen.«

Ich reibe mir die Augen. Am liebsten würde ich aufstehen und mit zu Sol gehen, aber ich bin Sklave meines Körpers, der einfach nur liegen bleiben will. Ich schlafe wieder ein, bevor ich Nandra eine Antwort geben kann.

Als ich wieder aufwache, steht die Sonne schon hoch am Himmel. Mein Kopf schmerzt nicht mehr, doch er fühlt sich noch schwer an. So wie jeder einzelne Knochen in meinem Körper. Es kommt mir vor, als könnte ich sie zählen. Ich setze mich auf und reibe mir über das Gesicht. Dieser menschliche Körper ist grausam. Ich brauche jede Menge Anlauf, um mich ins Badezimmer zu begeben. Dort liegen frische Sachen für mich bereit. Ein dunkelgrüner Pullover und Denimhosen sowie saubere Unterwäsche. Ich verrichte meine Notdurft und steige unter die Dusche. Nachdem ich mir die Zähne geputzt habe, fühle ich mich halbwegs wach. Ich ziehe die neuen Sachen an und gehe nach unten, wo jemand singt. Ich entdecke Ilea vor der Küchenzeile, die mit geschlossenen Augen in einen Kochlöffel schmettert. Es ist ein altes englisches Lied. Ich komme nicht auf den Titel, aber es hat etwas mit einer Flamme zu tun. Voller Inbrunst singt Ilea Zeile für Zeile und bittet jemand darum, die Augen zu schließen und ihr die Hand zu geben. Ich kann nicht anders, meine Mundwinkel ziehen sich wie von selbst nach oben. Ihre Stimme ist nicht die beste, aber man kann auch nicht behaupten, dass sie schlecht singen würde. Erst jetzt fällt mir auf, dass das Lied leise aus der Mediaanlage erklingt, die jedes Haus auf der Erde besitzt. Eine Auserwählte erzählte mir, dass die Menschen damit fernsehen und Musik hören. Diese Anlagen dienen aber in erster Linie dazu, Nachrichten aus dem Orden zu empfangen. Das Lied wechselt und Ilea dreht sich zu mir um. Ertappt fange ich vorsichtig an zu klatschen. Ihre großen Augen sprühen geradezu vor Freude und Leben, während ihre Wangen sich rot färben. Ihr Gesicht ist einfach nur hinreißend.

»Das war wundervoll«, lobe ich sie und grinse.

»Danke.« Sie mustert meinen Pullover und kommt mit dem Kochlöffel auf mich zu.

»Willst du mich damit angreifen?«, frage ich amüsiert. Sie betrachtet den Löffel und scheint kurz zu überlegen. Dann nimmt sie ihn runter.

»Nein, ich wollte den Pullover ansehen. Ich habe ihn diese Nacht gemacht.«

»Das warst du?«, frage ich erstaunt. Aber wieso überrascht mich das? Immerhin lebe ich bei Schneidern. Vielleicht liegt es daran, dass sich Kleidung in meiner Welt einfach so aus dem Nichts materialisiert.

»Ja«, sagt Ilea und betrachtet den Kragen eine ganze Weile. Ich schaue hinunter. Der Pullover hat einen kleinen V-Ausschnitt, aber ich kann keine Fehler entdecken. Was starrt sie also so an? Ein kleiner Windstoß weht durch ein geöffnetes Fenster an der Küchenzeile und streicht ihr das Haar über die Schultern. Wie vom Blitz getroffen erstarre ich. Sie duftet nach Blumen. Nach Nachtjasmin. Einer Blume, die nur nachts blüht. Hat sie heute Nacht neben einem Jasminstrauch gesessen?

»Steht dir gut«, sagt sie schließlich und dreht sich von mir weg. Ich kann noch flüchtig sehen, wie sie ihre Lippen mit der Zunge befeuchtet, und da ist es wieder ... dieses merkwürdige Gefühl, dieses Ziehen in meinem Bauch, das ich schon gestern den ganzen Tag gespürt habe. Doch mein menschlicher Körper sendet mir so viele verwirrende Signale, dass ich es nicht einordnen und benennen kann. Ilea hängt den Kochlöffel in die dafür vorgesehene Halterung an der Wand. Als sie sich wieder zu mir umdreht, fällt mir auf, wie intensiv ich ihre schlanke Gestalt gemustert habe.

»Möchtest du, dass ich dich zu deinem Bruder bringe?«, fragt sie mich und hat ein künstliches Lächeln aufgesetzt. »Leider kann ich heute nicht dortbleiben. Vater braucht meine Hilfe im Laden.«

»Ich denke, ich finde alleine dorthin«, sage ich. »Aber danke. Auch für die Kleidung.« Ich streiche an meinem Bauch über den Pullover. Ilea verfolgt meine Hand mit den Augen.

»H-hast du Hunger?«, fragt sie etwas stammelnd.

Habe ich sie durcheinandergebracht? Mutter hat mich darauf vorbereitet, dass ich so eine Wirkung auf die Menschen haben würde. »Ja, etwas.«

»Setz dich, ich bringe dir was.« Sie deutet auf den Esstisch.

»Danke.«

Kurze Zeit später bringt mir Ilea zwei Schreiben Brot, etwas Käse, Quark und Butter. Während ich esse, setzt sie sich zu mir an den Tisch und flickt dabei eine Jacke. Ich betrachte ihre braunen Augen, die fest auf ihre Arbeit gerichtet sind. Ich erkenne Sols Wärme darin, genau wie ich Jesien in dem Jungen gestern gesehen und gespürt habe. Das war es dann aber auch schon mit den Ähnlichkeiten zu meinem Bruder.

»Wolltest du immer Schneiderin werden?«, frage ich sie, um die Stille zu durchbrechen, obwohl sie mir nicht wirklich unangenehm gewesen ist.

»Ja, irgendwie schon. Ich liebe es, Sachen zu entwerfen und Menschen einzukleiden.« Sie lächelt mich an. »Deswegen auch deine neue Garderobe.«

»Willst du sagen, ich war gestern schlecht angezogen?«, frage ich sie und ziehe mit einem Schmunzeln auf den Lippen die Augenbrauen hoch. Es macht mir aus irgendeinem Grund Spaß, sie ein wenig herauszufordern.

»Das würde ich einem Sohn meiner Göttin niemals vorwerfen.« Ihre Augen funkeln wissend.

»Das will ich dir auch geraten haben.« Ich zwinkere ihr zu, woraufhin sie für einen Moment nachdenklich wirkt. Dann fängt sie sich jedoch und öffnet den Mund, um etwas zu sagen. Ihr Vater kommt dazwischen.

»Anscheinend hat jemand etwas gesagt, Ilea«, ruft er nach oben.

»Was meinst du?« Ihre Augen verdunkeln sich.

»Da versammeln sich Leute vor unserem Haus.«

Ilea seufzt, legt ihre Arbeit beiseite und sieht mich entschuldigend an. »Das war bestimmt jemand aus dem Laborgebäude, der dich erkannt hat.«

Das war es dann wohl mit der Ruhe. Diese Nachricht schnürt mir die Kehle zu und ich würge den Rest meines Frühstücks herunter, während ich Ilea betrachte. Sie ist so klein und zierlich.

Wäre da nicht dieses Feuer in ihr, hätte ich schon fast Angst, sie könnte jeden Moment zerbrechen. *Was denke ich da nur? Ich muss … mich ablenken.*

»Würdest du Aviv bitte begleiten?«, ruft Paulek von unten.

Ilea lacht herzlich auf. »Damit ich eine neue Karriere als kleinste Sicherheitsfrau der Welt starten kann? Da wird er sich aber bedanken.« Sie hebt ihre Arme und winkelt sie an, als wäre sie ein Muskelprotz. Ich muss lachen, woraufhin sie auf mich zukommt und sanft meinen Oberarm boxt.

»Natürlich lasse ich dich jetzt nicht mehr alleine laufen. Ich verjage die Weiber schon, die dir an die Wäsche wollen.« Zuerst lacht sie noch, doch dann wird ihr schlagartig bewusst, was sie gesagt hat. Ilea räuspert sich und errötet erneut. Jetzt muss ich lachen. Richtig. Aus ganzem Herzen.

»Ich danke dir«, sage ich nach Luft schnappend und weiß gar nicht, wann ich das letzte Mal so gelacht habe. »Meine Unterhose und ich wissen zu schätzen, dass du uns verteidigen wirst.« Mein Blick brennt auf ihr und mir wird ganz heiß. Was ist nur mit diesem Körper los? Er reagiert auf jede Kleinigkeit so … heftig. Jetzt gerade sind es Ileas Augen, die etwas in mir auslösen, was sich wie ein Sturm anfühlt. Ihre nussbraune Iris funkelt verspielt auf.

»Ich bin die Rächerin der Unterhosen.«

»Du solltest dir ein Cape dafür nähen«, schlage ich vor.

»Vielleicht mache ich das sogar.«

»Wie eine Heldin in den alten Zeichentrickserien.«

»Hast du Lust, heute Abend ein wenig mit mir fernzusehen? Yannis muss zu einem Grenzerhaus und wird erst spät zurück sein.« Ich kann sehen, dass sie all ihren Mut für diese Frage zusammengenommen hat.

»Gerne, sicherlich kann ich nach dem Krankenhaus etwas Aufheiterung gebrauchen. Eine Superheldin wäre da genau richtig.«

»Sehr schön.« Sie grinst fröhlich und knetet dabei nervös ihre Hände. Ich wünschte, sie könnte sich in meiner Gegenwart ein bisschen mehr entspannen.

»Bringst du mich dann zum Krankenhaus?«

»Natürlich …« Sie will noch etwas sagen, traut sich aber nicht.

Das Piepsen der Geräte zehrt an meinen Nerven. *Piep, piep, piep* … dann das Rauschen der Beatmungsmaschine. Der Gedanke, dass meinem Bruder die Luft in die Lungen gepresst wird, macht mich fertig. Nandra liest uns aus einem Buch vor, damit Sol ihre Stimme hört. Ich halte seine Hand und weiß nicht, was ich sagen soll. Diese leblose Puppe da im Bett kann unmöglich Sol sein. Das Licht in seinem Inneren scheint wie ausgeblasen. Nandra klappt das Buch zu und sieht mich an. Ich habe ihr gar nicht zugehört.

»Brauchst du etwas, Aviv?«

»Nein danke.« Ich fühle mich so nutzlos, da ist nichts, was ich für Sol tun kann. Es ist nicht mal sicher, ob er mich überhaupt hört oder spürt. Er liegt einfach nur da.

»Hat Sol eigentlich gar nicht von mir gesprochen?«, will sie mit leiser Stimme wissen. Entschuldigend sehe ich sie an.

»Nein, Nandra. Tut mir leid.«

»Sag bitte Nanny.« Die Enttäuschung steht ihr ins Gesicht geschrieben. Ich wünschte, ich könnte etwas anderes sagen.

»In Ordnung, Nanny.« Ich atme tief durch. »Ich hatte auch in den letzten Jahrhunderten nicht wirklich Gelegenheit, mit ihm zu sprechen.« *Das hast du aber nett umschrieben, Aviv.*

»Dabei ist er so gar kein schweigsamer Typ«, grübelt Nanny weiter darüber nach, doch ich kann ihr schlecht sagen, dass ich Sol seit fünfhundert Jahren nicht mehr gesehen habe. Oder? Wie soll ich das logisch erklären, ohne gleich alles preiszugeben?

»Ich habe ihn schon ewig nicht mehr gesehen«, spreche ich meinen Gedanken dann doch aus. Nanny sieht mich abwartend an.

»Wieso?«

»I-ich wollte niemanden sehen. Weder Sol noch Menschen auf der Erde.«

Sie runzelt die Stirn. »Aber du durftest doch genauso zur Erde kommen, oder?«

»Das schon ...« Ich stocke. Kann ich ihr davon erzählen? Ich habe noch nie mit jemandem darüber gesprochen. Aber wieso eigentlich nicht? Von ihr droht keine Gefahr, sie kann Nutty nichts verraten, außerdem hat sie es verdient, dass ich ihr die Wahrheit sage.

»Aber?«, bohrt sie neugierig nach. *Ich muss schon sagen, sie hätte gut zu Sol gepasst.*

»Wir dürfen uns unter einer Bedingung eine Frau suchen.« Ich schlucke und die Wut in mir bringt mich dazu, meine Hände zu Fäusten zu ballen. »Wir müssen unseren Tiergeist dafür aufgeben.«

Nandra sieht mich mit großen Augen an.

»Das heißt, ich müsste meinen besten Freund gegen die Liebe eintauschen.«

Sie sieht weg und überlegt. Schließlich sagt sie: »Es steht mir nicht zu, die Entscheidungen der Göttin in Frage zu stellen.« Dass sie diese jedoch für unsinnig hält, ist nicht zu überhören. »Ich verstehe dich, Aviv. Das ist keine schöne Lage.« Sie sieht zu Sol. »Vielleicht hat er deswegen nie eine mit nach oben genommen?«

»Gut möglich. Seth war ihm stets ein treuer Begleiter.« Ich verheimliche ihr, dass ich das bezweifele. Sol hat nicht oft über Seth gesprochen, aber ich beginne mich zu fragen, ob mein Bruder nicht vieles für sich behalten hat. Vielleicht hat Nanny ja doch Recht?

»Das bedeutet also, dass du dich hier nicht nach einer Frau umsehen wirst?«, fragt sie nach einiger Zeit des Schweigens.

»Nein. Mich zu verlieben wäre mit das Schlimmste, was mir hier passieren könnte.« Es tut gut, es laut auszusprechen. Ich fühle mich irgendwie ... leichter.

»Und es gibt keinen anderen Weg für dich?«

»Nein. Liebe gibt es für mich nur, wenn ich über die Leiche meines besten Freundes gehe.«

Nandra wirkt wütend, was mich an meine immer noch verkrampften Hände erinnert. Ich versuche sie zu entspannen, strecke meine Finger aus.

»Ich habe das noch niemandem erzählt«, gestehe ich. Sols ehemalige Geliebte sieht mich mit traurigen Augen an.

»Deine Brüder können sich das bestimmt denken.«

»Ich habe Angst, dass Nutty sich was antut, wenn er davon erfährt. So wie Sowa, Jesiens Eule, die sich für ihn und Dahlia geopfert hat.« Meine Stimme versagt fast. »Das könnte ich nicht ertragen.«

Nandra steht auf und kommt um das Bett herum zu mir. Sie legt mir eine Hand auf die Schulter. Ich muss mich zusammenreißen, um nicht die Fassung zu verlieren.

»Wollen wir nach Hause gehen? Ich denke, für heute ist es genug und du solltest versuchen deine Zeit hier auf der Erde, so gut es geht, zu genießen.« Sie sieht mich ernst an.

»Ilea und ich wollten zusammen fernsehen.«

Nanny gluckst. »Dieses Kind!« Nandra sieht aus, als könnte sie sich nicht vorstellen, dass ich mich mit so einem einfachen Zeitvertreib zufriedengeben würde. Dabei bin ich im Grunde auch nicht anders als ein Mensch. Ich muss an Ilea und diesen Yannis denken.

»Deine Enkelin und Yannis sind ein hübsches Paar.« Das auszusprechen macht irgendetwas mit mir. Es wühlt mich auf und gleichzeitig bin ich … neugierig?

»Die sind nur Freunde. Schon seit sie Kinder waren.«

Jetzt bin ich überrascht. Yannis und Ilea wirken so vertraut, sie scheinen sich so nah zu sein. Vielleicht habe ich das Konzept der menschlichen Freundschaft noch nicht ganz verstanden.

»Komm«, sagt Nanny schließlich und reißt mich aus meinen Gedanken. »Gehen wir.«

Mein Blick bleibt an Sol hängen. Ich habe ein schlechtes Gewissen, ihn alleine zurückzulassen.

»Es ist gut, wenn man an andere denkt«, erklingt Nannys

Stimme direkt neben mir. »Aber manchmal muss man auch an sich selbst denken. Es nutzt niemandem, wenn man sich selbst in tiefe Traurigkeit stürzt und dann vor lauter Regenwolken die Sonne dahinter vergisst.« Sie streicht sanft über meinen Oberarm. »Sie kommt wieder. Die Sonne. Das verspreche ich dir.« Nandra lächelt mich aufmunternd an. »Komm, gehen wir Regenwolken beiseiteschieben.«

Ich nicke ihr zu und folge ihr mit einem Lächeln auf den Lippen. Einen letzten Blick werfe ich noch auf Sol, der unverändert still im Bett liegt. Bevor mich das schlechte Gewissen auffressen kann, schließe ich die Tür hinter mir.

»Gütige Göttin«, sagt Nanny draußen angekommen. Ein paar Hemeranerinnen warten dort wieder auf uns und lächeln mich an. Ich bin mir ziemlich sicher, dass sie diese auffälligen Kleider sonst eher nicht im Alltag tragen. Nandra entscheidet sich den Menschenauflauf zu ignorieren und marschiert strammen Schrittes voran. Ich kann nur lachend den Kopf über sie schütteln und schließe dann zu ihr auf.

»Ilea und ich haben als Kinder immer ›Regenwolken wegpusten‹ gespielt«, erzählt sie. »Sie hat ihre Kräfte dazu genutzt. Auch wenn es immer nur für ein paar Wölkchen gereicht hat. Erst recht bei Regenwolken.«

»Ihr wart das!«, sage ich überrascht.

Nandra sieht zu mir hoch. »Hast du das bemerkt?«

»Natürlich.« *Das kann doch nicht wahr sein.* »Ich habe so oft gedacht, dass ich verrückt werde oder geschlafen habe, weil der Regen nicht gleichmäßig fiel.« *Das war also Ilea! Natürlich, sie kann Wind rufen und hat damit meine Wolkenformationen ... ruiniert.*

Bei dem Gedanken beginne ich zu lachen. »Unglaublich«, sinniere ich laut vor mich hin.

»Das tut mir leid, wir wussten das nicht.« Nanny klingt aber überhaupt nicht reumütig.

»Schon in Ordnung, ich habe ja nur gedacht, dass ich senil werde.«

»Auf deine alten Tage«, sagt eine mir bekannte Stimme plötzlich amüsiert von der Seite. Es ist Ilea und sie trägt ein weißes Cape aus Baumwollstoff. Moment mal ...

»Du hast dir ein Cape aus Unterhosen gemacht?«, frage ich erstaunt und bleibe stehen.

»Aus gebrauchten«, sagt sie triumphierend und ich kann in ihren großen braunen Augen sehen, dass sie scherzt. »Nein, nein«, lenkt Ilea ein und flattert mit dem Cape umher. »Das ist natürlich ganz neuer Stoff.«

»Wenn hier jemand verrückt wird«, sagt Nanny an mich gerichtet, »dann wohl dieses Kind!«

»Das Cape sieht aus wie ein Topflappen«, gluckse ich amüsiert und freue mich hämisch über Ileas schockierten Gesichtsausdruck. Schnell fängt sie sich wieder und verengt die Augen zu Schlitzen.

»Waaaas?«, fragt sie lang gezogen. »Das ist nicht dein Ernst! Wobei ... Du führst einen Junggesellenhaushalt. Da wird vermutlich weiß die Göttin was alles als Topflappen genommen.«

Ich will etwas erwidern, doch Nanny ist schneller: »Hattest du heute nichts zu tun, dass du den Stoff deines Vaters so verschwendest?«, fragt sie.

»Ähm.« Ilea scheint einen Moment zu brauchen. »Na ja, ich ...

Das Cape hat nur ein paar Minuten gedauert und daraus kann ich immer noch ein paar Unterhosen zaubern.«

»Gütige Göttin, diese Jugend!«

Ich sehe Ilea in die Augen. Sie lächeln mich an, genau wie ihre Lippen.

Die merkwürdige Spannung zwischen uns legt sich auch am Abend noch nicht. Nach dem Essen gehen wir beide duschen. Ich lasse ihr den Vortritt, und als ich schließlich aus der Dusche komme, sitzt Ilea bereits mit ihrem Nähzeug über einer Cordhose auf dem Sofa. Ihr Vater Paulek liest in einem Buch und Nanny scheint sich schon hingelegt zu haben.

»Da bist du ja«, sagt Ilea und legt ihre Arbeit zur Seite. Sie steht auf und geht zur Mediaanlage, während ich mich auf dem Sofa niederlasse. Meine Haare sind noch nass, weshalb ich aufpasse mich nirgendwo dagegenzulehnen. Nachdem Ilea einen Film gestartet hat, setzt sie sich zu mir und nimmt die Cordhose wieder auf den Schoß.

»Glaubst du nicht, unser Gast möchte vielleicht etwas anderes sehen, Nachtblüte?«, fragt Paulek und sieht mich entschuldigend an. Im Fernsehen läuft ein Superheldenfilm.

»Wir wollten das zusammen gucken«, erkläre ich und nehme Ilea in Schutz. Ich kann sehen, wie in Pauleks Gesicht kurz Zweifel aufblitzt, dann aber wieder verschwindet. Er zuckt mit den Schultern und widmet sich wieder seinem Buch. Irgendwann lässt aber auch er uns alleine. Draußen ist es stockfinster und nur eine kleine Stehlampe direkt neben Ilea spendet uns Licht.

»Es ist schon komisch fernzusehen, ohne dabei von meinem Tiergeist Nutty mit Nüssen beworfen zu werden«, grübele ich laut. Ilea lacht und ich sehe zu ihr. Sie hat ihren kleinen Körper eingerollt und die Näharbeiten beiseitegelegt. Ich glaube, sie würde genau in meinen Arm passen. *Was denke ich da?*

»Wirfst du die Nüsse dann auch zurück?«, fragt Ilea scherzhaft. »Ich sehe da eine wilde Nussschlacht vor mir.«

»Nein, ich mache etwas viel Gemeineres.« Ich grinse und sie lehnt sich interessiert vor.

»Was?«

»Ich esse sie! Nichts ärgert ihn mehr.«

»Du bist ja fies«, sagt sie mit einem Lächeln, das hoch bis in ihre Augen geht. Ich fahre mir durch die Haare und seufze.

»Bist du müde?«, fragt Ilea. In der Dunkelheit schimmert ihre Iris schwarz. Große schwarze Knöpfe mustern mich.

»Nein, ich habe die letzte Nacht wohl zu lange geschlafen.«

»Fehlt dir Nutty?«

»Ich würde es vor ihm niemals zugeben, aber ja. Irgendwie fehlt mir dieser Irre.«

»Wie lange bleibst du eigentlich, wenn ich fragen darf?«

»Das weiß ich nicht genau. So lange es nötig ist.« *Warum fällt mir der Gedanke an zu Hause plötzlich so schwer?*

Es ist tief in der Nacht, als ich bemerke, dass nicht nur ich müde bin. Auch Ileas Augenlider wirken schwer.

»Geh in dein Bett«, schlage ich vor.

»Das gehört dir«, sagt sie und gähnt.

»Ich kann auf dem Sofa schlafen.«

»Du bist unser Gast, ich schlafe hier«, widerspricht sie.

Das weckt den Gentleman in mir. »Nein, das kann ich nicht zulassen.«

Ilea erhebt sich und streckt ihre Glieder. Nur mit großer Kraft kann ich mich davon abhalten, ihr dabei auf die zart gewölbte Brust zu stieren. Ich schüttele den Kopf über mich selbst und nutze die Gelegenheit, mich auf dem Sofa auszubreiten.

»Hey«, protestiert sie. »So haben wir nicht gewettet.«

»O doch.« Ich grinse triumphierend und rolle mich auf die Seite. »Gute Nacht, Ilea.«

»Hey«, sagt sie erneut. »Nix da. Nanny zieht mir die Ohren lang.«

Ich ignoriere sie und mache demonstrativ Schnarchgeräusche.

»Aviv!«

Dieses kleine Wesen kann ganz schön zickig klingen und ... Moment mal ... sie boxt mich! Als ich sie weiter ignoriere, klettert sie über mich, setzt sich auf die Lehne und stemmt ihre Füße in meinen Rücken. Das kommt so überraschend, dass ich vom Sofa plumpse.

»Autsch!«, protestiere ich und sehe erstaunt auf. Sie hat sich so weit ausgestreckt, wie ihre Körpergröße es nur zulässt. Grinsend presst sie die Augen zu.

»Das gibt's doch nicht«, sage ich immer noch vollkommen perplex davon, dass sie mich vom Sofa getreten hat. Ich rappele mich auf und plötzlich ist es ein wenig, als wäre alles so wie früher. Als gäbe es nichts, was auf meiner Seele lastet, und ich würde mit Sol durch das Haus unserer Mutter toben. Ich packe

Ilea und hebe sie vom Sofa. Sie wiegt so gut wie gar nichts, aber sie zappelt wie ein Fisch an Land.

»Lass mich runter!«, fordert sie leise zischend, um ihren Vater und Nanny nicht zu wecken.

»Ich bringe dich jetzt in dein Bett!«

»Nein«, protestiert sie weiter, und als sie merkt, dass die Zappelei nichts bringt, lässt sie sich wie ein nasser Lappen hängen – vermutlich in der Hoffnung, dadurch zu schwer für mich zu werden. Dafür müsste sie ihr Körpergewicht aber mindestens verdreifachen. Ich lasse sie in ihre weichen Kissen fallen und grinse. *Na, was machst du jetzt, Ilea?* Sie setzt sich auf und schmollt. Ihr Blick gleitet über die Matratze neben sich.

»Das Bett ist breit genug«, sagt sie.

»Dann kannst du dich ja ausbreiten.«

»Traust dich nicht, was?«, fordert sie mich heraus, als wäre sie ihr vermaledeiter Großvater höchstpersönlich. Das ... das kann ich nicht auf mir sitzenlassen. Ehe ich mich's versehe, habe ich mich neben sie ins Bett gelegt.

»Prima«, sagt Ilea und liegt dabei stocksteif neben mir.

»Sehr gut«, stimme ich ihr zu und bin ebenso verkrampft. Ich traue mich plötzlich nicht einmal mehr, meinen Kopf zu ihr zu drehen. So liegen wir nun da: stur und doch irgendwie ... ich weiß nicht. Ich kann es nicht beschreiben. Wie gerne würde ich mich zu ihr drehen. Der Wunsch, ihr nah zu sein, lässt mich zusammenzucken.

»Alles in Ordnung?«, fragt Ilea leise durch die Stille der Nacht.

»Ja.« *Wie lange habe ich nicht mehr neben einer Frau gelegen? Ich weiß es nicht mehr.* Wir liegen schweigend da. Irgendwann höre ich, wie ihr Atem immer gleichmäßiger wird. Ich wage es, sie anzusehen. Ilea schläft. Ihr ebenmäßiges Gesicht ist entspannt und wird vom Licht des Monds geküsst. Sie kann wirklich Regenwolken wegpusten. Selbst wenn sie so schwer sind wie meine.

Als ich aufwache, fühle ich mich sicher und geborgen. Mein Kopf ist noch nicht so weit, dass ich alles um mich herum erfassen kann. Ich spüre nur Wärme und ... Nähe.

Moment.

Nähe?

Ich öffne die Augen und sehe brünettes Haar. Es duftet nach Jasmin. *Ilea.* Ich habe mich im Schlaf an ihren Körper gekuschelt. Mein rechter Arm ist fast taub und zwischen ihren Rücken und meine Brust gequetscht. Den anderen habe ich um ihre schmale Taille geschlungen. Damit scheine ich sie fest an mich gezogen zu haben. Lange kann ich nicht geschlafen haben, denn draußen ist es noch dunkel. *Genau deswegen schläfst du zu Hause in der Hängematte,* erinnert mich mein Gewissen. *Weil du im Schlaf immer Nähe suchst.*

Ilea bewegt sich vorsichtig und ich schrecke zusammen. Sie wird wach und selbst in der Dunkelheit kann ich gut erkennen, wie sie zu mir hochsieht. Doch statt etwas zu sagen, dreht sie sich zu mir um und schmiegt sich an meine Brust. Verwirrt verharre ich in einer Art Starre. Dann scheint Ilea erst richtig wach zu werden und rückt wieder von mir weg.

»Oh«, sagt sie und ich brumme zustimmend.

»Tut mir leid, das ... mache ich immer im Schlaf.«

Sie mustert mich, ohne etwas zu sagen. Dann nimmt sie meinen eingeschlafenen Arm und positioniert ihn so, dass sie sich wieder an meine Brust legen kann. Ich kann nicht anders, als sie zu halten. *Tu es nicht, Aviv, lass sie nicht so nah an dich heran.* Ilea merkt, wie ich verkrampfe, und streicht über meine Seite. In mir schreit alles und dennoch lullt mich diese Wärme zwischen uns ein. Mein Kopf ist noch müde, mein Körper verlangt nach Nähe und dem geborgenen Schlaf in ihren Armen. Ich ergebe mich.

Es ist hell, als ich erneut aufwache. Ich liege auf dem Rücken, Ileas zierlicher Körper hat sich an mich gekuschelt. Sie hat ein Bein um meine Mitte gelegt. Der Grund dafür, dass ich vielleicht schneller wach werde, als mir lieb ist. Das Ziehen und Brennen meines Verlangens, das in mir wach wird, lässt mich die Knie anziehen. Ilea hebt den Kopf. Zu meiner Überraschung ist sie hellwach.

»Guten Morgen«, sagt sie.

»Guten Morgen«, erwidere ich, woraufhin sie lächelt.

»Du klingst ganz verschlafen«, erklärt sie ihre Belustigung. Meine Mundwinkel zucken, doch mein Verstand scheint sich verabschiedet zu haben. Ilea zieht mit ihrem Zeigefinger kleine Kreise auf meiner Brust und wirkt nicht gewillt mich freizugeben. Nicht mal meine angezogenen Beine scheinen sie zu stören. Ich kann es nicht mehr leugnen, ihre Nähe beruhigt und erregt mich zugleich. Und das bedeutet, dass ich dringend aus dieser Situation herausmuss. Wie konnte ich es überhaupt erst so weit kommen lassen? Ich hätte es besser wissen müssen. *Weil du nach Nähe hungerst,* erinnert mich mein Verstand. Anscheinend ist er doch nicht ausschließlich damit beschäftigt, sich vorzustellen, wie ich Ilea an mich ziehe und küsse.

»Wie spät ist es?«, lenke ich mich selbst ab.

»Es müsste etwa gegen zehn Uhr sein«, antwortet sie, hört aber nicht damit auf, Kreise auf meiner Brust zu ziehen. Mir entfährt ein leises Seufzen. Diese zarten Hände fühlen sich so gut an. Aus unsicheren braunen Augen sieht sie mich an wie ein Reh. Ich glaube nicht, dass sie in meinen mehr Mut findet.

»Wieso habe ich das Gefühl, dass du mich brauchst?«, fragt sie mit heiserer Stimme.

Diese Frage fährt mir durch Mark und Bein, als hätte sie mir mitten auf die Brust geschlagen und mir damit die Luft aus den Lungen gepresst. Doch dann streicht ihre zierliche Hand über meinen Bauch ... und ich verliere die Kontrolle. Ich packe sie und rolle uns zur Seite, so dass ich auf ihr liege. Erstaunt sieht sie mich an, schlingt aber ihre schlanken Beine um meine Hüfte. Mein Atem geht heftig und ich kann sehen, dass es ihr nicht anders geht. Langsam senke ich den Kopf. Meine Augen schließen sich.

Ich kann ihren Atem auf meinem Gesicht spüren.

Ihre Hände streicheln zärtlich über meinen Rücken.

Es durchfährt mich wie ein Blitz, als die Spitzen ihrer Lippen meine berühren. Ich halte inne. Genieße das Gefühl, das mir bis in die Zehen fährt. Nur noch ein wenig weiter ... wenige Millimeter ... für einen Kuss. *Das darfst du nicht!,* schreit eine Stimme in mir. Doch Ilea hört sie nicht und reckt mir ihren Kopf entgegen. Unsere Lippen schließen sich zu einem Kuss.

5. ANKUNFT UND ABSCHIED – ILEA

Leidenschaft.

Verzweiflung.

Hunger.

Erregung.

Das alles schmecke ich in seinem Kuss. Vollkommen überwältigt von der Flut von Emotionen, die er über seine Lippen transportiert, nehme ich alles in mir auf, was er mir zu geben bereit ist. Für ihn da sein und ihn halten, mehr kann ich nicht tun. Er hat die halbe Nacht im Schlaf gewimmert und ist immer wieder zu mir herübergerückt. Ich konnte nicht anders, als ihm diese Nähe zu gewähren. Etwas Dunkles tobt in ihm und gönnt ihm nicht einmal die Erlösung des Schlafes. Ob er sich am nächsten Morgen daran erinnert? Ich habe seine Brust gestreichelt, seit die Sonne aufgegangen ist. Er wirkte dann plötzlich so friedlich. Doch die Sehnsucht schien nicht nur in seinem Herzen zu wohnen. Sie brennt in seinem ganzen Körper, das weiß ich sicher, denn er droht mich damit zu verbrennen.

»Ilea«, keucht er meinen Namen zwischen unseren Küssen. Ich lege meine Hände auf seine Hüfte, woraufhin er plötzlich von mir zurückweicht. Er ergreift regelrecht die Flucht und zieht sich wie ein verschrecktes Tier am Fußende des Bettes zusammen. Seine Lippen sind rot und seine Haare vom Schlaf zerzaust. Er hat nie besser ausgesehen. Heftig atmend rappele ich mich auf und sehe ihn fragend an. Erregung brennt in seinen Augen. Kein Wunder, ich konnte sie eben noch sehr gut an meiner Körpermitte spüren. Es klopft an der Tür und wir zucken beide zusammen.

»Aviv? Bist du wach?« Nanny.

»Ja ... äh, fast«, stammelt er völlig außer Atem.

»Hast du Ilea gesehen?«

Meine Augen werden groß und ich schüttele heftig den Kopf.

»N-nein.«

»Hmmm, na gut. Kommst du runter? Es gibt Frühstück.« Nanny glaubt ihm nicht so recht. Ich glaube, sie ahnt etwas.

»Ja, sofort. Moment noch.«

Ich muss grinsen, weil Aviv so neben der Spur ist. War da etwa auch ein Lächeln auf seinen Lippen?

Ich lasse Aviv zuerst zum Frühstück gehen und verschwinde im Badezimmer. Als ich nach unten komme, sieht mich Nanny wissend an. Ich bin mir ziemlich sicher, dass Avivs Sturmfrisur uns verraten hat. Seine Haare stehen immer noch in alle Richtungen ab, während ich wenigstens versucht habe meine Mähne zu bändigen. Aus der Mediaanlage erklingt leise fröhliche Musik und Vater summt dazu, während er ein Brötchen mit Quark bestreicht. Aviv hat sich was von dem frischen Aufschnitt genommen, den Nanny heute früh besorgt haben muss, und wirkt in Gedanken versunken.

»Wo warst du, meine Nachtblüte?«, fragt Vater und ich räuspere mich.

»Ich war bei Yannis.« Etwas Besseres fällt mir auf die Schnelle nicht ein. Was ich dabei nicht bedacht habe, ist, dass Vater das auch nicht prickelnd finden wird. Er sieht mich unschlüssig an.

»Vielleicht solltet ihr beide bald Ernst machen«, sagt er nur und widmet sich dann seinem Kaffee. Hilfe suchend sehe ich zu Nanny.

»Sie ist noch jung, Paulek«, steht sie mir bei. »Außerdem muss man sich immer alle Optionen offenhalten, bis man sich ganz sicher ist.« Dass sie dabei Aviv ansieht, jagt mir einen Schrecken ein. Zum Glück merkt er es nicht. Würde Nanny es gutheißen, wenn ich mit ihm ... Nein, das ist absurd. Ich? Eine Gefährtin einer Jahreszeit? Auch wenn ich gestehen muss, dass es ein Abenteuer wäre, das mich reizen würde. Genau wie dieser Mann mit den rot geküssten Lippen und der Bettfrisur neben mir am Tisch. Meine eigenen Gedanken legen mich lahm. Moment mal ... ich kenne ihn doch kaum. Was denke ich da? Ich starre ihn unbewusst an und merke es erst, als Aviv mich mit gerunzelter Stirn ansieht. Schnell weiche ich seinem Blick aus und mein Gesicht beginnt zu brennen. *Gütige Göttin, ich kann doch nicht ... nein, so verrückt wäre selbst ich nicht.*

Doch, bin ich.

Denn wenn ich ehrlich bin, habe ich mich vom ersten Blick an zu ihm hingezogen gefühlt.

Das ist nicht gut.

Gar nicht gut.

Ich darf ihn nie wieder küssen.

»Aviv hatte offensichtlich eine wilde Nacht«, meint Nanny

und ihre Augen wandern lauernd zwischen uns beiden hin und her.

»Hm?« Der Frühling fühlt sich ertappt.

»Deine Haare sehen aus, als hättest du mit dem Finger in der Steckdose geschlafen.«

»Oh.« Er fährt sich über den Kopf. »Das ... ich ... schlafe unruhig.«

»Ruhig macht es auch keinen Spaß.« Nanny zwinkert mir zu und nimmt einen Schluck Kaffee aus ihrer Tasse. Ich senke meinen Blick und zeichne mit dem Fingernagel eine Biene auf den Quark. Dann lecke ich meinen Finger ab, nehme den Honig und gebe mein Bestes, das Insekt damit auszumalen.

»Ilea«, seufzt Vater. »Wie alt bist du?«

»Achtzehn«, antworte ich, obwohl ich weiß, dass die Frage rhetorischer Natur war. Aviv schaut zu mir herüber und entdeckt mein Kunstwerk. Er grinst und sieht dabei aus wie ein kleiner Junge. Sein Anblick lässt mich schwach werden und alles, woran ich denken kann, ist ihn zu küssen.

»Zeichnest du?«, fragt er.

»Nein, dafür spielt sie aber mit ihrem Essen«, antwortet Vater an meiner Stelle. »Das kann sie besonders gut.«

»Zeichnest du denn?«, erwidere ich Avivs Frage.

»Ja ... aber ich fürchte, das habe ich schon sehr lange nicht mehr getan.«

»Dann wird es Zeit, wieder anzufangen«, sage ich. Er schenkt mir einen Blick, den ich nicht einordnen kann.

»Ich könnte dich zeichnen.« Er setzt ein schiefes Lächeln auf und zwinkert mir zu. »Mit Honig.«

Also ... also ... so was! Ich lade meinen Zeigefinger voll Quark und schmiere ihn auf seine Nase.

»ILEA!«, höre ich Vater entsetzt ausrufen, während Nanny leise lacht und Aviv auf seine Nasenspitze schielt.

»Oh, das wirst du mir büßen!«, sagt er ruhig und steht dann auf. Ich erhebe mich auch, lauernd, und behalte jede seiner Bewegungen im Auge.

»Ihr werdet euch jetzt nicht um den Tisch jagen«, schimpft Vater, doch wir ignorieren ihn. Ich renne schreiend los und Aviv folgt mir. Hastig nehme ich die Treppe nach oben, doch kaum haben meine Füße die oberste Stufe erreicht, hat er mich auch schon gepackt und wirbelt mich herum. Aviv dreht mich herum, den Quark hat er sich bereits von der Nase gewischt, und sieht mich an.

»Wirst du mich jetzt bestrafen?«, frage ich neckend. Einen Moment scheint er zu überlegen, gefangen in Gedanken, dann beißt er sich auf die Lippe und beginnt mich gnadenlos zu kitzeln. Ich kreische, flehe um Gnade und lache. Die Luft wird mir knapp, als Nanny die Treppe heraufkommt.

»Kommt, Kinder«, sagt sie und betont das letzte Wort auf eine amüsierte Art und Weise. »Ihr könnt später weiterspielen.«

Im Krankenhaus erwartet uns ein Arzt am Bett des Sommers. Er sieht von seinem Patienten zu uns auf und seufzt. Unsere Stimmung schlägt ruckartig um. Ich glaube, jeder von uns ahnt, dass wir jetzt nichts Gutes hören werden. Das Leben weicht aus Avivs Augen. Dort, wo es gerade noch pulsierte und tanzte, herrscht jetzt tiefste Finsternis. Ich wünschte, ich hätte den

Mut, ihm zu sagen, dass ich für ihn da bin. Dass alles gut wird. Dass ich immer ... nein, für uns gibt es kein *immer.*

»Keine Verbesserung?«, will Nanny sofort wissen.

Er schüttelt den Kopf. »Wir sollten ...«

»Ihm noch etwas Zeit geben.« Großmutter sieht den Arzt warnend an. Avivs Gesicht hat die Farbe gewechselt. Der Arzt nickt Nanny zu und verlässt schweigend das Zimmer. Ich kann Aviv reden hören, doch ich nehme seine Stimme nur als warmes Rauschen im Hintergrund wahr.

»Ich möchte hier jetzt keine Totenwache-Stimmung haben«, zischt Nanny und holt mich wieder ins Hier und Jetzt zurück. »Das spürt er. Er braucht Leben, etwas, wonach er greifen kann.« Sie sieht mich an.

»Was?«, frage ich. »Bin ich hier für gute Laune zuständig?«

»Scheint so«, sagt Aviv und lächelt traurig.

»Das Kompetenzteam könnte noch etwas Hilfe gebrauchen.«

Nanny lacht. »Schon besser.«

Ich bemerke Avivs Blick, der auf mir ruht. *Fühlt er das auch zwischen uns? Oder werde ich alleine verrückt?*

Am Nachmittag klopft es an der Tür. Nanny, Aviv und ich sind dazu übergegangen, Karten zu spielen. Zuerst mussten wir dem Frühling das Spiel erklären, doch seit er es verstanden hat, haben wir keine Chance mehr.

»Ja?«, bittet Großmutter den Besucher herein. Ich werfe meine Karten auf Sols Bett.

»Ich gebe auf«, seufze ich und sehe zur Tür. Caleb Friedland kommt herein, gefolgt von seiner Mutter Wanja. Dass er der Sohn der obersten Hüterin ist, ist allgemein bekannt, auch wenn die Friedlands ihn wie ihren eigenen Sohn großgezogen haben. Seine Stiefmutter ist ein wahrer Engel. Ulla Friedland hat ihrem Mann nach der Hochzeit noch vier weitere Kinder geschenkt, Calebs Halbgeschwister. Sie arbeiten in der Holzverarbeitung, weshalb Yannis öfter mit Caleb zu tun hat. Ich meine sogar, ein paar Sägespäne in seinem blonden Haar zu erkennen.

»Die Göttin zum Gruß«, sagt Wanja und Caleb verneigt sich leicht. Ich sehe zu Aviv, der ... was ist mit ihm? Wieso starrt er Caleb so an? Und wieso habe ich das Gefühl, beinahe in seinem Schmerz zu ertrinken?

»Ich wollte Euch noch meinen Sohn Caleb vorstellen, Aviv, bevor er ab morgen ins Grenzgebiet muss, um einen Zaun und eine Unterkunft zu bauen. Das wird sicherlich ein paar Tage dauern und Ihr wolltet ihn gerne sprechen.« Wanja sieht sich unsicher im Raum um. Caleb wirkt verwirrt. Von dem Bauvorhaben habe ich schon gehört, Yannis wird ebenfalls dabei sein. Er freut sich schon seit Monaten auf den Ausflug in das verbotene Grenzgebiet. Ich beneide ihn ein wenig um dieses Abenteuer.

»Sollen wir Euch lieber alleine lassen?«, fragt Wanja.

»Nein.« Aviv schüttelt den Kopf. Sind seine Augen wässrig? Göttin, mir stockt der Atem. Nervös knete ich meine Hände.

»Ich habe ihm noch nichts gesagt.« Wanja schaut den Frühling vielsagend an.

»Was nicht gesagt?«, platzt es aus mir heraus. Ich schlage mir die Hand vor den Mund. »Entschuldigung.«

Nanny schüttelt den Kopf über mich, aber es zuckt in ihrem Mundwinkel. Caleb tritt nervös von einem Fuß auf den anderen. Aviv geht zu ihm und sieht ihm in die Augen. Sie sind braun. Wie meine.

»Ich kenne deine Seele aus ihrem früheren Leben«, sagt Aviv schließlich und Calebs Augen werden groß.

»Seit ich Euch gesehen habe, erscheint Ihr mir im Traum«, erzählt Caleb mit Furcht in der Stimme. »Wir sitzen an einem Tisch mit einer Frau und zwei anderen Männern. Die Wände hinter uns funkeln merkwürdig und dann ist da immer dieser Apfelbaum.«

Aviv weicht ein paar Schritte zurück, schließt die Augen und fährt sich durch die Haare.

»Danke, Mutter«, flüstert er und schaut wieder zu Caleb. »Du bist es wirklich.«

»Wer?«

»Deine Seele. Sie war einst der Herbst.«

Caleb sieht zu seiner Mutter und dann wieder zu Aviv. »Wie bitte?«

»In deinem früheren Leben warst du Jesien. Mein Bruder.« Aviv schließt die Augen. Die Hände hat er zu Fäusten geballt und presst eine davon gegen seinen Mund, während er tief Luft holt. Ich kann nicht anders, als zu ihm zu gehen. Vorsichtig nehme ich seine Hände und suche seinen Blick. Dazu muss ich meinen Kopf tief in den Nacken legen. Er sieht zu mir herunter und … eine Träne trifft mich. Ihr Weg über seine Nasenspitze führt nun meine Wange hinab.

»Wir vermissen ihn«, bringt er hervor und ich nicke ihm zu. Ich spüre Caleb hinter mir. Unsicher sieht er den Frühling an. Es geht ihm nahe, doch er scheint das alles noch nicht richtig einordnen zu können. Aviv atmet tief durch und spricht mit ihm über meine Schulter hinweg. »Deine Freundin. Sie ist Dahlia. Da besteht kein Zweifel.«

Ich gehe etwas zur Seite, damit ich nicht mehr im Weg stehe, und sehe Caleb lächeln.

»Dann ... haben wir uns wiedergefunden?«

Aviv nickt.

»Ich glaube, sie wird gerne hören, dass unsere Seelen anscheinend füreinander bestimmt sind.« Nervös ballt Caleb immer wieder seine Hände. Er ist ein guter Mann. Ich habe ihn nie anders als freundlich und gut gelaunt erlebt. Auf Festen ist er immer derjenige, der für Stimmung sorgt. Yannis arbeitet gerne mit ihm zusammen.

»In meinen Träumen ... die Frau ... ist das ...?«

»Gaia«, bestätigt der Frühling den Verdacht.

Caleb sieht zu Sol. »E-er sieht so anders aus.«

»Ja, das da ist nur eine leere Hülle. Sie hat nicht viel mit dem richtigen Sol zu tun.« Avivs Stimme ist so traurig. Seine Hand liegt noch immer in meiner und ich drücke sie.

»Das heißt, der Mann mit den weißen Haaren ist Nevis.«

Aviv nickt lächelnd. »Ihr beide wart euch besonders nah. Du warst lange Zeit der Einzige, der überhaupt zu ihm durchdringen konnte.«

Es klopft erneut, doch dieses Mal wartet niemand auf eine Antwort. Die Tür fliegt auf und eine Hüterin, die völlig außer Atem ist, hält sich an der Türklinke fest.

»Der Winter«, sagt sie nach Luft schnappend. In dem Moment stürmt ein Mann mit weißem Haar und kristallblauen

Augen herein. Ich weiche ehrfurchtsvoll zurück und lasse Avivs Hand los. Zwei weitere Hüterinnen kommen nach Atem ringend zur Tür herein.

»Nevis?«, fragt Aviv erstaunt. »Was tust du hier?«

Er ist es. Der Winter. Er will etwas sagen, doch dann fällt sein Blick auf Sol und er verstummt. Dieses weiße Haar ... Ich kann nicht aufhören ihn anzustarren. Nanny zieht mich vorsichtig beiseite und drückt mich an sich. Wanja ist vollkommen verstummt. Wir alle sehen zu, wie Nevis' Hände sich um Sols leblos wirkendes Gesicht schließen.

»Was tust du hier, Bruder?«, fragt Aviv erneut und legt ihm eine Hand auf die Schulter.

»Mutter schickt mich.«

»Das dachte ich mir.« Aviv zieht die Augenbrauen hoch. »Nevis?«

Er reagiert nicht.

»Nevis?«

»Hm?«

»Ich möchte dir Caleb vorstellen.« Endlich bringt Aviv seinen kleinen Bruder dazu, ihn anzusehen.

»Wen?«

Aviv deutet auf Caleb, der beim Anblick des Winters in eine Art Schockstarre geraten zu sein scheint. Der Winter dreht sich um und ... bleibt mit offenem Mund stehen.

»Er ist es«, versichert ihm Aviv. »Es gibt keinen Zweifel.«

»Jesien?«, flüstert Nevis so leise, dass ich es kaum verstehen kann.

»Und rate mal, mit wem er am Bach geturtelt hat, als ich ihn zum ersten Mal gesehen habe.« Ein warmes Lächeln erscheint auf Avivs Gesicht.

Nevis geht auf Caleb zu. »Kannst du ... kannst du dich an irgendetwas erinnern?«

»In meinen Träumen. Ein wenig.« Caleb nickt, als wolle er sich seine Aussage selbst bestätigen. »I-ich glaube, Jesien hatte Euch sehr gerne, Winter ...« Weiter kommt Caleb nicht, weil Nevis ihn in seine Arme gezogen hat. Bei dem Anblick läuft mir eine Träne über die Wange. Ich sehe zu Aviv, der immer noch Abstand hält. Wieso geht er nicht zu ihnen?

»Nevis?«, wendet er sich nun an seinen jüngsten Bruder, der Caleb mit einem Schulterklopfen aus seiner Umarmung entlässt. »Warum bist du hier?«

»I-ich weiß es auch nicht genau. Mutter sagte, dass ich sofort zu dir und Sol muss.«

»Ihr benötigt Eure Spritze«, ergreift Wanja das erste Mal seit langem das Wort. »Sonst werdet Ihr krank, Winter.« Sie wartet seine Antwort nicht ab. »Ich kümmere mich darum.« Damit verlässt sie das Zimmer und winkt die anderen Hüterinnen mit sich heraus.

»Aber warum solltest du denn so dringend kommen?«, grübelt Aviv. »Vielleicht um Caleb zu treffen?«

Die Brüder tauschen einen Blick.

»Nein, das glaube ich nicht«, meint Nevis. »Ich hatte befürchtet, dass ... Sol ...« Er sieht zum Sommer.

»Es geht ihm unverändert schlecht. Das kann es nicht sein. Auch wenn der Arzt heute Morgen ... Nein, es muss etwas anderes sein.« Aviv wirkt wütend.

Will Gaia, dass wir Sol gehen lassen?

»Ist dir klar, dass wir das erste Mal seit über fünfhundert Jahren wieder zusammen in einem Raum sind?«, fragt Nevis und sieht traurig von Caleb zu Sol.

»Du hast Recht«, sagt Aviv und Nevis lächelt ein wenig verzweifelt. Ich setze mich zu Nanny, während die Brüder mit Caleb sprechen. Mir wird ganz warm ums Herz, als ich in Avivs Gesicht sehe. Calebs fröhliches Wesen scheint ansteckend zu sein und das kleine Lächeln auf Avivs Lippen wirkt echt und überhaupt nicht gekünstelt. Wanja erscheint mit einem Arzt im Schlepptau. Als er Nevis die Spritze setzt, presse ich die Augen zusammen. Ich hasse Nadeln. Aviv offensichtlich auch, denn als ich die Augen wieder öffne, hat er seine immer noch zu Schlitzen verengt. Seine Mimik spricht Bände. Nevis hingegen lässt die Prozedur tapfer über sich ergehen und macht keinen Mucks. Caleb hat eine Hand vor die Augen geschlagen.

»Hart wie ein Gletscher«, meint er, als er sich wieder traut hinzusehen.

»Etwas Ähnliches dachte ich auch gerade.« Avivs Gesichtsausdruck hat etwas Jungenhaftes.

»Es kann nicht jeder ein zartes Pflänzchen oder ein welkes Blatt sein.«

Ich muss so laut lachen, dass mich alle ansehen. »Vergebt mir.« Mein Gesicht brennt.

»Das gefällt dir, hm?«, zieht mich Aviv auf.

»Ein bisschen«, gebe ich zu.

»Möchtest du mich denn nicht vorstellen?«, fragt Nevis und schlägt seinem Bruder kurz gegen den Bauch. Obwohl ich den

Winter kaum kenne, fällt mir plötzlich etwas auf. Unsicherheit. Die Situation geht ihm nahe und er versucht es zu überspielen.

»Es ist mir ein Vergnügen, du ungehobelter Yeti.« Aviv reibt sich den Bauch, was mich wieder zum Schmunzeln bringt. Er deutet zuerst auf Nanny. »Das ist Nandra. Sie und Sol haben eine gemeinsame Tochter, die leider schon verstorben ist.« Nun zeigt er auf mich. »Und dieses kleine, gemeine Wesen dort ist Sols Enkelin Ilea.«

»Klein, aber fein. Gemein, aber ...« Dein. Nein, das kann ich nicht sagen. »Rein«, ergänze ich stattdessen.

Nevis' weiße Augenbrauen gehen amüsiert nach oben.

»Freut mich, Nandra, und ›Gemein, aber fein und rein‹-Ilea.«

»Die Freude ist ganz auf meiner Seite, Winter.« Ich verneige mich.

»Ich weiß gar nicht, was du hast. Ich finde sie sehr freundlich«, sagt Nevis und sieht zu Aviv.

»Kann ich nur bestätigen. Ilea ist für gewöhnlich eine sehr liebenswerte Person«, bestätigt Caleb den Eindruck des Winters.

»Muss also an dir liegen«, vermutet dieser daraufhin.

»Wie immer«, seufzt Aviv und ich beiße mir auf die Zunge, um nicht zu lachen. Es bleibt mir im Hals stecken, als der Blick der Brüder wieder auf den vierten Mann im Raum geht. Nevis' Hand legt sich auf Avivs Schulter und seine Augen werden so unglaublich sanft, als sähe er seinem großen Bruder bis in die Seele.

»Er wird wieder«, verspricht er. »Sol ist stark.«

Aviv sieht Nevis an. Ihre Augen führen ein Gespräch, das man nur mit dem Herzen hören kann.

Die Hüterinnen und Caleb verlassen uns irgendwann, Aviv und Nevis lassen ihn jedoch nur ungern gehen. Alleine die Göttin weiß, ob sie sich noch einmal wiedersehen. Als sie sich verabschieden, ziehe ich mich zurück und überlasse diesen Moment ihnen alleine. Als Caleb dann weg ist, bleibt nur Wanja mit uns zurück. Während alle überlegen, warum die Göttin Nevis so eilig zur Erde geschickt hat, sitze ich an Sols Bett und betrachte sein Gesicht, so gut das eben trotz Atemmaske möglich ist.

»Mir ist ganz komisch«, meint Nevis plötzlich.

»Das kommt von der Spritze«, beruhigt ihn Wanja. »Ihr habt ein wenig erhöhte Temperatur. Das ist normal.«

»Da schmilzt der Eisberg.«

»Als ob dein Stängel nicht umgeknickt wäre.« Offensichtlich hat Nevis noch genug Kraft, seinem großen Bruder Paroli zu bieten, auch wenn ihr Humor so wirkt, als wäre er eine Art Rettungsboot. Etwas, woran sie sich festhalten, bis sie Zeit für sich alleine haben.

»So schlecht kann es dir nicht gehen«, meint Aviv.

»Das dachte ich auch gerade«, melde ich mich das erste Mal seit Stunden zu Wort. Ich sehe zu Nanny und sie wirkt unendlich traurig. Überhaupt wirkt sie noch dünner und schwächer als sonst. Der Stress und die Aufregung setzen ihr zu.

»Habt ihr schon mal darüber nachgedacht, dass die Göttin Nevis heruntergeschickt hat, um sich zu verabschieden?«, fragt sie mit leiser, brüchiger Stimme.

»Wie meinst du das, Nanny?« Ich sehe sie verzweifelt an. *Bitte sag es nicht. Sprich nicht aus, was ich schon die ganze Zeit über verdränge.*

»Wenn ich ihm heute Morgen nicht das Wort abgeschnitten hätte, hätte der Arzt gesagt, dass wir darüber nachdenken sollen, Sol zu erlösen und … die Geräte … abzuschalten.«

Sofort kippt die Stimmung und das, was die Brüder hinter Caleb und ihrer Wiedersehensfreude zu verdecken versucht haben, bricht endlich durch.

»Aviv …« Nevis klingt alarmiert. »D-das können die Menschen nicht tun.«

»Keine Sorge, das lasse ich nicht zu.« Avivs Stimme klingt ernst und entschlossen. »Niemand wird Sols Geräte abschalten.«

Großmutter erhebt sich und verlässt das Zimmer. Ich stehe ebenfalls auf und laufe ihr nach. Schnell hole ich sie ein und hake ihren Arm unter meinen.

»Es ist die einzig sinnvolle Antwort, Nachtblüte. Gaia will seinen Tod. Vermutlich erträgt sie es nicht mehr, ihn leiden zu sehen.«

»Ich weiß, Nanny. Ich weiß.«

»Bring mich für heute nach Hause, ja?«

»Natürlich.«

Die Hemeraner beobachten uns neugierig, als wir ohne Aviv an ihnen vorbeigehen. Ob sie schon von Nevis wissen, kann ich nicht sagen. Es interessiert mich auch im Moment nicht, denn Nanny bereitet mir große Sorgen. Selbst nach all den Jahren gehört ihr Herz Sol. Nicht einmal die harten Jahre ohne ihn oder die Verleugnung ihrer Liebe sich selbst und anderen gegenüber konnten etwas an ihren Gefühlen ändern. Wie muss es für sie sein, ihn nach so langer Zeit wiederzusehen? Unverändert, während sie selbst alt und gebrechlich geworden ist. Und jetzt ... ich schlucke, weil ich nicht an Sols Zustand denken möchte. Ich muss die Gefühle, die in mir für Aviv aufkeimen, unter allen Umständen unterdrücken. Sonst ende ich eines Tages wie Nanny.

Vater lehnt an der Küchenzeile und betrachtet den Winter, der im Wohnbereich zum Fenster hinausstarrt. Aviv steht neben ihm und ich kann sehen, dass er leise mit ihm spricht. Ich werde das quälende Gefühl nicht los, dass wir Sol verlieren werden. Großmutter hat Recht, weshalb sollte die Göttin Nevis sonst zur Erde schicken? Es ist bereits dunkel draußen und ich treffe mich gleich mit Yannis am Bach, um mich von ihm zu verabschieden. Er wird morgen mit Caleb und einigen anderen Männern ins Grenzgebiet aufbrechen. Nervös bearbeite ich den Teig, den Nanny in den Kühlschrank gestellt hatte. Ich spüre Avivs Anwesenheit hinter mir, bevor meine Augen ihn erfassen.

»Nevis geht es nicht so gut, wo kann er denn schlafen?«

Ich reibe mir mit dem Unterarm über die Stirn. »Gute Frage«, sage ich. »Bring ihn erst mal in mein Zimmer, wir suchen dann für dich etwas anderes.«

»Ich kann mir das Bett auch mit ihm teilen.« Aviv überlegt einen Moment. »Das habe ich noch nie gemacht.«

Ich ziehe die Augenbrauen hoch. »Er ist dein Bruder und ihr habt noch nie im selben Raum geschlafen?«

»Nein.« Er hängt einen Moment lang seinen Gedanken nach, dann rüttelt er sich selbst wieder wach. »Ich ... zeige ihm dann mal ...«

»In Ordnung«, sage ich, weil er unsicher stehen bleibt, ohne weiterzusprechen. Ich belächele seine Zerstreutheit und widme mich wieder dem Teig. Erst als Aviv gegangen ist, bemerke ich, wie sehr ich mich verkrampft habe.

»Ich sehe mal nach deiner Großmutter«, sagt Vater, der aus einer Art Trance zu erwachen scheint. Ich nicke ihm zu und er stößt sich von der Küchenzeile ab. Als Aviv zurückkehrt, sind wir alleine. Dieser Umstand sendet ein Prickeln durch meinen ganzen Körper und meine Lippen flehen mich förmlich an ihnen das zu geben, wonach sie sich seit heute Morgen sehnen. Zur Strafe beiße ich sie kräftig.

»Autsch.« Ich schmecke Blut.

»Was ist passiert?«, will Aviv wissen und kommt zu mir. »Du blutest.«

»Ich habe mir aus Versehen auf die Lippe gebissen.«

Er betrachtet besorgt meine Unterlippe.

»Das heilt sofort wieder«, winke ich die Sache ab und stelle den Teig beiseite.

»Ilea?«

»Hm?«, brumme ich.

»Wegen heute Morgen ...« Er stockt und überlegt.

»Was wolltest du sagen?« Ich nehme all meinen Mut zusammen und sehe ihn an. Diese pulsierend grünen Augen. Das war ein großer Fehler.

»Ich ... hab ... es ... vergessen«, stammelt er und lässt mich keine Sekunde aus den Augen. Vollkommen in Gedanken versunken, fast schon verträumt.

»Du wolltest mir sagen, dass das heute Morgen ein Fehler war. Einer, den du nicht mehr machen möchtest«, helfe ich ihm auf die Sprünge und kann förmlich hören, wie seine Traumblase zerplatzt. Er schüttelt sich und nickt. Ich spüre einen Stich in meiner Magengrube.

»Es tut mir leid, ich habe mich wohl von meiner Einsamkeit ein wenig ... überrumpeln lassen.«

Der Stich weitet sich zu einem allumfassenden Schmerz aus. Habe ich nicht selbst eben noch das Gleiche gedacht? Dass es ein Fehler war?

»Gut«, sage ich und schlucke. »Dann sind wir ja einer Meinung.«

Etwas in seiner Mimik verändert sich für einen kurzen Moment, dann lächelt er. Es wirkt falsch und erzwungen.

»Gut.« Er weicht etwas zurück. »Dann wäre das geklärt.«

»Gut«, wiederhole ich mich.

»Gut.«

»Du hättest auch *sehr gut* sagen können«, schlage ich vor und versuche zu scherzen. »Das würde ein wenig Abwechslung in unsere Unterhaltung bringen.«

Er senkt den Kopf und schüttelt ihn dabei, das Lächeln immer noch wie auf seine Lippen gemeißelt. Ich muss daran denken, was Nanny morgen mit ihm besprechen wird. Die Abschaltung von Sols Geräten ... Das macht es mir unmöglich, wütend auf ihn zu sein.

»So, ich finde, du hast jetzt genug Interesse geheuchelt«, sagt Yannis. Er hat sich wieder in die schwarze Strickjacke gewickelt, die ich für ihn genäht habe. »Sag mir, was los ist, Sommerkind.«

»Da ist nichts vorgetäuscht«, protestiere ich. »Ich finde wirklich spannend, was du in den nächsten Tagen so treiben wirst.«

Yannis sitzt mir auf einem großen Stein gegenüber und macht ein ungläubiges Gesicht.

»Es ist nichts.« Ich weiche seinem Blick aus.

»Wann hast du aufgehört mir alles zu erzählen, hm?« Er steht auf und kommt zu mir rüber. Da auf meinem Stein kein Platz mehr ist, geht er vor mir in die Hocke und sieht mich ernst an. »Komm schon, Ilea, was ist los? Ich sehe doch, dass dich etwas bedrückt.«

Ich erzähle ihm alles. Wie ich vom ersten Augenblick an für Aviv gefühlt habe. Von unserem Abend auf dem Sofa ... und der Nacht danach. Von heute Morgen.

»Gütige Göttin, Ilea«, zischt Yannis und fährt sich mit der Hand über das Gesicht, bevor er sie auf meine legt.

»Er hat es eben vor dem Abendessen als Fehler bezeichnet, den er nie wieder begehen möchte.«

»Und wie denkst du darüber?«

»Es ist gut so«, sage ich mit fester Stimme. »Ich will nicht wie Nanny enden, weißt du?«

Yannis sieht zu den Lichtern Hemeras.

»Was denkst du?«, frage ich.

»Ich ... ich denke, dass du etwas für ihn empfindest.«

»Schon, aber das ergibt doch alles keinen Sinn.« Dass ich es mir und Yannis eingestanden habe, schockiert mich ein wenig.

»Aviv darf sich doch eine Braut mitnehmen«, sagt mein bester Freund und ich höre den Schmerz in seiner Stimme. »Vielleicht bist du dazu bestimmt?«

»Er will mich nicht«, sage ich und boxe sanft gegen seine Schulter. »Du wirst deine beste Freundin also nicht so schnell verlieren.«

Er grinst und ich zwicke ihm in die Wangen.

»Versprich mir, dass du mich heiratest, bevor ich alt und runzelig bin. Du musst mir keine Kinder machen, ich möchte nur nicht einsam sein. Wie Nanny.« Es war mehr als Scherz gemeint, doch Yannis nickt traurig. Dass er das tut, bedeutet mir viel. Als Paar ohne Kinder würde man die Nase über uns rümpfen und er würde das für mich auf sich nehmen. Ohne mit der Wimper zu zucken.

»Für mich gibt es keine Frau in ganz Hemera, wieso sollte ich also nicht mit dir zusammen alt und schrullig werden?« Ein amüsiertes Glucksen entringt sich seiner Kehle und ich nehme ihn in den Arm.

»Komm mir heil wieder, ja?«, flüstere ich.

»Ich komme *immer* zu dir zurück.« Er schiebt mich sanft von sich. »Aber Ilea? Such dir lieber einen Kerl, der mehr als Freundschaft von dir will, ja?«

»Vielleicht«, seufze ich.

»Ich möchte mal der kauzige Onkel deiner Kinder werden.« Er grinst. »Und wenn meine Augen schlecht werden, können die mir bestimmt immer Licht machen.«

Ich schubse ihn freundschaftlich. »Wenn du sonst keine Sorgen hast …«

»Sonst geht es mir eigentlich ganz gut, doch. Danke der Nachfrage.«

»Du Idiot.«

Er streicht mir übers Haar.

»Du liebenswerter Idiot.«

»Schon viel besser.« Er sieht mich ernst an. »Ich glaube, Aviv hat nur Angst, Ilea.«

»Wovor? Er ist der Gott des Frühlings, verdammt noch mal.«

»Lass das nicht die Göttin hören.«

Ich sehe zum Himmel. »Entschuldigung, ich wollte nicht fluchen!«

Yannis lacht leise. »Vielleicht hat er einfach nur Angst davor, sich festzulegen? Diese Wahl ist immerhin für die Ewigkeit.«

»Dieser Arsch.« *Ups.* »Entschuldige, Gaia!«

»Nein, nein, nein«, protestiert Aviv am Morgen in der Küche, als ich nach Hause komme. Ich bin müde und mir tut alles weh. Vielleicht sollte ich mir ein Sitzkissen nähen? Dieser Stein ist ganz schön hart, wenn man die ganze Nacht darauf sitzt.

»Überleg doch mal, Aviv. Es ist kein Zufall, dass dein Bruder genau an dem Tag auftaucht, an dem der Arzt das Thema anspricht. Und mit Sicherheit sollte er sich so beeilen, weil auch Jesiens Seele anwesend war.« Nannys Argumente kann ich nicht widerlegen. Ich stoße vorsichtig die Tür auf und betrete den großen Wohnraum im ersten Stock. Avivs Augen wandern kurz zu mir, doch dann zieht Nevis seine Aufmerksamkeit auf sich.

»Aber das hätte mir Mutter doch sagen können«, versucht er dagegenzuhalten.

»Guten Morgen«, murmele ich in die Runde und gehe zur Kaffeemaschine. An Schlaf ist jetzt nicht zu denken.

»Wir sollten uns schnell entscheiden«, sagt Großmutter, »denn Nevis hat schon Recht, wenn er sagt, dass er nicht lange hierbleiben kann.«

Ich schütte mir Kaffee ein und trinke einen großen Schluck. Göttermutter, wenn der Löffel darin stehen bleibt, würde es mich nicht wundern!

»Niemand wird Sols Geräte abschalten, solange ich atme«, zischt Aviv und mein Vater wirkt eingeschüchtert.

»Du solltest die Entscheidung jetzt akzeptieren, Nandra«, mischt er sich ein, woraufhin Nanny wütend aufsteht und dabei den Stuhl umwirft.

»Denkt ihr, ich möchte das? Denkt ihr, ich möchte den einzigen Mann, den ich je geliebt habe, sterben sehen? Gütige Mutter, in der Liebe geht es auch manchmal darum, jemanden gehenzulassen.«

Avivs und mein Blick kreuzen sich. Wir erschrecken beide und sehen sofort wieder weg. Ich betrachte lieber wieder das merkwürdig weiße Haar des Wintergotts. Nevis ist so überirdisch schön. Genau wie Aviv. Doch genau diesen Gedanken sollte ich tunlichst vermeiden.

»Ich gehe jetzt ins Krankenhaus.« Nanny watschelt an mir vorbei in Richtung Treppenhaus. »Wenn wir ihn nicht erlösen, dann sollten wir ihn auch nicht alleine lassen.«

»Ich komme mit«, entscheidet Aviv und sieht dann zu Nevis.

»Geh nur … ich komme klar.«

Aviv kommt auf mich zu und senkt seinen Kopf. »Er hat noch Fieber, könntest du ab und zu nach ihm sehen?«

Ich nicke und halte meinen Kaffee hoch. »Der hier hält mich wach.« Ich zwinkere ihm zu. Aviv schmunzelt wissend.

»Danke, Ilea.«

»Keine Ursache.«

Ich höre ihn leise lachen, als er hinter Nanny hergeht.

»Tja, ich muss was tun«, meint Vater. »Kommt ihr zurecht?«

»Natürlich. Ich bin jetzt schon richtig gut im Götterversorgen. Nur einer von dreien liegt im Krankenhaus. Die Quote ist gar nicht schlecht.«

Nevis, der gerade einen Schluck aus seiner Tasse genommen hat, prustet laut los.

»Den Dritten hätte ich fast erstickt. Vielleicht bin ich doch kein Naturtalent.«

Vater seufzt und geht augenrollend, aber mit einem Lächeln auf den Lippen an mir vorbei.

»Und was planst du für Aviv?«, will Nevis wissen und sieht mich mit Augen wie Eiskristallen an.

»Irgendwas ganz Fieses«, sage ich, ohne weiter darüber nachzudenken.

Aus Nevis' Blick spricht Erstaunen. »Was hat er angestellt?«

Mich geküsst und es dann als Fehler bezeichnet. Aber das kann ich ihm ja schlecht sagen.

»Nichts. Aber warum sollte es ihm besser gehen als den anderen?«, lüge ich Gaias jüngsten Sohn an und bereue es in dem Moment sofort. Die Müdigkeit hat mir wohl den Verstand vernebelt. »Ich ... wir ... haben uns geküsst.«

Nevis verschluckt sich erneut. Er stellt die Tasse weg und seine aufgerissenen Augen verraten mir, wie sehr ihn diese Neuigkeit schockiert.

»Das Trinken sollte ich wohl während einer Unterhaltung mit dir lassen«, murmelt er.

»Er hat gesagt, es sei ein Fehler und wir sollten das nicht wiederholen.« Ich muss es ihm einfach sagen. Er ist ein Halbgott. Ein geliebtes Kind meiner Göttin. Ich würde mich gegen sie versündigen. Oder liegt es schlicht und ergreifend daran, dass ich wissen möchte, was er davon hält? Vielleicht will ich aber auch Aviv ein wenig ärgern? Es wird wohl eine Mischung aus allem sein.

»Dieser Sturkopf«, stöhnt Nevis und stützt dabei seinen Kopf auf. Er wirkt erschöpft.

»Möchtet Ihr Euch ein wenig hinlegen, Winter?«

»Nevis. Bitte nenne mich Nevis.« Er sieht mich an. »Nein, ehrlich gesagt ist mir nicht nach Schlafen zu Mute.« Er scheint zu überlegen, was er sagen soll. »Weißt du, ich bin der Letzte, der an Avivs Verhalten Kritik üben darf. Ich war lange keinen Deut besser.«

Ich würde gerne mehr erfahren, doch meine Ehrfurcht vor ihm ist größer als meine Neugierde.

»Sollen wir uns ein wenig aufs Sofa setzen?«

Hellblaue Augen, so blau wie ein wolkenloser Winterhimmel, mustern mich und ich sehe etwas in ihnen aufblitzen. Ich kann es nicht deuten.

»Ja«, sagt Nevis schließlich, »gerne.«

Wir lassen uns im Wohnbereich nieder. Der Duft von Nevis'

Kräutertee steigt mir in die Nase. Er stellt ihn vor uns auf dem kleinen Couchtisch ab.

»Möchtest du mir von dir erzählen?«, fragt Nevis und lehnt seinen Kopf gegen die Rückenlehne des Sofas. Er zittert ein wenig, also ziehe ich die Decke hervor, die fein säuberlich gefaltet unter dem Kissen hinter mir liegt, und reiche sie ihm. Mit einem dankbaren Lächeln nimmt er sie entgegen und breitet sie über sich aus.

»Wo soll ich anfangen?« Ich verziehe das Gesicht.

»Am Anfang.«

»Am Anfang schuf Gaia die Erde.«

»Ähm ... vielleicht spulst du doch ein kleines Stück weiter vor. Ich mag zu der Zeit zwar nur aus Energie bestanden haben und mich kaum erinnern, aber ich war da.«

»Wirklich?« Ich reiße neugierig die Augen auf. »W-wie war es? Damals?«

»Es sind nur Erinnerungsfetzen.« Er grübelt. »Schwarze Masse, elektrisches Vibrieren ... dann ein ... Knall ... ein Brummen ... ein Krachen und Dröhnen ... überall ... Sterne.«

»Und du willst dir was über aufgeschlagene Kinderknie anhören?«, gluckse ich.

»Du glaubst gar nicht, wie beruhigend solche einfachen Geschichten sind.«

Ich seufze. »Finde ich nicht.« *Wobei ...* »Vielleicht ist das anders, wenn man sich sonst mit göttlichem Schaffen beschäftigt.«

Nevis lächelt. Er wirkt so anders als Aviv. Es mag am Fieber liegen, aber er strahlt innere Ruhe aus. Wie Schneeflocken, die still vom Himmel schweben. Glücklich und entspannt. Liegt es an seiner Jahreszeit? Aber Aviv ist die Schöpfung. Das Leben. Wieso sehe ich dann ständig diese Leere in ihm?

»Darf ich dich etwas fragen, Nevis?«

»Sicher.« Er umfasst wieder die Teetasse und sieht mich abwartend an.

»Was ist mit Aviv los?«, presche ich mutig vor, versuche mich aber sofort zu rechtfertigen: »I-ich bin sehr empfänglich für Stimmungen. Das war schon immer so. Und da ist diese tiefe Traurigkeit in ihm ...«

»Es steht mir nicht zu, dir davon zu erzählen.«

Ich sehe enttäuscht weg. Damit hatte ich gerechnet.

»Tut mir leid, Ilea. Aber so viel kann ich dir sagen: Du hast Recht und dein Gefühl trügt nicht.«

Ich nicke ihm zu und beiße mir auf die Unterlippe.

Wir verbringen den ganzen Vormittag auf dem Sofa. Irgendwann gegen elf Uhr schläft Nevis ein und ich lehne mich ebenfalls zurück und hänge meinen Gedanken nach, bis ich unten aufgeregte Stimmen höre. Auch Nevis schreckt hoch.

»Ich gehe mal nachsehen«, sage ich zu ihm. Auf dem Weg ins Treppenhaus merke ich aber schon, dass er mir folgt. Ich renne die Stufen hinunter und finde meinen Vater vor. Er ist kreidebleich.

»Was ist passiert?«, will ich wissen.

»Sol?«, fragt Nevis und ich höre die Angst in seiner Stimme. Vater schüttelt den Kopf.

»Nein.« Er sieht mich an. »Nachtblüte, du musst jetzt stark sein.« *Nein, nein, nein, wieso denn ich?*

»Was?« Ich schreie fast. Er soll es mir endlich sagen.

»Wir müssen ins Krankenhaus. Nandra hatte einen Herzinfarkt.«

Ich habe das Gefühl, dass alle Lebenskraft meinem Körper entweicht.

»Wie geht es ihr jetzt?«, höre ich Nevis fragen.

»Ja, wie geht es ihr?«, wiederhole ich. *O Nanny, was machst du nur?*

»Die Ärzte konnten sie sofort versorgen. Zum Glück war sie im Krankenhaus. Sie kommt wieder auf die Beine«, erzählt Vater, der im Gegensatz zu mir einen kühlen Kopf zu bewahren scheint. Nevis' Gesichtsausdruck wechselt von besorgt zu beruhigt.

»Das klingt gut. Auch wenn es sicherlich ein Schock für alle ist. Das tut mir sehr leid.«

»Habt Dank für Eure Anteilnahme, Winter«, erwidert mein Vater. Er sagt noch mehr, doch meine Gedanken überspülen seine Worte. Sie bleiben ungehört. Das alles darf nicht wahr sein! Nanny war doch eben noch hier und es ging ihr den Umständen entsprechend gut. Ich habe sie gesehen! Sie kann doch nicht ... Nanny darf nicht sterben. Niemals.

Ich starre sie an.

Leblos. Wie Sol.

Überall Kabel.

Sie schläft.

Ihre Haut ist nur kreideweiß.

»Ilea?«

Aviv.

»Ja?«

Er sieht mich ganz merkwürdig an.

Er soll damit aufhören.

»Nanny?«

Die Geräte piepsen als Antwort.

Nanny ist so still. Das ist mir unheimlich.

»Sie wird sich wieder erholen.« Aviv steht hinter mir. Er riecht nach Wald. Seine Nähe gibt mir Kraft – trotz allem. Ich drehe mich zu ihm um und lehne mich an seine Brust.

»Danke«, sage ich. Die Ärzte haben mir erzählt, dass er sofort reagiert hat, als Nanny in die Knie ging. Er hat sie aufgefangen und um Hilfe gerufen. Dadurch hat er Nanny einiges erspart. Nicht auszudenken, wenn sie sich auch noch verletzt hätte.

»Nichts zu danken, Ilea.«

Er ist mein Held. Ich würde es ihm so gerne sagen, behalte es aber für mich. Er ist ein himmlisch duftender, warmer Held. Wenn ich könnte, würde ich mich in seine Arme flüchten und nie wieder herauskommen.

Im Kühlschrank steht Nannys Eintopf für heute Abend. Ich sollte ihn für unsere Gäste aufwärmen, aber mein Körper gehorcht mir nicht, also bleibe ich stehen und starre den großen Kochtopf an. Nanny wäre fast gestorben. Ich will keinen Menschen mehr verlieren. Das ist so grausam.

»Sie hat die ganze Nacht kein Auge zugemacht«, höre ich Aviv hinter mir am Esstisch flüstern. »Sie sollte nicht wieder ins Krankenhaus gehen, sondern schlafen.«

»Ich sollte nach Yannis schicken lassen.« Vater klingt besorgt. »Sie hätte fast binnen weniger Jahre zwei Mütter verloren. Ich fürchte, der Herzinfarkt hat sie schwer getroffen und macht ihr Angst.«

»Das schaffen wir schon.« Aviv klingt zuversichtlich. Dann höre ich Schritte. Warme Arme legen sich um mich. Der Duft eines Walds nach dem Regen verwöhnt meine Nase. Frisch und klar. Ganz anders als meine Gedanken.

»Lehn dich zurück«, bittet mich Aviv, und als ich nicht reagiere, zieht er mich sanft an sich und schließt den Kühlschrank. Mein Kopf fällt zurück und schmiegt sich an seine Brust. Avivs Kinn ruht auf meinem Scheitel. Eine Decke hüllt mich ein und ich werde leicht durchgeschüttelt, als Aviv es sich mit mir auf dem Sofa bequemer macht. Ich schließe die Augen. Dunkelheit umfängt mich. Aber ich wollte doch zu Nanny gehen ...

Als ich wach werde, ist es tief in der Nacht. Avivs Wärme umfängt mich tröstend und schmilzt die eisige Angst vor Verlust in meinen Knochen einfach weg. Schwerfällig drehe ich mich um, damit ich ihn ansehen kann. Er schläft, hat den Mund leicht geöffnet. Ein leises Schnarchen erklingt und er schließt ihn wieder. Ich will bei ihm bleiben, mich nie mehr aus dieser Umarmung lösen. Ein leises Fiepen kommt aus seiner Nase und ich muss lächeln.

»Schlaf gut, mein Schöner«, flüstere ich. »Danke für alles, was du heute für mich getan hast.« Ich kuschele mich wieder fest an ihn und schließe die Augen. Der Damm bricht und ich weine an Avivs Brust, durchnässe sein Shirt. Er wird wach, zieht mich fester an sich und streichelt meinen Kopf. Er sagt nichts.

Ich auch nicht. Ich kann nur noch weinen. Doch seine Nähe gibt mir Halt. Irgendwann schlafe ich ein und fühle mich aufgefangen, nicht mehr so haltlos und ängstlich.

Am nächsten Morgen bin ich vor allen anderen wach. Ich ziehe mich um und verlasse das Haus. Draußen ist es kalt, weshalb ich den Mantel fester um mich ziehe. Hemera wacht gerade auf, die Straßen sind noch leer, doch hinter den Fenstern erkennt man erste Anzeichen von Leben. Meine Füße eilen über das Kopfsteinpflaster und kennen nur ein Ziel. Das Krankenhaus. Nanny und Sol. Es dauert nicht lange, dann höre ich Schritte hinter mir. Ohne ein Wort zu sagen, ergreift eine Hand die meine. Sie ist stark und so groß, dass sich meine winzig in ihr anfühlt. Ich sehe kurz hoch zu dem Mann, der neben mir geht. Aviv erwidert meinen Blick. Stillschweigend erreichen wir unser Ziel. Wir kommen zuerst an Sols Zimmer vorbei.

»Wollen wir kurz nach ihm sehen?«, fragt Aviv. »Danach gehen wir gleich zu Nanny, sie dürfte jetzt wach sein.«

Ich nicke und schenke ihm ein dankbares Lächeln. Kurz sind wir wie versteinert, sehen uns einfach nur an. Dann öffnet er mir die Tür. Als wir das Zimmer betreten, steht eine junge Ärztin an Sols Bett.

Er schlägt die Augen auf.

TEIL 2

1. DER SOMMER ERWACHT – AVIV

»Sol?« Ileas Stimme ist kaum mehr als ein Flüstern.

Mein Bruder rollt mit den Augen und schließt sie mit einem Seufzen wieder.

»Er ist eben erst aufgewacht«, teilt uns die Ärztin mit und lächelt dabei zufrieden. »Er atmet wieder eigenständig.«

»Gütige Göttin«, wimmert Ilea neben mir vor Freude. Ich lege meine Hände auf ihre Taille und sehe über ihre Schulter zu meinem Bruder.

»Du wachst genau zum richtigen Zeitpunkt auf«, sagt Ilea unter Tränen zu Sol. »Du wirst hier gebraucht.« Ihr kleiner Körper wird von kräftigem Lachen geschüttelt. Ich ziehe sie näher an mich heran und sie dreht sich mir zu. Drückt mich glücklich.

»Das wird Nanny Kraft geben«, wispert sie an meiner Brust.

»Ja, sie kann jetzt aufhören sich um ihn zu sorgen.«

Sol wird überleben. Ich kann gar nicht beschreiben, was dieser Gedanke mit mir macht. Es ist, als wäre ein Teil der Last, die ich mit mir herumtrage, einfach abgefallen. Ich werde meinen Bruder nicht verlieren. Ilea atmet tief durch und ich tue es ihr gleich.

»Wie lange wird es dauern, bis er ansprechbar ist?«, frage ich die Ärztin. Sie zuckt mit den Schultern.

»Das hängt von ihm ab.« Sie überlegt einen Moment. »Wir hätten ehrlich gesagt nicht einmal mehr damit gerechnet, dass er zurückkommt.«

Er braucht nur einen kurzen Moment. Ein Gedanke, der sich Mutter entgegenstreckt, und schon wäre er geheilt.

»Nanny dachte, er würde sterben«, flüstert Ilea. »Das hat ihr den Lebenswillen geraubt.« Sie sieht mich mit diesen großen Augen an und bringt meinen ganzen Körper in Aufruhr. *Du musst sie beschützen, sie ist zu zerbrechlich für diese Welt.* Nein, sie ist eine starke Frau. Dennoch ... die Art, wie sie ihren Kopf in den Nacken legen muss, um mir in die Augen zu sehen ... dieses zierliche Wesen ... so voller Leben. Meinen Körper durchfließt ein kleiner Schauer, der mich meine wirren Gedanken abschütteln lässt. Die braunen Augen werden ruhiger, ich kann zusehen, wie sie die Fassung zurückerlangt. Dass ich das zu einem kleinen Teil bewirkt habe, erfüllt mich mit ... ja, womit eigentlich? Stolz? Ein Stöhnen aus Sols Richtung lässt uns zusammenfahren.

»Sol?«, rufe ich ihn. »Hörst du mich? Denk an Mutter. Lass dich von ihr nach Hause bringen.«

Seine Augenlider flattern.

»Sol?« Ileas Stimme ist plötzlich ganz sanft. Sie geht zu ihm, nimmt seine Hand. »Versuch dich auf mich zu konzentrieren.« Ihre Haare! Sie leuchten blond auf und das Sonnenlicht im Zimmer wandert zum Krankenbett, erhellt Sols Gesicht. »Spürst du die Wärme? Folge ihr. Folge meiner Stimme.«

Er öffnet die Augen und sieht Ilea an. Wie konnte sie das wissen? Ich bin sprachlos vor Erstaunen. Woher wusste sie, dass Sols Geist Probleme hat, den Weg zu uns zu finden?

»Denk an deine Mutter«, sagt Ilea und in dem Moment verschwindet Sol. Alle Geräte im Zimmer beginnen zu piepsen und zu plärren, so dass ich mir die Ohren zuhalten muss. Die Ärztin rennt los und schaltet alles ab, als auch schon Pflegepersonal durch die Tür stürmt.

»Hat es geklappt?«, fragt Ilea, als alles wieder ruhig ist, und sieht mich dabei unsicher an.

»Ich denke schon. Ein kleiner Gedanke sollte Mutter bereits reichen.« Stolz betrachte ich sie. So viel Größe in so einer kleinen Person. »Danke, Ilea.«

»Gern geschehen – ich kann dir gar nicht sagen, wie gern!« Sie sieht zur Tür. »Sagen wir es Nanny, ja?«

»Ich kann es nicht fassen, du hast gerade meinen Bruder gerettet.«

»Dann sind wir ja jetzt quitt. Immerhin lag er hier, weil er mich vor einem Pferd beschützt hat.«

»Los, gehen wir zu Nanny.« Ich lächele sie an.

Sie nickt freudig. Das Krankenhauspersonal starrt mich an und das macht mich unheimlich nervös.

»Ich danke euch allen für das, was ihr für meinen Bruder getan habt«, sage ich noch und verlasse dann mit Ilea das Zimmer. »Wie geht es dir?« Die letzten Stunden waren die reinste Achterbahn der Gefühle.

Sie gluckst. »Ein bisschen aufgedreht? Freude, Angst, alles liegt gerade nah beieinander.«

»Gib dir Zeit. Nanny wird gesund. So schnell bekommt sie keinen zweiten Infarkt.« Ich weiß, dass diese Angst sie umtreibt, auch wenn sie es vielleicht noch nicht richtig fassen kann.

»Wenn du behaupten willst, dass Zeit alle Wunden heilt und ich irgendwann aufhören werde Nanny kritisch zu mustern, dann muss ich dich bitten den Mund zu halten.« Sie grinst nervös.

»Das tut sie nicht«, denke ich laut. »Die Zeit heilt gar nichts.«

Ilea sieht mich nachdenklich von der Seite an, während wir zu Nannys Zimmer gehen. Ihr Blick dringt mir in die Tiefen meiner Seele, als sie sich bei mir einhakt. Kurz schrecke ich vor ihrer Nähe zurück, doch dann ergebe ich mich.

»Wie meinst du das?«, fragt sie.

»Es gibt da etwas ... das seit fünfhundert Jahren nicht heilen will. Zum Ether mit der Zeit!«

Ihre kleinen Finger bohren sich in meinen Arm. Da wird mir etwas klar: Meine Aufgabe hier ist erledigt.

»Wirst du uns ab und zu mal besuchen kommen?«, fragt Ilea. Sie hat das Gleiche gedacht wie ich. Ja, im Grunde habe ich jetzt keinen Grund mehr zu bleiben. Sol ist wieder geheilt.

»I-ich weiß es nicht, Ilea.« *Nimm sie mit.* Was? Nein! Nutty! Und sie wird ihren Vater und Nanny ohnehin nicht alleinlassen. Sie schweigt, bis wir schließlich Nannys Tür erreichen. Das Leben kehrt in die Augen der alten Frau zurück, als wir ihr von Sol berichten. Mein Bruder bedeutet ihr so viel, ich frage mich, womit dieser Trottel das verdient hat, und bin ein klein wenig eifersüchtig. Es ist ein großes Geschenk. So ein Herz. Fragil, aber unheimlich wertvoll. Nichts, was man leichtfertig verschenkt, und absolut einzigartig. Meins muss ich für immer behalten, wenn es nicht auseinanderbrechen soll.

Wir schweigen auf dem Heimweg. Ilea hängt genau wie ich ihren Gedanken nach. Wir werden uns verabschieden müssen ...

Es ist ein schöner Herbsttag. Die ersten Blätter verfärben sich und verwandeln das Sonnenlicht in einen goldenen Schimmer. Eigentlich kein Tag, um sich so zu fühlen, wie ich es gerade tue. Ob Mutter böse wäre, wenn ich ... noch etwas hierbleiben würde? Nur bis es Ilea besser geht, Nanny aus dem Krankenhaus entlassen wird und alles wieder seinen gewohnten Gang geht?

Als wir ankommen, stehen bereits einige Hemeraner in der Straße. Meine ganze Konzentration gilt Ilea. Als sie die Tür zur Schneiderei öffnet, stutzt sie.

»Vater ist nicht unten«, sagt sie.

»Nachtblüte?«, ertönt es von oben. »Komm hoch!«

Sie wechselt einen Blick mit mir, dann gehen wir die Treppenstufen hinauf. Oben staune ich nicht schlecht. Am Esstisch sitzt Sol neben Nevis. Ileas Vater ist bei ihnen und rührt in einer dampfenden Tasse.

»Bruder«, rufe ich erleichtert, aber auch etwas verwirrt aus. Ich gehe auf ihn zu, Sol erhebt sich und wir umarmen uns kurz. »Geht es dir gut?«

»Alles wieder in Ordnung.« Er wirkt bedrückt, bestimmt hat man ihm von Nandra erzählt.

»Ich hätte nicht gedacht, dass du gleich wieder herkommst.«

Er sieht zu Ilea, umarmt sie mit einem merkwürdigen Blick. Ilea erwidert ihn und geht dann zur Küchenzeile, wo sie einen Topf aus dem Kühlschrank nimmt und auf den Herd stellt.

»Habt ihr Hunger?«, ruft sie uns zu. »Ich verhungere jedenfalls gleich.«

»Ich könnte auch ein ganzes Schwein essen«, meint Sol. Ilea lacht leise und macht sich am Herd zu schaffen.

»Mutter hat mich sofort wieder zur Erde geschickt«, sagt Sol zu mir. »Ich wurde gar nicht gefragt. Mir war das zwar recht, weil ich gerne noch etwas hierbleiben wollte, aber ich durfte nicht mal kurz mit Seth reden.«

»Und mich holt Mutter nicht wieder zu sich.« Nevis klingt besorgt, doch ich nehme die beiden nur am Rande wahr. Ich betrachte Ilea, der Tränen über die Wangen laufen, während sie Nannys Eintopf aufwärmt. Sie bemerkt, dass ich sie ansehe, und auch meine Brüder und Paulek sind meinem Blick gefolgt. Ilea lächelt. Es sind Tränen der Erleichterung. Seit sie gesehen und gehört hat, wie Nanny das Personal des Krankenhauses durch die Gegend scheucht, geht es ihr besser.

»Fast wäre dieser Eintopf das Letzte gewesen, was Nanny gekocht hätte«, erklärt sie und zieht die Nase hoch. »Ich würde mich freuen, wenn ihr mit mir esst.«

»Natürlich«, sage ich und muss schlucken. Sterblichkeit ist brutal. Ilea streckt sich, um an einen der oberen Hängeschränke heranzukommen. Ich gehe zu ihr und helfe ihr die Teller herauszuholen.

»Ich decke den Tisch«, flüstere ich ihr zu. Ihre tränennassen Augen sehen mich dankbar an. Sol und Nevis betrachten mich beide mit einem merkwürdigen Gesichtsausdruck, als ich anfange Teller, Löffel und Gläser hinzustellen. Sie beäugen mich, als wäre ich ein merkwürdiges Insekt. Ilea bringt ein Holzbrettchen, auf das ich dann den heißen Topf mit der Suppe stelle. Ich gebe ihr die Kelle, weil ich irgendwie das Gefühl habe, dass sie das Essen verteilen sollte. Es war schließlich ihre Großmutter, die es gekocht hat. Als wir alle schweigend vor unseren dampfenden Tellern sitzen, schließt Ilea die Augen und senkt den Kopf.

»Wir danken dir, große Mutter aller Dinge«, sagt sie und ihre Stimme ist das Einzige, was den Raum erfüllt. »Wir danken dir für dieses Mahl, für Sols und Nandras Genesung.« Sie lacht leise. »Sie machen unser aller Leben ein kleines Stückchen reicher.«

Sol, Nevis und ich tauschen noch Blicke aus, als Paulek und Ilea bereits den Löffel heben. Nevis nimmt sich die Karaffe mit Wasser, die Ilea auf den Tisch gestellt hat, und gießt sich etwas ein. Sol starrt mit dem Löffel in der Hand den Eintopf an. Ob er Nandra liebt oder sie früher einmal geliebt hat?

Als alle gegessen haben, helfe ich den Tisch abzuräumen. Ilea spült die Teller und ich trockne ab. Paulek ist nach unten gegangen und nimmt Geschenke von den Nachbarn an. Das ist wohl so üblich, wenn das Oberhaupt einer Familie schwer krank ist. Zum Glück fängt er sie alle unten ab und lässt niemanden hoch. Ich fürchte, dass das Ilea nur noch zusätzlich stressen würde.

»Soll ich mich auf die Suche nach Yannis machen?«, biete ich ihr an. Sie sieht kurz zu mir hoch und schüttelt den Kopf.

»Lass ihn, es ist ja alles gut ausgegangen. Wozu soll er sich also unnötig Sorgen machen und seine Arbeit vernachlässigen?«

»Ich dachte nur, dass er dir vielleicht guttun würde.«

Sie lacht sanft. »Ich habe doch dich.«

Sie macht mich sprachlos. Dieser Kommentar brennt sich direkt in mein Herz. Da ich sie nur anstarre, grinst sie und gibt mir einen Kuss auf die Wange, bevor sie aufsteht und Nevis dabei hilft, etwas Süßes in der Küche zu finden. Mein kleinster Bruder kann einfach nicht die Finger von Zuckerzeug lassen.

Am Abend sitzt Ilea im Sessel und näht Stoffreste zusammen. Ich habe keine Ahnung, was sie vorhat, aber es scheint sie in eine friedliche Stimmung zu versetzen. Fast so, als sei sie in Trance. Sol und Nevis ziehen mich beiseite.

»Das ist mir unheimlich«, meint Sol.

»Was?«, frage ich verwirrt.

»Dass Mutter Nevis nicht zurückholt.«

Ich sehe zu unserem jüngsten Bruder, der in Gedanken versunken neben uns zum Fenster hinausschaut.

»Wie lange wird es wohl dauern, bis alles taut?«, fragt Sol an ihn gerichtet.

»Das tut es längst.«

»Und wie lange noch, bis uns hier das Wasser bis zum Kragen steht?«

»Wie bitte?«, zische ich. Sol sieht mich an, als sei ich ein Idiot.

»Was? Denkst du, das Wasser macht auf wundersame Weise einen Bogen um uns, wenn das Eis schmilzt?« Seine blauen Meeraugen sehen mich ernst an. »Verdammt, Aviv. Denk nicht immer nur ans Blümchenpflücken. Nevis' Eiswelt da draußen taut!«

Wie kurzsichtig von mir ... Dabei sollte ich das wissen wie kein anderer. Bin ich es doch, der Nevis' Schnee Jahr für Jahr taut. Aber das sind in Hemera nie so große Massen und ich mache es ja auch ganz behutsam.

»Also, wie lange, kleiner Bruder?« Sol hat die Hände in die Hüften gestemmt.

»Keine Ahnung, so schnell geht das nicht. Es kann Monate dauern, bis es schlimm wird. Das Eis erhält sich ja auch zum Teil selbst.«

»Vielleicht will sie uns hier vor Großmutter verstecken?«, grübele ich.

»Was?« Nevis klingt aufgebracht. »Maya ist noch dort.«

»Und Espen? Er muss dableiben. Es ist seine Jahreszeit!« Sols Gedanken rasen hinter seinen Augen. Meine Brüder halten meine Vermutung also für sehr wahrscheinlich.

»Das kann sie nicht tun«, schreit Nevis und stürmt an uns vorbei nach oben.

»Lass ihn«, sagt Sol und hält mich zurück. Mein erster Impuls war, ihm nachzulaufen.

»Stimmt was nicht?«, fragt Ilea.

»Unser kleiner Bruder muss eine Unterhaltung mit Mutter führen«, beruhigt Sol sie mit seiner warmen Sommerstimme. In dem Moment bin ich dankbar, dass er manchmal so ein schleimiges Ekelpaket ist. Er geht zu ihr hinüber und setzt sich. Ilea stoppt ihre Arbeit und sieht ihn an.

»Du hast Nanny nie geliebt, oder?«, will sie wissen.

Sol schließt kurz die Augen, dann sieht er sie ernst an.

»Ich meine«, redet Ilea weiter, »sonst hättest du doch mal nach ihr gesehen in all den Jahren.«

»Ich wusste nichts von der Schwangerschaft, Ilea. Vielleicht bin ich nicht gerade ein geborener Vater, aber ich hätte schon allein aus Neugierde immer wieder nach deiner Mutter und später dann nach dir gesehen. Ja, ich habe Nanny nicht so geliebt, wie ein Mann seine Frau lieben sollte, aber sie ist mir auch nicht gleichgültig. Ich bin noch nie verliebt gewesen, Ilea. Mir wird immer nachgesagt, dass ich ein Frauenheld sei und hier eine Frau nach der anderen verführe, aber das stimmt so nicht.«

Ileas runde braune Augen weiten sich. Sie scheint zu überlegen, dann schüttelt sie den Kopf. Es mag Einbildung sein, aber ich hatte kurz den Duft ihrer Haare in der Nase. Ich setze mich besser, sonst könnte es peinlich werden.

»Ich habe Liebe gesucht und bin dabei so mancher Frau nähergekommen.« Sol zischt und sieht hoch zur Decke. »Aber ich habe längst nicht jede Frau, die mit zu mir gegangen ist, angefasst. Geküsst, ja, und ihre Nähe gesucht, aber nicht mehr.« Er lächelt traurig und sieht wieder zu Ilea. »Geküsst habe ich viele Frauen, aber nie war eine dabei, bei der es irgendwas in mir ausgelöst hätte. Kein Funke, nach dem ich auf Erden so fieberhaft suche.«

Das Geständnis überrascht mich.

»Auch nicht bei Nanny?«

»Nein, tut mir leid, Ilea.«

»Das ist in Ordnung. Trotzdem scheint sie ja etwas Besonderes für dich gewesen zu sein, wenn du sie sogar …« Ilea errötet leicht und lächelt. Sol schmunzelt.

»Sie hat mich mit ihrer burschikosen Art einfach überrumpelt. Und ich hatte was getrunken«, erklärt er.

»Moment mal«, sage ich. »Du hast mir so viele Auserwählte abgerungen und dann noch nicht mal …« Ich bremse mich in meinem Wortschwall und schiele verlegen in Ileas Richtung. Sie und Sol starren mich an. Dann brechen sie alle beide in schallendes Gelächter aus.

»Vergib diesem ungehobelten Idioten, falls er dein Feingefühl verletzt hat, meine hübsche Enkeltochter«, sagt Sol. Er kommt mit schnellen Schritten zu mir herüber und versetzt mir einen klatschenden Schlag in den Nacken. »Er leidet halt ständig unter Frühlingsgefühlen. Berufskrankheit.«

»Haha«, brumme ich und reibe mir den Nacken. »Sehr witzig.«

Ileas Blick wirkt hungrig. Ein Königreich für ihre Gedanken. Wobei, vielleicht besser nicht.

Ich spüre immer noch ihren Kuss auf der Wange ...

Draußen ist es dunkel geworden. Ilea näht immer noch Stoffstücke zusammen. Ich glaube, es wird eine Decke. Nevis tigert nervös durch den Wohnbereich und Sol unterhält sich am Esstisch flüsternd mit Paulek.

»Aviv?« Ilea sieht mich flehend an. »Würdest du mir noch ein paar der Stoffreste aus der Schneiderei holen?«

Ich nicke. »Wo sind sie?«

»Unten, in dem Raum, in dem wir die Stoffballen aufbewahren. In einer Truhe rechts neben der Tür.« Sie lächelt müde. »Vielen Dank.«

»Keine Ursache.« Irgendwie bin ich froh eine Aufgabe zu haben, auch wenn es keine große ist. Nevis täte das auch gut. Er kreuzt meinen Weg, ohne Notiz von mir zu nehmen. Ich gehe die Treppe hinunter und finde die besagte Truhe sofort. Ich lade

Ileas großen Weidenkorb mit Stoffresten voll, und als ich gerade wieder zur Treppe gehen will, klopft es an der Tür. Es ist mehr ein eiliges Hämmern. Vorsichtig spähe ich durch das kleine Glasfenster, das in die Haustür eingelassen ist.

Das kann nicht sein.

Dort in der Dunkelheit steht ... Maya!

Ich reiße die Tür auf und stelle den Korb ab. Sie fällt mir sofort um den Hals.

»Der Göttin sei Dank!«, flüstert sie erschöpft. Hinter ihr stehen zwei junge Männer. Den einen erkenne ich sofort am Grinsen.

»Nutty?«, frage ich verwirrt.

Maya streichelt mir sanft über den Kopf und löst sich dann von mir. Sie dreht sich um. »Ganz genau. Gaia musste vorübergehend Menschen aus uns machen, damit wir unbeschadet durch das Portal reisen konnten. Deswegen die ... Verspätung.«

»Kumpel!«, sagt die bekannte Stimme im fremden Körper und kommt auf mich zu. Nutty umarmt mich und schlägt mir dann etwas zu fest auf die Schulter. »Ich bin hier!«

»D-das sehe ich.«

Maya legt sich den Arm des anderen jungen Manns um die Schulter, um ihn zu stützen, und führt ihn herein. Er kann kaum laufen, deshalb komme ich ihm und Maya zu Hilfe.

»Seth steht ein wenig unter Schock«, erklärt sie.

»Ich kann das alles nicht fassen!«

Nutty beginnt im Schneiderladen herumzustromern. Erst hier im Licht erkenne ich sein feuerrotes Haar, das ihm wie vom

Wind geföhnt in alle Richtungen absteht. Seths Haare sind genauso grau wie seine Augen, doch sein Gesicht strahlt Jugend aus. Er wirkt vollkommen verängstigt.

»Lasst uns nach oben gehen. Ich kenne da jemanden, dem eine ganze Gebirgskette vom Herz fallen wird«, sage ich.

Maya lächelt mich wissend an und wir helfen Seth die Treppe nach oben.

»Nutty!«, rufe ich.

»Ja?«, erklingt es aus einem anderen Winkel des Ladens.

»Komm!«

»Jaja. Gibt es da oben was zu essen?«

Ich ignoriere ihn und öffne die Tür.

»Seht mal, wen ich da unten gefunden habe«, verkünde ich und mache Platz für Maya und Seth. Als Nevis auf seine Frau zustürmt, fühle ich den alten Schmerz in mir. Er packt sie und wirbelt sie herum, bevor er sie an sich zieht. Nutty erscheint hinter Seth und klopft ihm auf den Rücken. Seth gerät gefährlich ins Wanken. Beine müssen für ein Fischwesen sehr befremdend sein. Nevis küsst Maya und ich muss wegsehen. Ileas Blick fängt meinen auf und verwandelt meine Knie in Pudding.

»Was ist hier los?«, will Sol wissen. Doch als er Seth in die Augen sieht, scheint es ihm zu dämmern.

»Hemera ist da«, sagt Maya und schiebt Nevis sanft von sich, um zu uns allen sprechen zu können. »Gaia meinte, wir wären vorerst auf der Erde am sichersten. Nur Espen musste bleiben und Mae wollte nicht von seiner Seite weichen. Seth, Nutty und mich hat Gaia mit letzter Kraft zu Menschen gemacht.« Sie sieht Nevis an. »Iria hätte den Weg durch das Portal damals nicht geschafft, Nevis. Wir hätten sie auf unserer Flucht so oder so verloren.«

»Ich habe Hunger«, sagt Nutty ungerührt und geht zur Küche. »So groß zu sein ist verdammt cool.« Mit diesen Worten öffnet er den Kühlschrank. Sol hat seinen Freund Seth bereits zum Sofa bugsiert und sieht ihn mit sorgenvoller Miene an.

»Sie musste uns erst verwandeln und dann hat sie uns herausgeschmuggelt, während Hemera in ihrem Haus gewütet hat.« Mayas Augen werden traurig. »Sie zerstört alles.«

»Espen!«, zische ich besorgt. *Nein …*

»Gaia hat uns erklärt, dass ihre Mutter hier keinen Einfluss hat. Diese Welt ist von Gaia erschaffen. Hemera kann uns hier nichts anhaben. Sie will diesen Kampf alleine mit ihrer Mutter ausfechten und uns hier in Sicherheit wissen.« Maya drückt sich an Nevis' Brust. »Sie war so geschwächt, ich habe Angst. Gaias Erscheinung … sie hat geflackert und vibriert, als würde sie sich bald auflösen.«

»Ruht euch erst mal aus«, ergreift Ilea das Wort. »So beunruhigend und verwirrend ich das auch alles finde, ihr habt viel mitgemacht und solltet erst mal hier ankommen, bevor ihr uns alles erzählt.« Sie sieht zu Nutty. »Und ich sehe zu, dass ihr etwas zu essen bekommt.«

Mein Tiergeist sieht zu ihr auf und grinst. »Ich mag die Frau!«

»Ihr seid alle herzlich willkommen in meinem Haus«, sagt Paulek. »Wir finden schon für jeden ein Plätzchen.«

Ilea bereitet allen ein Abendbrot zu und hilft Seth liebevoll dabei, eine Brühe zu trinken. Er scheint mit seinen Händen noch nicht viel anfangen zu können. Dafür wirkt er auf mich so, als hätte er Ilea ins Herz geschlossen. Ich kann es ihm nicht verübeln, dennoch spüre ich ein unangenehmes Gefühl in der Brust, welches ich nur schwer herunterschlucken kann. Sie lachen zusammen und ich kann sehen, dass ihre Aufmerksamkeit ihm Kraft gibt.

»Du machst dir zu viele Sorgen«, sagt Nutty kauend neben mir.

»Und du dir wie immer zu wenig«, seufze ich und lächele ihn dann an. »Trotzdem bin ich froh, dass du hier bist.«

»Deswegen verstehen wir uns so gut, wir gleichen einander aus.« Er stößt mir freundschaftlich in die Seite. »Ohne mich wärst du doch verloren.«

Ich grinse amüsiert. Es ist so merkwürdig, ihn als Mensch zu sehen. Irgendwie ist er mir fremd in dieser Erscheinung. Ich schätze, ich muss mich erst daran gewöhnen. Mein Blick gleitet zu Nevis und Maya. Sie sitzt auf seinem Schoß und streicht ihm eine Strähne aus dem Gesicht. Eine eisige Klaue ergreift mein Herz und drückt zu. Mir wird schmerzhaft bewusst, dass ich das nie haben werde. Niemals.

Paulek ist mit einem Karren losgezogen, um bei den Nachbarn nach ungenutzten Matratzen, Decken und Kissen zu fragen. Sol begleitet ihn. Ich bereue, dass ich nicht mitgegangen bin. Hier zu sitzen macht mich wahnsinnig, aber ich wollte Ilea nicht aus den Augen lassen. Wieso, weiß ich selbst nicht und das macht mich unruhig. Sie darf mir nicht so wichtig werden, dass ...

Zu spät, Aviv. Zu spät.

»Was?«, ruft Maya plötzlich aus und sieht zu mir. Sie springt von Nevis' Schoß und kommt auf mich zu. »Ist es wahr? Du hast Jesien gesehen?«

Ich bin kurz verwirrt, doch dann lächele ich schwermütig. »Ja.«

Sie schließt einen Moment die Augen und holt tief Luft. Als sie wieder spricht, ist ihre Stimme nur noch ein Flüstern.

»Wie geht es ihm?«

»Er und Dahlia haben sich wiedergefunden.«

Sie lächelt wehmütig.

»Er heißt jetzt Caleb«, erzähle ich weiter, »und arbeitet in der Holzverarbeitung.«

»Caleb ...« Sie dreht sich zu Nevis um. »Ich muss ihn sehen.«

»Er ist mit meinem besten Freund Yannis im Grenzgebiet«, erklärt Ilea, die gerade eine Decke für Seth geholt hat und ihn darin einwickelt. »Sie werden noch ein paar Tage weg sein.« Sie schenkt Seth erneut ein warmes Lächeln. Sie ist so wundervoll, so sanft, einfühlsam und voller Leben. *Verdammt, ich sollte nicht so an sie denken.*

»Kennst du Jes ... Caleb?«, will Maya wissen.

»Ja, er ist ein guter Mann.« Ilea scheint etwas einzufallen. »Ach ja, du warst ja hundert Jahre lang bei ihm.«

Maya nickt. »Ich liebe ihn – wie einen Bruder.«

»Er und Tereseh ... äh ... Dahlia ... wollen bald heiraten.«

»Du glaubst gar nicht, wie schön es ist zu hören, dass die beiden sich wiedergefunden haben. Erneut.« Mayas Wangen sind vor Aufregung gerötet.

»Sie gehören zusammen«, bestätige ich, schaffe es aber

nicht, die beiden Frauen dabei anzuschauen. Dann fällt mir noch etwas ein. Ich sehe Nevis an. »Ihr müsst aufpassen, Maya und du. Nicht dass es euch wie Jesien und Dahlia ergeht«, warne ich. Maya scheint mich nicht zu verstehen, Nevis schon. Seine Augen werden groß und er atmet erschrocken durch.

»Du hast Recht«, sagt er. »Eine Schwangerschaft würde unsere gemeinsame Rückkehr gefährden.«

»Oh!«, sagt Maya und Ilea lacht. Ihr Lachen klingt wie Musik. Ich glaube, ich habe nie etwas Schöneres gehört. Ich betrachte sie und bemerke Mayas bohrenden Blick. Etwas glänzt in ihren Augen und einer ihrer Mundwinkel hebt sich. Sie sieht zu Ilea herüber und dann wieder zu mir.

»Trotzdem, ich finde, ihr solltet Nandras Zimmer haben«, sagt Ilea. »Als Pärchen braucht ihr eure Ruhe und sie wird noch eine Weile im Krankenhaus sein.«

»Nein, gib es lieber Seth und Sol.« Nevis scheint beim Reden mit den Zähnen zu mahlen. »Seth braucht Ruhe und ich traue mir selbst nicht. Am besten schlafen wir im gleichen Raum mit Nutty.«

»Was? Bin ich etwa ein natürliches Verhütungsmittel?«, ertönt eine Stimme neben mir. Das dreckige Lachen, das Nutty dabei ausstößt, bringt auch mich zum Grinsen. Maya gibt Nevis einen sanften Stups. Mir fällt ein, dass ich Ileas Korb mit den Stoffresten unten stehenlassen habe. Ich weiß nicht, ob sie sie heute noch braucht, doch ich erhebe mich trotzdem und trotte die Treppe hinunter. Als ich mit dem Korb zurückkomme, erwartet sie mich bereits.

»Danke, Aviv.« Sie nimmt mir den Korb ab und stellt ihn auf eine kleine Anrichte. »Würdest du mir helfen Seth ins Bett zu bringen? Er sieht unglaublich erschöpft aus.«

»Natürlich.« Es gefällt mir, wenn ich ihr helfen kann.

Seth schwankt, als er mit meiner Hilfe aufsteht, also nehme ich ihn auf den Arm.

»Keine Sorge, kleiner Delfin«, sage ich, »du gewöhnst dich schon noch dran. Wenn du ausgeschlafen bist.«

Seth nickt. »Danke, Aviv. Schön dich mal zu sehen.«

»Das kann ich nur erwidern.«

Ilea geht voran, öffnet die Tür und schlägt das Bett ihrer Großmutter auf. Vorsichtig lege ich Seth hinein und ziehe ihm die Schuhe aus. Ilea packt ihn warm ein und streichelt ihm über den Kopf.

»Ich hole noch ein Glas Wasser«, flüstert sie, weil Seth schon die Augen zufallen. »Gute Nacht.« Sie dreht sich um und deutet mir an, das Zimmer zu verlassen. Ich lehne mich an die Wand neben der Tür und atme durch.

»Bin sofort wieder da«, sagt Ilea und kehrt mit einem Glas Wasser zurück. Sie verschwindet kurz im Schlafzimmer und schließt dann die Tür hinter sich. »Er schläft schon.«

»Du hast wirklich ein Auge für Menschen«, sage ich. Mir war nicht aufgefallen, dass Seth derartig erschöpft war.

»Vielleicht weil ich selbst einer bin.« Sie zwinkert mir zu, kann dabei aber ihre ängstlichen Augen nicht verbergen. Das soll sie auch nicht. Vor mir ist das nicht nötig.

»Wie geht es dir?«, frage ich mit belegter Stimme.

»Ich habe den Eindruck, dass meine Gefühle den Geschehnissen gar nicht mehr hinterherkommen«, gibt sie ehrlich zu. »Dir geht es aber auch nicht besonders gut.«

»W-was? Wieso? Es ist alles … gut«, stammele ich vor mich hin. Sie zieht die Augenbrauen hoch.

»Versuch es noch mal, vielleicht glaube ich es dir dann.« Ilea lächelt müde und schlingt ihre zierlichen Arme um meine Taille. Als ihr Kopf auf meiner Brust zu liegen kommt, kann ich nicht anders, als ihre Umarmung zu erwidern und meinen Kopf sanft an ihren zu lehnen.

»Schläfst du heute Nacht wieder bei mir?« Sie klingt wie ein verängstigtes Kind. Jedenfalls stelle ich mir das so vor. Ein Teil von mir sträubt sich, warnt mich vor Unheil. Doch ich kann nicht anders und brumme zustimmend. Ich kann jetzt keinen Rückzieher machen … und wenn es mich Jahrhunderte voller Schmerzen kostet, sobald ich zurück bin. *Zu Hause.* Wie fremd mir dieser Ort plötzlich vorkommt.

Ich wache auf und blinzele gegen die Sonne an. Es kitzelt in meiner Nase und ich muss niesen. Ilea streckt sich neben mir aus und murmelt etwas Unverständliches. Sie liegt mit dem Rücken zu mir.

»Tut mir leid«, flüstere ich und schlinge meine Arme um sie. Leider kitzelt mich die Sonne immer noch. Ich schließe meine Augen zwar schnell wieder, doch ich muss trotzdem niesen und Ilea lacht gedämpft vom Kissen in ihrem Gesicht.

»So lustig ist das gar nicht«, sage ich, woraufhin sie wieder nur brummt. Ich setze mich auf und fahre mir durch die Haare. Sie sieht so wunderschön aus, wie sie da liegt. *Wie willst du sie gehen lassen? Du kannst nicht bei ihr bleiben …* Ich verziehe mein Gesicht. Müssen mich diese Gedanken ständig quälen? Ich bin doch gerade erst aufgewacht. Die Matratze bewegt sich und ich sehe, dass Ilea sich aufgesetzt hat und hinter mich gekrabbelt ist. Sie lehnt ihren Kopf an meinen Rücken und schlingt ihre Arme um meine Taille.

»Nicht aufstehen«, sagt sie. »Da draußen wartet die Realität. Lass uns hierbleiben. Hier kann ich mir vorstellen, dass alles in Ordnung ist. Dass du ein Mann aus Hemera bist, Nanny gerade unten Frühstück macht und ich mich heute nicht um Tiergeister und Götter kümmern muss, sondern nur darum, meinem Mann ein paar neue Hosen zu nähen.«

»Eine schöne Vorstellung«, sage ich.

»Lass sie uns nur einen Moment leben.« Sie hebt ihren Kopf und rutscht an meine Seite, so dass ich ihr ins Gesicht sehen kann. Das Sonnenlicht hinter ihr taucht ihr Haar in einen leuchtenden Kranz aus dunklem Gold. Ihr Duft raubt mir den Verstand.

»In meiner Welt«, beginne ich zu erzählen, »gibt es Wiesen voller blühender Kirschblütenbäume.«

Ileas Augen weiten sich und ich kann sehen, wie sie es sich vorzustellen versucht.

»Und Felder voller Blumen jeder Art: Tulpen, Narzissen, Maiglöckchen, Schlüsselblumen, Hyazinthen, Buschwindröschen, ja, sogar einfache Gänseblümchen.«

»Es muss traumhaft sein«, sagt sie.

»Aber weißt du was?«

Sie legt den Kopf schief.

»Dort ist nichts, was so schön ist wie du.«

Ohne irgendwas zu sagen, umrundet sie mich und setzt sich auf meinen Schoß. Ich lege meine Hände auf ihre Hüfte und bemerke, dass sie so zierlich ist, dass ich sie fast ganz umfassen kann.

»Weißt du was?«, fragt sie nun.

»Was?«

»Ich spüre den Schmerz, der sich um dein Herz gekrallt hat.«

Ihr Geständnis bringt mich ins Wanken. Ilea umfasst sofort mein Gesicht und hält es in ihren schlanken Händen. Ihr Blick dringt bis in meine Seele.

»Ich arbeite an einer Decke für dich. Wenn ich dich nachts nicht mehr warm halten kann, soll sie es tun. In Hemera glauben wir, dass Flickendecken Albträume fernhalten können.«

Sie ... macht was? Für mich? Wieso tut diese Frau das? Das habe ich nicht verdient.

»Aviv?« Mein Name klingt aus ihrem Mund so wundervoll.

»Du machst es mir verdammt schwer, standhaft zu bleiben«, gestehe ich, vollkommen eingelullt von ihrem Duft nach Nachtjasmin. Sie ist wahrhaftig eine Nachtblüte. Die tiefe Dunkelheit, die mich wie eine Wolke umgibt, bricht sie einfach auf und blüht ... für mich. Sie lehnt ihre Stirn an meine und legt eine Hand auf meine Brust, dort, wo mein Herz schlägt. *Mein Mädchen*, sagt eine Stimme voller Stolz in mir.

Nutty!, brüllt eine andere.

»Nein!«, rufe ich laut und stoße sie von mir. Getrieben haste ich aus dem Bett und raufe mir die Haare. *Nutty! Ich darf Nutty nicht vergessen.* »T-tut mir leid, Ilea.«

»Schon gut«, sagt sie leise. Ich beobachte, wie sie aufsteht und ihr Haar zu einem wirren Dutt bindet. Mit einem Band um die Stirn bändigt sie auch die kleineren Haare und hindert sie daran, ihr ins Gesicht zu fallen. Ihr nun nackter Hals bringt mich fast um den Verstand. Sie trägt nur ein langes Shirt, das freien Blick auf ihre wohlgeformten Beine lässt.

»Scheiß drauf«, zische ich und packe sie. Ich kann sie vielleicht nicht mitnehmen, aber wir sind ohnehin verloren. Meine Lippen finden ihre und sie heißt mich willkommen. Da sie so klein ist, hebe ich sie hoch. Sie schlingt ihre Beine um meine Taille und ihre Arme um meinen Hals. Ich liebe ihren zierlichen Körper. Wie sie sich an mich presst. Mein Blut kocht und ich fürchte, dass ich mich nicht mehr zurückhalten kann. Ich dränge mich gegen sie und sie lässt es zu. Ihre Finger finden meine Haare und greifen hinein. *Gnade!* Ein tiefes Seufzen entfährt mir. Ich halte das nicht aus, ich muss sie ganz besitzen.

»Aviv!«, stöhnt sie, als ich mich wild und hungrig über ihren nackten Hals hermache. Ihre Haut schmeckt köstlich.

»Aviv ...«

Ich fühle mich endlich wieder lebendig, kann mich nicht mehr zurückhalten und bahne mir meinen Weg zu ihren Brüsten.

Doch dann klopft es plötzlich. Ilea sieht mit einem gehetzten Blick zur Tür. Nein ... nein, bitte. Ich sehe in ihr Gesicht, sie atmet heftig.

»Ja?«, ruft sie.

»Nachtblüte?« Es ist ihr Vater. »Bist du wach?«

Ich muss sie absetzen, doch es bereitet mir physische Schmerzen, sie loszulassen. Dennoch tue ich es.

»Ja«, antwortet sie. Mein Atem und mein Puls rasen, und als ich an mir herabsehe, entscheide ich, dass ich mich besser aufs Bett setzen sollte. Ich wanke zurück und lasse mich nieder. Doch die dünne Schlafanzughose, die Ilea mir genäht hat, verbirgt meine nun so offensichtliche angestaute Sehnsucht leider nicht im Geringsten.

»Kann ich reinkommen?«

Ilea sieht zu mir, ich nicke.

»Ja, komm rein, Vater.«

Die Tür öffnet sich und Pauleks Blick wandert von mir zu Ilea und wieder zurück.

»Kann ich kurz mit Aviv alleine sprechen?«

»Ich muss ohnehin auf die Toilette.« Ilea nimmt sich ein paar Klamotten und verschwindet aus der Tür.

»Paulek, ich …«, will ich anfangen zu erklären, doch er unterbricht mich.

»Nicht, Aviv.« Er räuspert sich. »Ich bin nicht von gestern. Mir ist längst aufgefallen, wie ihr euch anseht.«

»Wir …«

»Nimm sie mit, wenn dort oben bei euch wieder alles geregelt ist«, unterbricht er mich erneut und jagt mir einen Schreck ein. »Wenn du sie wirklich liebst, hast du meinen Segen. Nimm sie mit in deine Welt. Gib meiner Nachtblüte neue Wurzeln, schenke ihr ewigen Frühling und sorge dafür, dass sie immer blüht.«

»D-das kann ich nicht«, hauche ich.

»Dann mach ihr keine Hoffnung. Lass sie nicht so enden wie Nandra, hörst du mich? Dieses ständige Warten, die zermürbende Enttäuschung, das willst du ihr doch nicht antun, oder?

Ich glaube nicht, dass Ilea damit so gut umgehen könnte wie Nandra. Sie ist aus weicherem Holz geschnitzt und könnte daran zerbrechen. Entweder du meinst es ernst mit ihr oder du lässt sie in Ruhe.«

Ich nicke ergeben. Er ist ihr Vater, natürlich ist es ihm aufgefallen und er hat jedes Recht, diese Worte an mich zu richten. Dafür habe ich große Achtung vor ihm.

»Du hast mein Wort, Paulek.«

Nevis ist als Einziger bereits wach. Nutty liegt laut schnarchend auf einer Matratze, Arme und Beine von sich gestreckt. Ich gehe an der schlafenden Maya vorbei zu meinem jüngsten Bruder, der leicht zusammenzuckt.

»Ich wollte dich nicht erschrecken«, flüstere ich.

»Sieh doch nur«, murmelt er gedankenverloren und übergeht meine Entschuldigung. Ich schaue nach draußen. In der Ferne liegt eine dichte Nebelbank über dem Grenzgebiet.

»Oh.« Mehr fällt mir dazu nicht ein.

»Das habe ich schon mal gesehen, als ich damals mit Maya zur Erde geflohen bin.« Er sieht mich an. »Das heißt nichts Gutes, Aviv.«

»Caleb und Ileas Freund sind da draußen.«

»Wenn sie nicht bald zurückkehren, wird der Orden sie suchen lassen. Ich glaube nicht, dass Wanja ihren Sohn dortbleiben lässt. Mit Sicherheit sind schon Grenzer, die sich dort auch blind zurechtfinden, unterwegs.«

Ich nicke und klopfe Nevis aufmunternd auf die Schulter. »Wo ist Sol?«

»Bei Seth. Paulek ist nach unten in die Schneiderei gegangen.«

»Wenn wir nur unsere Kräfte hätten«, spreche ich meinen Gedanken aus. »Espen gerät bestimmt schon ins Schwitzen.«

»Hm.« Nevis' Blick liegt längst wieder auf der Nebelbank. Ich betrachte Maya und erst jetzt fällt mir auf, dass ihr Haar nicht mehr weiß ist. Mutter hat sie wirklich wieder zu einem Mensch gemacht.

»Wenn wir alle was im Bauch haben, sollten wir gemeinsam überlegen, wie es jetzt weitergeht«, schlage ich vor.

»Ich habe bis tief in die Nacht mit Maya gesprochen. Wir können nichts tun, Aviv. Auf der Erde – ganz ohne unsere Kräfte – sind wir abgeschnitten von allen Möglichkeiten.«

»Aber sollten wir nicht die Menschen warnen?«, frage ich.

»Und dann? Die Zeit ist zu knapp ...«

Ich seufze. »Dann setzen wir all unsere Hoffnungen in Mutter.«

»Ja. Wie immer.« Nevis zwinkert mir zu und löst sich endlich vom Fenster. Er geht zu Maya und kniet sich neben sie. Zärtlich streicht er ihr über das Gesicht und sie erwacht mit einem Lächeln. Ich sehe weg, zum Glück kommt Paulek gerade die Treppe hoch. Ihm folgt eine Frau.

»Wo ist Ilea?«, fragt er.

»Oben. Vielleicht bei Seth«, antworte ich. »Ich denke, wenn sie zum Krankenhaus aufgebrochen wäre, hätte sie sich verabschiedet.« Außerdem scheint Ilea irgendwie Gefallen an Seth gefunden zu haben und ich weiß nicht, wie ich das finden soll. Vielleicht liegt es daran, dass er das Meer kennt und sie davon so fasziniert ist?

»Das trifft sich gut.« Paulek deutet auf die Frau neben sich. Sie ist etwa in seinem Alter und hat brünettes Haar. »Das ist Vania.«

In dem Moment kommt Ilea mit einem leeren Glas die Treppe herunter. Sie bleibt stehen und sieht mir einen Moment lang in die Augen.

»Nachtblüte?«, ergreift ihr Vater das Wort und sie widmet ihm ihre Aufmerksamkeit. »Du kennst Vania Weißhimmel?«

Ilea nickt. »Hallo Vania. Arbeitest du nicht im Krankenhaus?«

»Ja, deswegen bin ich hier.«

»Vania und ich ... wir treffen uns seit einiger Zeit«, gesteht Paulek. »Sie arbeitet mit Menschen, die nach Unfällen wieder auf die Beine kommen müssen. Vielleicht kann sie uns mit Seth helfen.«

»Das würde ich wirklich sehr gerne«, fügt Vania hinzu.

»Ist er oben?«

Ilea nickt wieder, sie scheint völlig perplex zu sein. Paulek und Vania verschwinden die Treppe hinauf und lassen Ilea stehen. Sie sieht den beiden verwundert nach. Ich kann nicht anders, als zu ihr zu gehen.

»Stimmt etwas nicht?«, frage ich besorgt.

»Es wundert mich nur, dass er mir nie erzählt hat, dass er wieder eine Frau trifft.«

»Vielleicht dachte er, dass du ihm die Ohren lang ziehst?« Ich versuche es mit einem Lächeln, doch Ilea geht nicht darauf ein.

»Wie auch immer ...« Damit geht sie zum Wasserhahn und füllt das Glas. »Seth hat Durst.«

»Es ist wirklich sehr nett von dir, dass du dich so um ihn kümmerst.« *Gütige Mutter, habe ich gerade beleidigt geklungen?*

Ilea zieht die Augenbrauen hoch und mustert mich eingehend. »Er hat so eine Art … so unschuldig und rein. Außerdem gibt er mir immer das Gefühl, dass er mich versteht. Es kommt mir vor … ich weiß nicht … als würden wir uns schon ein Leben lang kennen.«

»Soll ich dich gleich zu Nanny begleiten?«, wechsele ich das Thema.

Ilea lächelt mich kurz an. »Das wäre schön.« Sie sieht zu dem schnarchenden Nutty. »Ihn bringt wohl nichts aus der Ruhe, was?«

»Den weckt nur der Duft von Essen.«

2. TIERGEISTER – ILEA

Bevor Aviv und ich aufbrechen können, erwartet uns Besuch vor der Haustür. Ein Arzt aus dem Labor ist vorbeigekommen, um die Tiergeister zu impfen. Sein Name ist Dr. Eliahs Weißdorn, er hat mich als Kind öfter untersucht und Tests gemacht. Ich frage mich, was man ihm im Orden gesagt hat, wer diese Menschen sind. Die Wahrheit ist beunruhigend, doch der Arzt, ein Mann mit grauen Haaren und klugen blauen Augen, erscheint mir sehr verschwiegen. Er zieht sich Gummihandschuhe an und bereitet eine Spritze vor, während ich Maya und Nutty erkläre, was Dr. Weißdorn vorhat.

»Wer ist der Erste?«, fragt er mit tiefer Stimme und sieht in die Runde. Nutty schweigt, Seth ist oben mit Vania und Sol und Maya rollt mit den Augen.

»Dann wohl ich«, sagt sie tapfer und krempelt den viel zu kurzen Ärmel des Pullovers hoch, den ich ihr geliehen habe. »Ich war so lange nicht auf der Erde, da ist das sicher besser so.«

Der Arzt verliert keine Zeit und pikst sie mit der Nadel. Maya presst die Lippen zusammen und Nuttys Augen weiten sich.

»Der Nächste«, brummt der Arzt und packt eine neue Spritze aus. Nutty sieht mit seinen dunklen Augen unsicher zu Aviv, der jedoch zu sehr abgelenkt ist, weil er selbst die Nadel mit Schweißperlen auf der Stirn anstarrt. Ich lache in mich hinein, nehme Nutty an der Hand und führe ihn zum Arzt. Dr. Weißdorn schiebt den Ärmel von Nuttys Schlafanzug, der eigentlich meinem Vater gehört, nach oben. Kurz und schmerzhaft ist der Stich. Das sehe ich in Nuttys Augen.

»Aua, aua, aua«, japst er panisch und zieht sofort den Arm weg, nachdem der Arzt ihn freigegeben hat. Ohne Rücksicht auf die Umstehenden flüchtet er zu Aviv. Ich muss laut lachen, als er ihm vollkommen unverhofft auf den Rücken springt und sich an ihm festkrallt. Der Frühling hat kurz Gleichgewichtsprobleme, fängt sich jedoch und dreht den Kopf zu Nutty, der an ihm hängt wie ein Rucksack.

»Ähm«, macht Aviv. »Dir ist schon klar, dass du gerade ein Mensch bist? Und noch dazu ein verdammt schwerer!«

Nutty wirft seinem besten Freund einen verwirrten Blick zu und rutscht dann an seinem Rücken herunter, bleibt aber zur Sicherheit hinter Aviv stehen und starrt an seiner Schulter vorbei den Arzt an. Der hat alldem keine Beachtung geschenkt und bereitet die letzte Impfung vor.

»Der Dritte?«, fragt er.

»Ich bringe Sie zu ihm, Dr. Weißdorn«, sage ich immer noch leise über Nutty lachend. »Er ist noch etwas schwach.«

»Das hat total wehgetan«, höre ich Nutty klagen, als ich bereits die Treppen hochgehe.

»Ich weiß«, seufzt Aviv. »Ich weiß.«

Ob mein Frühling tapferer war? Ich grinse. Da hätte ich zu gern Mäuschen gespielt.

Vater bringt gerade Vania zur Tür, als Aviv und ich aus dem Krankenhaus zurückkommen. Nanny braucht noch viel Ruhe, deshalb haben wir uns nach zwei Stunden wieder verabschiedet. Im Wohnzimmer halten Nevis und Sol Kriegsrat, weshalb ich es vorziehe, zu Seth zu gehen. Aviv bleibt bei seinen Brüdern. Ich muss zugeben, dass es eine gute Idee war, Vania zu holen. Sie hat Seth und mir ein paar wirklich hilfreiche Übungen gezeigt, und auch wenn er zittert wie Espenlaub, schafft er es jetzt, sich halbwegs auf den Beinen zu halten, solange er sich an mir festhalten kann. Vollkommen erschöpft sinkt er jedoch auf Nannys Bett.

»Du siehst so traurig aus«, sagt er und mustert mich mit seinen grauen Augen. Ich presse die Lippen zusammen und setze mich zu ihm.

»Ich habe Angst davor, Menschen zu verlieren, die ich gernhabe«, erzähle ich ihm. Es ist nicht nur die Sorge um Nanny oder Aviv. Nein, da ist noch jemand, der sich klammheimlich in mein Herz geschlichen hat und den ich bald schon verlieren werde. Ich habe keine Ahnung, wieso, aber ich fühle mich in Seths Nähe so wohl, dass ich mich ihm gerne anvertraue. Er hat etwas so Selbstloses und Treues an sich. Ich bin gerne bei ihm. Irgendwie erinnert er mich ein wenig an Yannis.

»Das tut mir sehr leid, Ilea.«

»Danke«, murmele ich heiser. Seth legt eine Hand auf meine.

»Es ist komisch, so etwas zu können.« Er starrt auf unsere Hände hinunter. Ich lächele und die Tür geht auf. Nutty tritt ein, die Haare auf Sturm frisiert.

»Na ihr«, begrüßt er uns und setzt sich einfach dazu. Was

Seth an Schüchternheit besitzt, hat Nutty an Selbstbewusstsein.

»Hey«, sage ich. »Wie geht es euch eigentlich nach der Impfung? Ist euch unwohl?« Ich sehe abwechselnd zu Nutty und Seth. Beide schütteln die Köpfe. Der Göttin sei Dank!

»Aber ich bekomme Bauchschmerzen, wenn ich den Verschwörungstheoretikern da unten weiter zuhöre«, seufzt Nutty.

»Fasst du es für uns zusammen?«, frage ich.

Nuttys dunkle Augen funkeln verspielt. »Wir sind alle am Arsch.«

»Danke, dass du es so nett ausgedrückt hast«, gluckse ich.

»Wir sind alle ... am Hintern.«

»Das wird nicht besser, Nutty«, klage ich lachend.

»Ach, ich vertraue der guten Gaia. Das wird alles schon werden«, winkt er die Sache ab.

»Selbstbewusst und optimistisch. Ich beneide dich.«

»Ich hätte kaum Bauchschmerzen, wenn ich wirklich nur so wäre.« Das ist das erste Mal, dass ich Nutty ernst erlebe. Zu gerne würde ich ihn jetzt über Aviv ausfragen, doch das muss warten, bis ich ihn mal alleine erwische. Ich massiere mir die Augenbrauen, weil sich dahinter ein gemeiner Kopfschmerz festgesetzt hat. Seth legt für einen Moment seine Hand darauf und sieht mich an, als könnte er die Schmerzen vertreiben. Ich lächele und er erwidert, als er etwas verlegen seine Hand wieder herunternimmt. Diese grauen Augen sind so ruhig und sanft.

»Wir sollten Gaia alle etwas mehr Vertrauen schenken«, meint Seth schließlich. »Sie hat viel mehr für uns getan, als sie gedurft hätte. Daher sitzen wir jetzt hier, statt Hemeras Launen ausgeliefert zu sein.«

Es muss tröstlich sein, die Göttin zu kennen. Vielleicht hätte ich dann auch mehr Vertrauen und weniger Angst. Am liebsten würde ich mich in mein Bett legen und die Decke über den Kopf ziehen. Die Welt aussperren. Seths Hand liegt wieder über meiner, etwas kraftlos, als sei sie eine Flosse ohne Finger, die man nicht ineinander verschlingen kann, aber die Geste beruhigt mich ein wenig.

»Möchtest du dich etwas ausruhen?«, frage ich und Seth nickt. »Leg dich hin. Nutty und ich können in mein Zimmer gehen.«

»Danke«, murmelt er und streckt sich dann auf dem Bett aus. Er holt tief Luft und atmet ruckartig wieder aus. Wie atmeten Delfine eigentlich? Auf der Erde gibt es, soweit ich weiß, keine mehr. Nutty steht bereits im Türrahmen, als ich mich noch mal versichere, dass Seth alles hat.

In meinem Zimmer nehme ich mir wieder die Patchworkdecke und mein Nadelkissen. Nutty steht am Fenster und sieht hinaus. Ich kann gut verstehen, dass er unten gerade nicht dabei sein will. Mir wäre das jetzt auch zu viel.

»Darf ich dich mal was fragen?«, traue ich mich endlich.

»Natürlich.« Nutty lächelt mich aufmunternd an.

»In unseren Büchern wird Aviv ganz anders beschrieben, als er tatsächlich ist.«

»Das ist keine Frage.« Er zwinkert.

»Ich weiß«, seufze ich. »Es heißt, er sei verspielt und jungenhaft. Ich mache mir nur Sorgen um ihn. Weißt du, was mit ihm los ist? Kann man ihm irgendwie helfen?«

»Und das waren jetzt gleich zwei Fragen.«

Ich rolle mit den Augen, lächele aber dabei.

»Entschuldige, ich kann nicht aus meiner Haut.« Jetzt seufzt er und wird wieder ernst. »Seit Hunderten von Jahren frage ich mich das auch schon. Er war mal ... mehr wie ich. Vielleicht nicht ganz so irre, aber er war gut drauf. Die Sorte, die dir nachts die Hand in ein Gefäß mit Wasser hält oder dich mitten in einem spannenden Film plötzlich anspringt, so dass man vor Schreck die Wände hochgeht.«

»So was hat er gemacht?«, frage ich erstaunt. So benimmt sich aber kein Gott! Nutty zuckt mit den Schultern und scheint für einen Moment in Erinnerungen an bessere Zeiten zu versinken.

»Aber von einem Tag auf den anderen änderte sich alles. Es war zu der Zeit, als Jesien sich entschied auf der Erde zu bleiben. Ich konnte aber bis heute nichts Näheres aus Aviv herausbekommen.«

»Wir haben uns auch gewundert, dass Aviv nie zur Erde gekommen ist. Sol war ja öfter hier.«

»Wie bitte?« Nutty wirkt verwirrt.

»Oh, weißt du das nicht? Ich bin Sols Enkelin.«

»M-moment mal ... Sol war auf der Erde? Mehrmals?«

Jetzt komme ich nicht mehr mit. Weiß Nutty nichts davon, dass Sol und Aviv sich auf der Erde Frauen suchen dürfen?

»Ja. Vor – puh, lass mich nicht lügen – es müssen schon um die fünfhundert Jahre sein, da teilte Gaia dem Orden mit, dass Aviv und Sol auf die Erde kommen werden, um sich eine Frau zu suchen. Sol war gelegentlich da, er besuchte auch Jesien und seine Kinder. Aber Aviv tauchte nie auf.«

Nutty fährt sich durch die Haare. »Deswegen waren keine Wahlen mehr.«

»Nein, die wurden eingestellt.«

»Aber wieso ist er dann nicht …« Nutty wird kreidebleich und ich habe das Gefühl, etwas ausgeplappert zu haben, was ich besser für mich behalten hätte.

»Alles in Ordnung?«, frage ich besorgt.

»Sowa … Iria …«, murmelt er. »Sie sind gestorben.«

»Nutty?«

Er sieht mich mit gehetztem Blick an. »Tut mir leid.« Damit verlässt er mein Zimmer. Habe ich wirklich etwas Falsches gesagt? Moment … Sowa und Iria … Das waren die Tiergeister von Jesien und Nevis. Ich lasse meine Näharbeit fallen. Sie sind gestorben! Mussten Jesien und Nevis ihre Tiergeister opfern, um eine Frau … Plötzlich wird mir so vieles klar.

»Aviv«, wispere ich seinen Namen. Er ist gezwungen zwischen seinem besten Freund und einer Frau zu wählen. Ich muss es ihm sagen. Ihm gestehen, dass ich Nutty aus Versehen … O Göttin, der arme Nutty wusste nichts davon. Wie muss er sich fühlen? Ich springe auf und will schon hinunterlaufen, als ich Nutty auf der obersten Treppenstufe sitzen sehe.

»Es tut mir so leid«, sage ich und lege einen Arm auf seinen Rücken, während ich mich neben ihn setze. Er sieht mich mit panischen Augen an.

»Du kannst nichts dafür. Er hätte es mir sagen müssen.«

»Ich hatte keine Ahnung.«

»Verdammter Idiot«, zischt Nutty. Er klingt so verzweifelt. »Ich kann jetzt also bei meinem besten Freund bleiben und zusehen, wie er Trübsal bläst, oder mir das Leben nehmen?« Er lacht bitter. »Oder ich warte, bis er die Entscheidung trifft, dass er mich leid ist. Oder ich bleibe auf der Erde ... was mir genauso viel Angst macht wie auf der Stelle umzufallen.«

»So schlimm ist es hier gar nicht«, platzt es aus mir heraus. *Ich Trampel!* Nutty nimmt es zum Glück hin und lacht auf.

»Ich will nicht sterben, Ilea. Ich bin unsterblich. Der Tod macht mir eine Heidenangst und ich nehme ihn lieber sofort entgegen, als noch sechzig Jahre lang jeden Tag zitternd darauf zu warten.« Sein ganzer Körper bebt. »Ich will außerdem kein Mensch bleiben.« Er will wieder das werden, was er schon immer war. Ich kann ihn irgendwie verstehen. Nutty sieht mich plötzlich ernst an.

»Liebst du ihn?«

»W-was?«, stammele ich. Was ist das für eine Frage? Ob ich ihn ... liebe?

»Weil er bis über beide Ohren in dich verknallt ist. Gnädige Göttin, das habe ich sofort erkannt und schon das Schlimmste befürchtet, nämlich dass ich alleine zurück in den Frühling gehe, auch wenn die Göttin das nicht zulassen wird.« Er schnalzt mit der Zunge. »Dabei liegt alles ganz anders. Darum war er so eigenartig, als ich mit ihm gesprochen habe.«

Aviv soll in mich ... Nein. Das kann nicht sein. Es gibt da eine gewisse Anziehungskraft, das kann ich nicht leugnen. Aber Liebe? Das ist so ein großes, bedeutsames Wort, was man nicht unüberlegt oder vorschnell in den Mund nehmen sollte. Liebe ... ich weiß doch noch überhaupt nicht, was das wirklich bedeutet. Gütige Göttin ... *liebt* er mich?

»Nutty, ich werde das nicht zulassen, hörst du?«, verspreche ich. »Ich möchte niemandes Frau werden, wenn ich dafür über Leichen gehen muss.«

Nutty sieht mich an. Sein Gesicht ist so traurig.

»Schon gut, Ilea. Es ist nicht an uns, das zu entscheiden.«

»Und ob. Ich habe da ein Wörtchen mitzureden.«

»Liebst du ihn?«, fragt er mich erneut.

Ich kann ihm darauf keine Antwort geben. Was soll ich sagen? Ich weiß es doch selbst nicht. *Liebe* ... wie soll ich nach so kurzer Zeit schon von *Liebe* sprechen?

»Das ist mir Antwort genug.« Damit erhebt er sich und geht die Treppe hinunter. Ich brauche einen Moment, um mich zu sammeln, dann folge ich ihm. Nutty verzieht sich in eine Ecke des Wohnzimmers und scheint seinen Gedanken nachzuhängen. Aviv, Sol und Nevis haben die Köpfe zusammengesteckt und diskutieren, während Maya in der Küche steht und kocht. Ich gehe zu ihr und will ihr zur Hand gehen.

»Lass mich nur machen, Ilea.« Sie sieht mich mit gütigen Augen an. »Du hast die letzten Tage so viel durchgemacht. Außerdem ...«, ihr Blick wandert zu Nevis, »... ist er sehr speziell, wenn es ums Essen geht.«

»In Ordnung«, murmele ich. Dankbar kann ich jedoch nicht sein, sie nimmt mir damit die Ablenkung. Der Raum wirkt plötzlich viel zu eng. Ich schnappe mir meinen Mantel und ziehe meine Stiefel an.

»Wo willst du hin?«, ruft Aviv mir zu.

»Nur raus«, sage ich. »Ich komme bald wieder.« Ich greife noch nach meinem Musikchip und den Kopfhörern, die auf der

Anrichte liegen, und verschwinde durch die Tür. Meine Füße tragen mich wie von selbst zum Bach und zu dem Stein, auf dem ich immer sitze. Yannis fehlt mir, doch gleichzeitig beneide ich ihn auch. Er ist so wunderbar ahnungslos und frei von dem ganzen Götterkram. Ich stecke mir die Kopfhörer in die Ohren und wähle Musik aus, die mich immer beruhigt. Was das angeht, bin ich von Yannis und seiner Geige geprägt. Ich liebe das, was die Menschen früher klassische Musik nannten. Mit geschlossenen Augen lausche ich den ersten aufwühlenden Tönen von »Va, pensiero« aus Verdis Oper *Nabucco*. Als die Musik dann ruhig wird und der Gefangenenchor leise einstimmt, beginne ich mich im Takt der Musik zu wiegen. In der Schule habe ich Italienisch gelernt und der Text spricht mir aus der Seele. Am liebsten würde ich meine Gedanken auch fliegen lassen. Fort, an einen Ort, an dem es keinen Tod gibt. Vielleicht ist dort auch das Meer. Wie gerne würde ich einmal an einem Strand spazieren gehen. Doch leider ist es keine Meeresbrise, die meine Wangen befeuchtet, sondern meine Tränen, und an diesem Ort gibt es kein größeres Gewässer als den Bach neben mir, der sich durch die ganze Stadt schlängelt und uns zusammen mit zwei unterirdischen Quellen mit Wasser versorgt. Ein paar Fische gibt es auch.

Was würde ich alles dafür geben, jetzt mit Nanny reden zu können, doch ich will sie nicht belasten. Vielleicht morgen.

»Da bist du ja.« Seine Stimme lässt mich zusammenfahren. Ich nehme die Kopfhörer ab und blicke zu Aviv hoch.

»Was tust du hier? Ich wollte alleine sein.« Das war unnötig hart von mir, aber mir geht einfach nicht aus dem Kopf, was er und mein Vater heute Morgen besprochen haben. Sie haben einfach über mein Schicksal verhandelt, ohne mich zu fragen.

»Ich habe mir Sorgen gemacht.«

»Du solltest mit Nutty reden«, sage ich. »Es tut mir leid, Aviv. Ich hatte keine Ahnung, dass er …«

»Verdammt«, fährt mir Aviv zischend ins Wort. »Er weiß es?«

»Dass du dir auf der Erde eine Frau suchen darfst? Ja.«

»Ich Idiot habe nicht drüber nachgedacht.« Aviv geht in die Hocke und fährt sich durch die Haare. »Was hat er gesagt?«

»Es hat ihn ziemlich mitgenommen.«

Aviv starrt wütend in die Ferne.

»Es war nicht meine Absicht …«

»Du kannst nichts dafür«, sagt er mit sanfter Stimme. »Das ist meine Schuld.« Also gilt seine Wut ihm selbst.

»Er hat große Angst davor, dass er jetzt sterben oder auf der Erde bleiben muss.«

»Das wird nicht passieren.« Er sieht mich mit einem merkwürdigen Gesichtsausdruck an und weicht mir aus.

»Das habe ich ihm auch gesagt.«

Aviv erhebt sich. »Würdest du wieder mitkommen? Ich … ich fühle mich nicht wohl, wenn du alleine hierbleibst.«

Ich lache, es klingt bitter. »Aviv, das mache ich schon fast mein ganzes Leben lang. Was hat sich denn jetzt plötzlich geändert?«

»Ich weiß auch nicht«, seufzt er. »Die Erde ist so verdammt … lebensgefährlich.«

»Das ist das ganze Leben.« Ich starre auf den Stein vor mir, wo Yannis sonst sitzt. Wenn ich die Augen fest schließe und mich konzentriere, kann ich vielleicht noch das Echo seines Geigenspiels hören.

»Ich kann dich nicht zwingen, aber …«

»Richtig.« Er macht mich wütend und ich weiß nicht mal, wieso.

»Ilea?«

»Geh und schau nach Nutty. Ich mache mir Sorgen um ihn. Mir geht es gut, ich bin ein großes Mädchen und kann durchaus mal alleine hier sitzen.« Der beißende Unterton ist härter als gewollt. Aber was fällt ihm ein? Er ist nicht mein Vater und selbst auf den höre ich nicht immer.

»Ich komme nachher noch mal und sehe nach dir.«

»Mach dir keine Umstände.«

Es dauert etwas, aber dann höre ich ihn weggehen. Wieso war ich so garstig zu ihm? Er steckt in einer schlimmen Situation. Aber wer tut das eigentlich nicht?

Bevor Aviv auf die Idee kommen kann, mich wieder zu besuchen, mache ich einen Spaziergang. Ich sehe Tereseh von weitem und muss daran denken, dass sie, wenn alles anders gekommen wäre, jetzt als Dahlia zusammen mit Jesien irgendwo in einer göttlichen Ebene um das Wetter in Hemera kämpfen würde. Ich seufze und sehe zum Himmel. Er wirkt so friedlich. Wenn ich es nicht besser wüsste …

Vater ist unten in der Schneiderei, als ich zurückkomme. Er sieht mich nur wissend an und arbeitet dann weiter an etwas, das wie ein Kittel aussieht. Sicher ist er nach unten geflüchtet, um dem Kriegsrat oben zu entgehen. Ich nehme die Treppe nach oben. Sol ist der Erste, der mich sieht. Er lächelt voller Mitgefühl.

»Hey, geht es dir besser?«

Ich nicke und hänge meinen Mantel auf. Den Musikchip und die Kopfhörer lege ich wieder an ihren Platz.

»Hast du Hunger?«, will Maya wissen.

»Nein, aber danke der Nachfrage. Ich habe unterwegs etwas gegessen.« Eine Lüge. Meine Augen schweifen suchend durch den Raum. Seth spricht mit Nevis. Aviv und Nutty sind nicht da.

»Sie suchen dich«, erklärt Sol, der meinen Blick bemerkt hat. »Mein Bruder und das irre Eichhörnchen.«

»Oh, na ja, sie werden schon zurückkommen.«

»Hoffentlich«, gluckst Sol. »Denen traue ich es zu, dass sie sich verlaufen.«

Gegen meinen Willen muss ich lächeln. Die blauen Augen meines Großvaters durchleuchten mich, dann kommt er auf mich zu und zieht mich in seine Arme.

»Ich wollte nach Nanny sehen gehen, aber gerade habe ich das Gefühl, dass du mich auch ganz gut brauchen könntest.«

Ich klammere mich an ihn. »Danke«, murmele ich.

»Nichts zu danken. Ich wünschte nur, ich hätte eher von deiner Mutter und dir erfahren. Bevor sie ...«

»Immerhin ist sie so gestorben, wie sie gelebt hat. Wild und frei.«

Sol durchfährt ein Ruck. Ich habe ihn mit meiner Aussage getroffen, das spüre ich an seiner Körperhaltung.

»Eben kam Nachricht vom Krankenhaus«, sagt er mit leiser Stimme. »Nanny darf in ein paar Tagen nach Hause.«

Ich presse meine Lippen aufeinander und schließe die Augen. Nanny. Ich vermisse sie so sehr. Sie fehlt hier, dennoch wünsche ich mir, dass die Ärzte noch ein bisschen auf sie aufpassen, bis sie wieder richtig fit ist. Vorsichtig löse ich mich von Sol.

»Sie hat ein gebrochenes Herz«, wispere ich. »Deinetwegen.«

»Ich werde jetzt zu ihr gehen.«

Ich lächele ihn an. »Viel Glück.«

Er fährt sich verlegen durchs Haar. »Danke.«

Ich gehe an ihm vorbei die Treppen hinauf in mein Zimmer. Es ist niemand dort, deswegen nehme ich die Arbeit an der Flickendecke wieder auf. So habe ich wenigstens etwas zu tun. Es dauert einige Zeit, dann klopft es an der Tür.

»Ja?«

Es ist Aviv, der hereinschaut und irgendwie erlöst aussieht.

»Der Göttin sei Dank.« Er fährt sich durch die Haare. Genau wie Sol eben. »Ich habe mir Sorgen gemacht.«

»Wie geht es Nutty?«, übergehe ich seinen Kommentar.

»Gut. Wir haben geredet.«

»Hm.« Das war ja eine sehr ausführliche Antwort. Aviv kommt auf mich zu und setzt sich neben mich. Er mustert die Decke und scheint nach Worten zu suchen. Dann sieht er plötzlich weg und in mir schrillt eine Alarmglocke. Ich weiß nicht, was es ist, aber es überrollt mich wie eine Druckwelle, ein Puls, ausgelöst von seiner Nähe.

»Aviv?«

»Hm?« Seine Stimme klingt gepresst.

»Tut mir leid, ich wollte nur alleine sein, es war nicht meine

Absicht, dich zu verärgern.« Oder doch? Ich weiß auch nicht, warum ich so wütend geworden bin. Aviv nickt, den Blick immer noch von mir abgewandt. Dann fährt er sich mit dem Arm über das Gesicht.

»Schon gut.« Seine Augen sind gerötet, als er zu mir sieht, und es glitzert verdächtig in ihnen. »Ich dachte mir so etwas schon.«

Ich lege die Decke beiseite und rücke näher an ihn heran. Sein Schmerz überträgt sich auf mich, ich fühle ihn, als wäre er mein eigener.

»Das mit Nutty ist doch nicht so gut gelaufen, oder?«

Aviv weicht wieder meinem Blick aus. Ich sehe, wie er gegen die Tränen ankämpft und immer wieder tief Luft holt. Ehe ich weiter darüber nachdenken kann, bin ich auf seinen Schoß geklettert und habe ihn an mich gezogen. Mit dem Gesicht in meiner Halsbeuge weint er vollkommen still ein paar Tränen, während ich im Duft seiner Haut und seiner Haare bade. Obwohl er leidet, beruhigt sich meine Seele, schwelgt in seiner Nähe.

»Alles wird gut«, flüstere ich, doch Aviv schüttelt den Kopf. Langsam streiche ich ihm über den Rücken und fahre dann vorsichtig mit einer Hand in seinen Nacken. Dort, wo die Haare ganz fein beginnen, kraule ich ihn ein wenig. Auf mich wirkt das immer beruhigend und bei Aviv scheint es auch zu wirken. Er ist ein Halbgott. Der älteste Sohn von Gaia und dennoch ... auch er reagiert auf simple menschliche Reize. Aviv schlingt seine Arme fest um mich.

»Ich bin verloren«, murmelt er ... und küsst mich.

3. (K)EIN AUSWEG – AVIV

Nutty hasst mich.

Weil ich geschwiegen habe – viel zu lange.

Er hat Recht.

Aber ich wollte ihn beschützen. Für ihn verzichten. Aber ich brauche das hier: einen warmen Körper an meinem, weiche Lippen, die köstlicher schmecken als Honig, und … ich schiebe sie sanft von mir.

»Wir dürfen das nicht«, sagt Ilea. Ich begehre sie wie noch nie eine Frau zuvor. Mehr noch. Der Gedanke, sie hier zurückzulassen, der Welt und der Sterblichkeit ausgeliefert, macht mich schier verrückt. Ich will ihn beschützen, diesen kleinen, zierlichen Körper und das sanfte, liebevolle Wesen, das in ihm wohnt.

»Du hast Recht«, stimme ich ihr zu und küsse sie erneut. Sie wehrt sich nicht. Im Gegenteil. Sie heißt mich willkommen, nimmt alles an und gibt es im gleichen Maße zurück. Ruhe kehrt in mir ein. Es gibt nur noch uns beide. Keine Tiergeister, keine Brüder, keine mütterliche Göttin. Nur noch uns. Ich spüre ihr Herz an meiner Brust schlagen. Es ist das Schönste, was ich je gespürt habe. Ihre Hände streichen über meinen Rücken und verbannen damit jede Furcht. Zumindest für diesen Augenblick.

»Ilea«, raune ich ihren Namen.

»Aviv«, antwortet sie heiser. Das sind die letzten Worte, die wir an diesem Tag sprechen, und wir tauchen friedlich in die Nacht ein. Irgendwann schlafen wir aneinandergeklammert ein.

»Nachtblüte?«, weckt uns am Morgen Pauleks Stimme. »Kind? Wir müssen ins Krankenhaus. Sie haben Großmutter von den Geräten getrennt und jetzt will sie dort nicht mehr bleiben.« Er klopft. »Ist Aviv bei dir?«

»Ich komme«, murmelt Ilea verschlafen und übergeht die Frage nach mir.

»Ich mache dir schon mal einen Kaffee.«

»Hm.« Ileas Haare stehen in alle Richtungen ab und ich muss lachen. »Lachst du mich aus?«, fragt sie sichtlich wacher.

»Das würde ich mich niemals trauen!« Ich lege eine Hand auf mein Herz, die andere hebe ich zum Schwur. »Niemals!«

»Das ist auch besser so.« Sie zwinkert mir zu und krabbelt fast auf allen vieren aus dem Bett, dabei plumpst sie von der Matratze. »Aua«, jammert sie und bleibt liegen. Ich kann nicht anders und lache laut los. Ihr Gesicht taucht am Matratzenrand auf. Sie versucht böse zu gucken, aber mit der vom Schlaf zerzausten Frisur sieht sie einfach viel zu niedlich aus.

»Hast du dir schlimm wehgetan?«, frage ich in einer Lachpause.

»Nein, aber ich bin einfach total überrumpelt von deinem Mitgefühl für Menschen mit morgendlichen Startproblemen.«

»Hey, ich bin der Frühling und wecke die ganze Natur auf. Da habe ich kein Mitleid.«

»Gnaaah«, macht Ilea und winkt die Sache – oder mich – mit einer kurzen Handbewegung ab. Sie krabbelt über den quietschenden Holzboden, aber nicht ohne dem Holz noch ein paar Extratöne zu entlocken.

Beim Frühstück ignoriert mich Nutty, so gut er kann. Das macht mich echt fertig. Mit dem besten Freund zu streiten ist ungefähr so angenehm wie sich alle Fingernägel einzeln zu ziehen.

»Alles in Ordnung?« Es ist Nevis, der neben mir sitzt und mich fragend anblickt.

»Jaja«, stammele ich vor mich hin. »Ich bin nur in Gedanken.«

»Nutty hat mir von eurem Streit erzählt.« Nevis lächelt. »Lass ihn das alles erst mal verarbeiten.«

»Pfff ... von wegen.« Nutty hat uns gehört. Ich sehe in sein wütendes Gesicht.

»Lass uns reden«, flehe ich ihn an.

»Du hast mich so lange angelogen und für dumm verkauft. Ich dachte, wir wären Freunde.«

»Das sind wir doch!« *Sonst wäre ich wohl kaum in dieser Lage.* Aber das spreche ich nicht aus.

»Ja, das sind wir.« Nuttys Stimme ist unheimlich leise geworden. Auch die anderen hören ihm jetzt zu. »Umso schlimmer, dass du nicht mit mir darüber gesprochen hast. Du hast mich im Dunkeln tappen lassen. Ich habe mir Sorgen um dich gemacht!«

»Was glaubst du denn, hätte es geändert, wenn ich es dir gesagt hätte? Du wärst die letzten fünfhundert Jahre damit beschäftigt gewesen, dich schlecht zu fühlen!«, halte ich dagegen, doch Nutty starrt mich nur anklagend an.

»Zumindest hätten wir die Last gemeinsam getragen. Nicht nur du alleine.«

Darauf kann ich nichts erwidern. Mir fehlen die Worte. Ich will etwas sagen, doch ich bringe keinen Ton heraus. Als ich ihm die Hand auf die Schulter legen will, weicht er mir aus und verlässt die Wohnung.

»Lass ihn«, sagt Nevis und hält mich fest. »Gib ihm etwas Zeit.«

»Ich sehe nach ihm.« Seth erhebt sich. Das Laufen klappt jetzt schon viel besser.

»Danke«, rufe ich ihm nach. Seth lächelt mir zu, bevor er verschwindet. Er teilt Nuttys Schicksal, vielleicht können sie sich gegenseitig beistehen. Mein Blick geht zu Sol, der betreten auf den Boden starrt. Wie er es wohl damals Seth beigebracht hat?

»Vielleicht findet Mutter einen anderen Weg«, versucht Nevis mich und vermutlich auch Sol zu trösten. Ich sehe zu Ilea, ihr Blick durchbohrt mich. Ein Kloß bildet sich in meinem Hals.

»Es gibt keinen anderen Weg«, meldet sich Sol. »Aviv und ich können auf der Erde Spaß haben. Aber das ist nicht für die Ewigkeit.«

Ich sehe meinen Bruder erstaunt an. Er erwidert meinen Blick.

»Was? Dachtest du, ich töte Seth?« Sol schüttelt den Kopf über diesen Gedanken. »Nein.« Er sieht zu Ilea und nimmt ihre Hand. »Ich wusste zwar nicht, dass Nandra schwanger war, aber ich gebe zu, dass ich es damals darauf angelegt habe.«

»Was?«, zischt Ilea und entreißt ihm die Hand. Paulek starrt

Sol wütend an, traut sich aber vermutlich nicht, etwas zu sagen. Mein Bruder hat diese unnahbare Art. Wenn einer von uns wie ein Gott wirkt, dann er.

»Ich habe mich nie verliebt, Ilea. Aber ich brauchte einen Nachkommen wie dich als Versicherung.«

»Das hast du ... geplant?«, frage ich laut. »Sol!«

»Wenn ich Liebe finde, brauche ich jemanden, der meinen Platz einnimmt«, rechtfertigt er sich.

»Wie Jesien«, grübelt Nevis laut und fährt sich durch die Haare. »Du willst sterblich werden?«

»Ich opfere lieber meine Unsterblichkeit als Seths Leben«, antwortet Sol mit fester Stimme. Er sieht mich an. »Ich hätte dir gerne von meinem Plan erzählt, Aviv, aber du hast mir keine Chance gegeben.«

Ich sehe zu Ilea. Sols Plan hat Lücken.

»Was ist, wenn du dich in, sagen wir mal, vierhundert Jahren verliebst. Das Sommerkind, sofern es dann noch eins gibt, hat aber keine Lust darauf, dich zu ersetzen. Vielleicht hat es auch selbst schon Familie.«

»Ich werde niemanden zwingen, ich bin kein Ungeheuer. Deswegen würde ich ja gerne für mehr Auswahl sorgen, aber ...«

»Aber?«, dränge ich auf ihn ein.

»Es ist ... alles nicht so einfach.« Sol schaut betreten weg.

Ich ziehe die Augenbrauen hoch. »Als ob du hier Probleme hättest, eine Frau zu finden.«

Er sieht verletzt aus. »Lass uns nicht davon reden.«

Was ist denn mit ihm los? So kenne ich ihn gar nicht.

»Ich bin also deine Versicherung, ja?«, sagt Ilea und klingt dabei eiskalt und abweisend. »Und dir ist nicht in den Sinn gekommen, vielleicht mal nachzusehen, ob dein Plan bei Nanny aufgegangen ist?«

»Es tut mir leid«, murmelt Sol. »Ich weiß, dass ich mich total danebenbenommen habe.«

»Wärst du nicht mein Großvater und noch dazu der Sohn meiner Göttin, ich schwöre, ich würde dich ohrfeigen!«

Sol seufzt, während Ileas große Augen an mir hängen. Ich habe das Gefühl, dass sie gerne meine Nähe suchen würde, und ich kann es ihr nicht verwehren. Mit einer kleinen Kopfbewegung deute ich ihr an, dass sie zu mir kommen soll, und sie tut es tatsächlich. Ich stehe auf und ziehe ihren zarten Körper in meine Arme. Ihr erleichtertes Brummen geht mir durch Mark und Bein. Wie zwei Magnete pressen wir uns immer enger aneinander. Die Blicke meiner Brüder brennen auf meinem Gesicht, aber ich schließe die Augen und genieße den Duft von Ileas Haar. *Ich würde sie gerne zeichnen,* geht es mir durch den Kopf.

»Haben wir was verpasst?«, will Sol wissen.

»Sprich für dich, Bruder«, bremst ihn Nevis.

»In Ordnung, was habe *ich* verpasst?«

»Nichts«, sage ich. Ilea löst sich von mir und sieht mir in die Augen. Es ist, als würde sie ahnen, was in mir vorgeht, weil sich die Sorge wie ein Schleier über ihr Gesicht legt.

»Das sieht nicht nach *nichts* aus.«

»Sol«, seufze ich genervt. »Es ist nichts.«

»Du weißt, dass sie meine Enkeltochter ist.« Sol kommt zu uns herüber. Ich schiebe Ilea sanft aus dem Weg.

»Ja und?«

»Du wirst sie unglücklich machen.«

»Ach ja?«, kontere ich. »Du musst es wissen, darin bist du ja Experte, wie man an Nanny sieht.«

Sol knurrt. Wut verdunkelt seine blauen Augen.

»Ich meine es ernst, du lässt die Finger von ihr.«

»Jetzt markiere hier nicht den besorgten Großvater.«

Sol schubst mich, doch ich finde mein Gleichgewicht schnell wieder – ganz im Gegensatz zu meiner Sprache. Ich sehe ihn fragend an. Ist er verrückt geworden?

»Was soll das?«, zische ich.

»Liebst du sie?«

»Ich wüsste nicht, was dich das angeht.«

»Sehr viel.«

Ich sehe zu Ilea. Nevis hat sich schützend vor sie gestellt. Offensichtlich geht er davon aus, dass der Streit eskalieren wird. Ihr hat es die Sprache verschlagen.

»Ruhig Blut, Sol«, sage ich mit leiser Stimme. »Ich vermische meine Gene nicht mit deinen, um deinen Masterplan zu zerstören.«

Sols Faust trifft mich vollkommen unvorbereitet. Der Schmerz betäubt mein ganzes Gesicht, nur um dann mit voller Wucht zurückzukehren.

»SOL!«, schreit Nevis. »Bist du von allen guten Geistern verlassen?«

Ich führe eine Hand an die schmerzende Stelle und sehe hoch zu meinem Sommer-Bruder.

»Das machst du nicht noch mal«, warne ich ihn mit eiskalter Stimme, »sonst vergesse ich mich, kleiner Bruder.«

»Es geht mir nicht darum, vielleicht keine Sommernachkommen mehr zu haben«, zischt er. »Du kannst Ilea nicht mitnehmen und du wirst sie nicht mit einem gebrochenen Herzen zurücklassen!«

»Dafür ist es zu spät«, höre ich Ileas helle Stimme.

»Was?« Ich sehe sie erschrocken an.

»Komm, ich verarzte dich, bevor ich Nanny abhole.« Sie straft Sol mit einem giftigen Blick und zieht mich einfach weg. Ohne ein Wort der Erklärung.

»Aua«, protestiere ich.

»Mein Held.« Ilea lächelt diabolisch, als würde sie ihre Aussage nicht ernst meinen, während ich auf ihrem Bett sitze und sie die Schramme an meiner Wange mit einer widerlich stinkenden Salbe betupft.

»Sehr witzig.« Ich betrachte ihr angestrengtes Gesicht, während sie mich verarztet. Sie hat die Situation deeskaliert, indem sie mich einfach mit nach oben genommen hat. Ich halte ihre Hand fest und ihre Iris weitet sich, als sie mich ansieht.

»Was meintest du damit, dass es zu spät wäre?«, hake ich nach.

»Dass ich dich schrecklich vermissen werde.«

Mein Herz krampft sich zusammen. »Ich kann dich besuchen kommen«, schlage ich vor. »Wenn das mit meiner Großmutter vorbei ist ...«

»Das wäre schön.« Sie beißt sich auf die Unterlippe.

»Im Grunde müsste ich nur im Frühling nach oben.«

»Aber hier unten würdest du altern.«

»Ja, aber sobald ich wieder zu Hause bin, ist alles wieder wie zuvor.«

»Nur ich werde älter.« Sie sieht weg. Ja, das wird sie … und irgendwann ist sie weg. Mir wird ganz kalt. Ich weiß nicht, was ich darauf sagen soll, also schließe ich verzweifelt die Augen. Kleine Hände legen sich vorsichtig um mein Gesicht. Ileas Lebenszeit ist nur ein Herzschlag in meiner Welt. Aber sie soll mich nicht vermissen müssen. Es ist schon schwer genug, dass ich es tun muss. Aber nicht sie. Ich öffne wieder meine Augen und Ilea lehnt ihre Stirn an meine.

»Darf ich dich malen, Ilea?«

»Als wären wir auf einem gigantischen Schiff mitten im Ozean?«, fragt sie und der Schalk spricht aus ihren Augen.

»Sei froh, dass Nutty den Film toll findet, sonst hätte ich den Witz jetzt nicht verstanden.« Ich lache. »Er heult jedes Mal Sturzbäche.« Der Gedanke an Nutty versetzt mir einen Stich.

»Als Jack stirbt?«

»Nein, weil das ganze Essen zusammen mit der Titanic im Wasser versinkt.«

Ilea sieht mich ungläubig an.

»Nein, er heult wegen Rose. Er steht auf rote Haare.« Ich rolle mit den Augen und Ilea lacht laut auf. »Darf ich dich nachher malen?«

»Na schön, was muss ich tun?«

»Zunächst brauche ich Papier und halbwegs brauchbare Stifte. Hast du eine Ahnung, wo wir so etwas bekommen?« Es ist frustrierend, dass ich die Sachen nicht einfach erscheinen lassen kann.

»Ich kümmere mich darum, wenn ich aus dem Krankenhaus zurückkomme.« Sie zwinkert mir zu. Dann küsst sie sanft die Stelle über meiner Wunde. »Versuch dich nicht mit deinem Bruder zu schlagen, während ich weg bin, in Ordnung?«

»Ich gebe mir Mühe«, knurre ich. »Versprechen kann ich aber nichts.«

»Sei brav«, warnt sie mich.

»Was machst du, wenn ich es nicht bin?«, necke ich sie und versuche meinem Gesicht den gewissen … Schlafzimmerblick zu geben. Sie lacht. Vielleicht ist das nach hinten losgegangen und ich sehe aus, als hätte ich Blähungen …

»Warte hier, bis ich zurück bin«, sagt sie und verlässt kichernd das Zimmer.

Ich nutze die Gelegenheit, während sie im Krankenhaus ist, um vor ihrem Spiegel ganz unmännlich mein Gesicht zu verziehen und ein paar Flüche auszustoßen. Sol hat mich echt übel erwischt.

Ilea und ihr Vater brauchen zwei Stunden, die ich damit verbringe, in einem Buch zu lesen, das auf Ileas Nachttisch liegt. Die Zeit verfliegt dabei recht schnell, auch wenn ich es vor einigen Jahrhunderten schon gelesen habe. Als Ilea das Zimmer betritt, hat sie einen Bogen Zeichenpapier und ein Mäppchen voller Stifte in der Hand. Sie reicht mir beides.

»Woher …?«

»Nanny«, antwortet sie. »Sie hat Kunst unterrichtet. Wir konnten sie überreden noch bis morgen im Krankenhaus zu bleiben. Dann müssen wir sie holen.« Ilea grinst. »Und sie hat mir verraten, wo sie diese Schätze versteckt hat.«

»Oh.« Ich öffne das Mäppchen.

»Wird es damit gehen?«, will Ilea wissen.

»Die sind sehr gut. Danke.« Ich rutsche zum Kopfende des Bettes und mache es mir bequem. »Im Grunde brauchst du nur hier zu sein und mich ab und zu anzusehen.«

»Das schaffe ich.« Sie kräuselt die Lippen verschmitzt und schnappt sich die Flickendecke. »Stört es, wenn ich ein wenig daran arbeite?«

»Nein, gar nicht.«

Ich weiß schon genau, wie ich sie malen werde. Am Bach, auf ihrem Stein sitzend. Mit offenem Haar, das sanft im Wind weht, während sie an einem Kleid arbeitet. Im Hintergrund liegt auf der einen Seite friedlich Hemera. Auf der anderen steht ein großer Strauch Nachtjasmin. Der Himmel verdunkelt sich, die Sonne verschwindet gerade am Horizont, doch um Ilea ist alles hell. Ihre Augen sind das Schwierigste. Das sind sie immer. Sie geben einem Gesicht Leben und Charakter. Irgendwann habe ich die grobe Skizze fertig und nehme die erste Farbe. Gelb für Ileas Haar, wenn sie ihre Fähigkeiten einsetzt. Ich muss aufpassen, dass ich sparsam damit umgehe, damit es blond und nicht zitronengelb wird. Ilea sieht immer wieder von ihrem Nähzeug auf und blickt mir ins Gesicht. Es ist bereits spät und ich habe über das Zeichnen tatsächlich Nutty ganz vergessen.

»Ich sollte mal nach meinem besten Freund sehen – sofern er das noch ist. Inzwischen sollte er zurückgekehrt sein«, sage ich.

»Soll ich gehen?«, bietet sie mir an. »Es ist vielleicht besser, wenn Sol und du erst nach einer Mütze Schlaf wieder aufeinandertrefft.«

»Du bist eine kluge Frau«, sage ich und lächele – was ich sofort bereue. *Aua, verdammt! Meine Wange brennt.*

Ilea bemerkt meinen Schmerz und bemüht sich nicht wirklich sich ein Lachen zu verkneifen.

»Ich bin übrigens sehr dankbar, dass du nicht zurückgeschlagen hast.« Ihr Blick ist wieder ernst.

»Es liegt nicht in meiner Natur.«

Ilea stürmt hastig auf mich zu und küsst mich. Zu schnell bricht sie wieder ab, doch ich halte sie fest.

»Wow, was ist passiert?«, frage ich überrascht. »So schnell kommst du mir nicht davon.«

»Es ist nur so, dass ich mir das jetzt schon so lange verkniffen habe.«

»Mich zu küssen?«, frage ich.

Sie nickt.

»Mach das nie wieder.«

»Dich küssen?« Ihre Augen funkeln verspielt.

»Dir das zu verkneifen.« Damit schließen sich meine Lippen um ihre. Wie soll ich je wieder ohne sie leben? Ich werde ihre Zeit auf Erden begleiten und dann ... Ja, was dann? Warten, bis sie wiedergeboren wird? Oder ... Jesien! Was, wenn ich ...

W-würde ich das können?

Meine Seele würde sterblich werden ... Um irgendwann wiedergeboren und ... mit Ileas ... vereint ...

Oder?

Kann ich Leben nehmen, statt es immer nur zu geben?

Kann ich mein eigenes Leben nehmen?

Das ... oder zurück zu Mutter gehen. Wo Nutty wartet. Wird er mir je verzeihen, dass ich ihn fünfhundert Jahre lang belogen habe? Die Angst schnürt mir die Kehle zu. Es kommt mir vor, als würde die Welt vor meinen Augen verschwimmen. Was soll ich nur tun? Ich kann den Schmerz nicht mehr ertragen und ich weiß nicht, wie ich ihn lindern kann. Kein Ausweg.

»Alles in Ordnung?«, fragt Ilea, die meinen Stimmungswandel bemerkt hat.

»Ich muss das mit Nutty klären«, sage ich. Ich kann ihr schlecht sagen, worüber ich wirklich nachdenke.

Der Tod würde alles auslöschen. Den Schmerz, die Einsamkeit, den Hass, die Sorgen, alle Ängste ... Und die Liebe zu Ilea?

Ich halte inne.

Ja ... ich ... liebe sie.

Doch das darfst du nicht, mahnt mich die Stimme in meinem Kopf. Ich habe das Gefühl, innerlich zu schreien, doch ... niemand hört mich.

Ich flüchte in Ileas Arme, will vergessen. Verdrängen.

Sol geht mir am nächsten Tag aus dem Weg. Er und Seth sind zu Nanny ins Krankenhaus gegangen. Vielleicht ist es gut so, denn ich verstehe nicht, warum es ihn so wütend macht, dass Ilea und ich etwas füreinander empfinden. Nevis und Maya sitzen auf der Couch und lesen sich gegenseitig aus einem Buch vor. Das Bild rührt mich so sehr, dass ich Zahnschmerzen bekomme. Nutty ist damit beschäftigt, mich eisern schweigend vom Küchentisch aus zu hassen. Irgendwann strecke ich ihm die Zunge raus, woraufhin sein Blick einen Moment lang weicher wird. Hinter ihm wuselt Ilea in der Küche herum und zaubert ein Mittagessen für uns alle. Sie hat jedem verboten ihr zu helfen, da sie versucht Zeit zu schinden und Nanny so lang wie möglich im Krankenhaus zu halten. Sicher wird sie erst gegen Abend dorthin aufbrechen. Falls Sol Nanny nicht schon vorher mitbringt.

Ich sitze nutzlos im Sessel herum und versuche mich von Nuttys Todesblick nicht verbrennen zu lassen. Ich könnte an dem Bild weitermalen, doch das möchte ich mir für heute Abend aufheben, wenn Ilea und ich hoffentlich wieder gemeinsam in ihrem Zimmer auf dem Bett sitzen. Die Nacht habe ich damit verbracht, sie einfach nur zu halten, ihre Nähe zu spüren und in ihrem Duft zu baden.

Laute Stimmen dringen von unten herauf. Es klingt, als würden mehrere Männer sich freudig begrüßen.

»Yannis!«, ruft Ilea aus. Irgendwie wird mir mulmig zu Mute. Ilea liebt Yannis und hält große Stücke auf ihn. Was, wenn er mich nicht mag? Oder wenn er doch mehr für sie empfindet? Ilea dreht den Herd ab und läuft die Treppe hinab. Ich will ihr folgen, doch Nutty kommt auf mich zu.

»Wer ist Yannis?«, will er wissen.

Ich bin so erstaunt, dass er mit mir spricht, dass ich bei meiner Antwort zu stottern anfange. »I-ihr b-bester Freund.«

»Bester Freund, he?«, grübelt Nutty. »Ein Wir-teilen-uns-die-Nüsse-bester-Freund oder eher ein Er-teilt-seine-Nüsse-mit-ihr-bester-Freund?«

Ich muss lachen. Es hört sich unbeholfen an, weil ich noch nicht weiß, wie ich mit Nuttys Annäherung umgehen soll. Außerdem tut mir beim Lachen die Wange weh. Mein armes Gesicht. Aber was ist geschehen? Gerade wollte mich Nutty noch mit Blicken töten und jetzt spricht er wie aus heiterem Himmel wieder mit mir.

»Soweit ich weiß, ist diese Freundschaft ganz platonisch«, sage ich.

»Gut.«

»Gut?« Ich will es nicht laut sagen, aber müsste er sich nicht freuen, wenn ich einen Nebenbuhler habe?

»Ja, dann kommt er dir nicht in die Quere.«

»Nutty, ich ...«

»Schon gut, ich weiß, was du vorhast. Ich kenne dich schließlich schon eine Ewigkeit. Du wirst sie auf der Erde besuchen, solange sie lebt. Und auch wenn ich deinen Hintern gerade am liebsten in den Ether treten würde, werde ich doch für dich da sein, wenn sie ...«

Nutty beendet seinen Satz nicht und auch ich bin vollkommen sprachlos. Er ist noch wütend auf mich, das kann ich sehen. Aber als er Yannis als potenzielle Bedrohung für mich wahrgenommen hat, hat er alles vergessen und mir quasi seine helfende Hand gereicht. Sich auf meine Seite gestellt.

»Das ist es, was beste Freunde tun«, sagt er.

»Den Arsch des anderen in den Ether treten?«, scherze ich, weil ich mich gerade furchtbar rührselig fühle und das auf keinen Fall zeigen will.

»Das auch.« Nutty grinst und boxt mich vielleicht etwas zu

hart auf den Oberarm. *Göttin, als Mensch bin ich eine ziemliche Memme.* »Schön das mal tun zu können.«

»Ja.« Ich reibe meinen Arm. »Ganz toll.«

»Ich wollte nur sagen, dass ich für dich da bin, Aviv. Egal was passiert, und ich will, dass du immer mit mir redest, in Ordnung?«

»In Ordnung«, sage ich instinktiv, doch nur einen Herzschlag später wird mir bewusst, dass ich ihn schon wieder angelogen habe. Kann ich ihm sagen, was ich vorhabe, wenn Ilea stirbt? Ehe ich den Gedanken beenden kann, kommt Ilea mit Yannis und Caleb herein. Letzterer erstarrt mitten in der Bewegung. Sein Blick ist auf Maya gerichtet.

»Das ist er«, flüstert sie und löst sich aus Nevis' Armen, um aufzustehen.

»Maya«, sagt Caleb, als würde er träumen. »Du bist ... Maya. Aber ich weiß gar nicht ...«

»Jesien?« Sie zögert, sieht ihn unsicher an.

»Ja ... Nein ... i-ich heiße Caleb.«

Maya stürzt in die Arme des blonden Mannes. Ein seliges Lächeln umspielt ihre Mundwinkel und dicke Tränen rollen über ihre Wangen. Ich hingegen sehe zu Yannis und Ilea, die sich an den Händen halten. Ich brauche all meine Kraft, um nicht dazwischenzugehen.

»Wieso halten die Händchen?«, wispert mir Nutty ins Ohr, der wohl den gleichen Gedanken hatte wie ich.

»Weiß ich nicht«, knurre ich leise zurück.

»Wer sind die alle?«, will Yannis von Ilea wissen. Sie stellt meinen Bruder Nevis, Maya und Nutty vor. Dass Sol und Seth im Krankenhaus sind, erwähnt sie nebenbei, während sie Yannis grob erklärt, was passiert ist und dass er mit keinem außer uns darüber sprechen darf.

»Müssen wir uns Sorgen machen?«, fragt Yannis.

»Das wissen wir nicht«, antwortet Nevis.

»Im Grenzgebiet war merkwürdiges Wetter. Dieser dichte Nebel! Wir konnten unsere Arbeit nicht vollenden.«

»Das haben wir befürchtet«, sagt Ilea. »Aber mach dir keine Sorgen, die Göttin wird alles in Ordnung bringen.«

Nicht mal ich kaufe ihr das ab, Yannis mit Sicherheit auch nicht. Caleb und Maya unterhalten sich leise, es scheint mir, als würde er sich an immer mehr aus seinem alten Leben erinnern. Ich bewundere Nevis dafür, dass er so gelassen danebensteht. Maya und Jesien waren hundert Jahre zusammen. Waren sie auch ein Paar? Ob zwischen ihnen jemals ...?

»Aviv?« Ilea sieht mich mit großen braunen Augen an. »Möchtest du mit Yannis und mir zum Bach gehen?«

»Warst du nicht gerade am Kochen?«, frage ich und versuche, nicht mit den Zähnen zu knirschen.

»Ja, aber das kann warten.«

»Was?«, schaltet sich Nutty ein. »Essen kann nie warten!«

»Maya wird bestimmt weiterkochen«, beruhigt ihn Ilea amüsiert.

Soll ich mitgehen? Einerseits möchte ich sie im Auge haben, andererseits sollte ich ihr die Zeit mit ihrem besten Freund gönnen.

»Was wäre dir am liebsten?«, frage ich, obwohl ich genau weiß, dass sie mich wohl kaum ausschließen würde.

»Wenn du mitkommen würdest.«

»Wirklich? Es ist kein Problem, ich ...«

»Ja, bitte.« Sie nimmt meine Hand und lächelt. Sofort bin ich ihr willenlos ergeben. Wir verabschieden uns und ich ziehe mir eine Jacke über, die Ilea mir reicht. Sie gehört Paulek und ist ein wenig zu klein, das ist jedoch besser, als zu frieren.

»Wolltest du irgendwas mit mir besprechen?«, frage ich, nachdem wir das Haus verlassen haben.

»Ich hätte nur gerne, dass Yannis und du euch ein wenig kennenlernt.« Ilea sieht zwischen uns hin und her. Ich kann jedoch in ihrem Gesicht lesen, dass das nicht wirklich der Grund ist.

»Wirst du uns jetzt öfter besuchen kommen?«, fragt Yannis, während er lässig mit den Händen in den Hosentaschen neben uns herläuft.

»Ja, ich denke schon.«

»Bis ich alt und runzelig bin und sich ein Besuch nicht mehr lohnt«, sagt Ilea im Scherz, doch ich halte sie am Arm fest und bleibe stehen.

»Ich komme dich besuchen, solange du lebst und mich sehen willst.« Mit Mühe schlucke ich einen Kloß im Hals herunter. »Wer weiß, vielleicht verliebst du dich irgendwann und willst mich nicht mehr sehen.«

Ilea lächelt. »Ich bin schon verliebt.«

Was? Ich sehe zu Yannis, der abwehrend die Hände hebt.

»Ich bin mir ziemlich sicher, dass du damit gemeint bist und nicht ich!«, sagt er.

»Wirklich?«, frage ich und mein Herz tanzt vor Freude. Ilea nickt und errötet leicht. Ich hebe sie an, so dass ihre Füße über dem Boden schweben und sie mir ins Gesicht sehen kann, ohne dabei den Kopf heben zu müssen. Ihre Beine schlingen sich Halt suchend um meine Mitte. Ihr Lächeln bringt mich fast ins Wanken.

»Ich weiß«, sagt sie, »dass du noch Probleme hast, es dir einzugestehen.« Sie zwinkert mir zu. »Aber du hast dich auch in mich verliebt.«

»Ach?« Ich sehe sie erstaunt an. »Was du nicht sagst.«

Ihre Lippen berühren zaghaft die meinen, ich heiße sie willkommen und versinke in einem süßen Kuss. Ihre weiche Haut und ihr Duft lassen mich vergessen, dass wir einen Zuschauer haben.

»Ich bin gespannt, was Nanny dazu sagt«, gluckst Yannis neben uns amüsiert und Ilea unterbricht den Kuss. Sie sieht mich an und ich verstehe: Yannis weiß noch nichts von Nannys Herzinfarkt. Vermutlich dachte er, dass sie mit Seth bei Sol im Krankenhaus ist, weil der noch nicht aufgewacht ist. Ich drücke sie und versuche ihr mit Blicken Mut und Halt zu schenken. Ihre kleinen Hände krallen sich an meinen Pullover, als ich sie vorsichtig absetze. Sie dreht sich zu Yannis um, angelt dabei aber sofort nach meiner Hand, als würde die Berührung ihr Stärke geben. Dieser Gedanke raubt mir den Atem. Noch nie in meinem langen Leben habe ich so gefühlt. Ich weiß nur eins: Ich werde für diese Frau da sein. Bis zum bitteren Ende.

Am Abend sitzen wir alle um den großen Esstisch. Es ist kaum Platz, aber wir organisieren uns schon irgendwie. Nanny beschimpft jeden, der auch nur aussieht, als könnte er ihr Hilfe anbieten, und bewacht alle mit Argusaugen. Maya und Ilea haben gekocht und servieren jetzt das, was ihnen Nutty nicht schon beim Zubereiten weggenascht hat. Ich sehe zu Sol, der mich zu ignorieren versucht.

»Was ist eigentlich mit deinem Gesicht passiert?«, will Yannis wissen und deutet auf meine Wange, die mittlerweile grün und blau angelaufen ist. Dort, wo die Haut aufgeplatzt ist, hat sich eine eigenartige braune Kruste gebildet.

»Mein Bruder wollte sein Revier markieren«, antworte ich. Sol sieht mich wütend an. Offensichtlich kühlt man nicht so schnell ab, wenn man der Sommer ist.

»Weißt du was, mach doch, was du willst!«, sagt er. »Aber erwarte kein Mitleid von mir, wenn es dich zerreißt. Wenn deine Familie auf der Erde ist und du nicht jederzeit zu ihr kannst. Oder wenn du deinen besten Freund verlierst oder Ilea als alte Frau umrundet von den Kindern eines anderen stirbt.«

Stille legt sich über den Tisch.

»Halt dich zurück«, fährt Nanny ihn an. »Du bist der Letzte, der hier den Mund aufmachen darf.«

Ich muss mir ein triumphierendes Grinsen verkneifen.

»Das wird nicht passieren«, sagt Ilea. Sie tauscht einen Blick mit mir. »Die Frauen der Grenzer warten auch oft Wochen und Monate auf ihren Mann. Warum sollte ich das nicht können?«

Sol sieht sie erschrocken an. »Ihr ...?«

»Ja, Sol.«

Mein Bruder blickt nun zu mir und in seinen Augen liegt ... Leid.

»Tut mir leid, Sol, aber es gibt keinen anderen Weg. Wir lieben uns.«

Ein Raunen geht durch die Gruppe.

»Das sollten wir feiern«, meint Nanny schließlich.

»Das verschieben wir auf später, du bist gerade erst aus dem Krankenhaus entlassen worden«, rügt Ilea ihre Großmutter.

»Jetzt behandele mich nicht, als wäre ich sterbenskrank, Kind. Ich bin topfit.«

Irgendwie glaubt ihr das niemand am Tisch.

»Und wie soll das ablaufen?«, will Nevis wissen. In seiner Frage liegt keinerlei Wertung, er ist einfach nur neugierig.

»Ich werde Ileas Menschenleben begleiten«, erkläre ich.

»Und danach?« Sol sieht aus, als hätte man ihn in den Magen getreten. »Aviv, es wird dir das Herz zerreißen.«

Nein, denn ich werde es durchstoßen, bevor das passiert. Doch das werde ich natürlich keinem sagen. Mutter wird einen neuen Frühling erschaffen. Das muss sie, denn ohne diese Magie geht es nicht und Nutty wird dann auch nicht mehr alleine sein.

»Das ist der einzige Weg, ohne zwischen Ilea und Nutty wählen zu müssen. Sol, egal wofür ich mich entscheide, am Ende kann ich nur verlieren.«

Mein Bruder schließt die Augen. Es überrascht mich, dass ihn das so mitnimmt. Als er sie wieder öffnet, wirkt er gefasster.

»Es gefällt mir nicht, aber offensichtlich ist es zu spät, um umzukehren.« Sol sieht zu Seth, der ihm zunickt. Hat sein bester Freund ihm etwa ins Gewissen geredet? Er ist um so vieles besonnener und ruhiger als Sol. Nuttys Blick richtet sich auf mich wie ein Brennglas. Ich kann nicht deuten, was ihn bewegt, aber ich lehne mich zu ihm herüber.

»Wenn Ilea nicht mehr ist, werde ich dein Verständnis brauchen.« *Weil ich dann nicht mehr da bin.* Mein bester Freund schluckt und nickt, weil er denkt, dass ich am Boden zerstört, aber noch am Leben sein werde.

»Immer.«

»Danke, Nutty.«

»Aber das ist doch selbstverständlich.«

Paulek räuspert sich und hebt sein Glas. »Dann trinken wir auf das frischgebackene Paar. Ich muss zugeben, dass es etwas merkwürdig sein wird, einen Schwiegersohn zu haben, der nicht altert und ein Viertel des Jahres nicht hier ist, aber gut ... Wer kann schon behaupten einen Gott in der Familie zu haben?«

»Ich«, sagt Ilea und alle lachen.

»Ich kenne auch den einen oder anderen«, füge ich hinzu.

»Ihr Jahreszeiten seid allerdings körperlich nicht verwandt«, sagt Paulek. »Was genau genommen Ilea zur einzigen Gottesblutsverwandten macht.«

»Zum Glück beginnt und endet Familie nicht beim Blut«, sagt Nevis. Ich nicke zustimmend und Ilea hebt ihr Glas. Sie prostet ihrem Vater zu.

»Ich bin froh, dass wir nicht blutsverwandt sind«, murmele ich und am Tisch entsteht ein angeheitertes Gespräch, doch ich beobachte, wie Yannis und Sol abwesend auf den Tisch starren. Was mit Sol ist, kann ich erahnen, aber was Yannis fehlt, weiß ich nicht. Ilea und er haben am Bach geredet und Geschichten über Nandra erzählt. Wie zäh sie ist. Wenn ich sie jetzt so sehe, glaube ich das auch. Am Bach habe ich neben den beiden gesessen und zugehört. Auch wenn ich mir manchmal etwas fehl am Platz vorgekommen bin, habe ich dennoch Ileas Hand gehalten und mir nichts anmerken lassen. Nun scheint sie auch etwas zu bemerken. Ilea flüstert Yannis etwas ins Ohr und er lächelt. Sie hat diese Macht, Licht in die Finsternis zu tragen. Das weiß niemand besser als ich.

Es ist schon tief in der Nacht, als sie endlich zu mir ins Bett klettert. Ihr kleiner Körper kuschelt sich an mich.

»Du Eiszapfen!«, japse ich erschrocken, während sie leise lacht. »Hast du was mit meinem Bruder?«

»O ja, Nevis und ich ... in der Besenkammer. Hmmm ... das war ...«

Ich ziehe sie knurrend an mich.

»Hm.«

»Was?«, frage ich.

»Irgendwie habe ich das Gefühl, dass Sol Yannis nicht mag.«

»Wieso?«

»Ist dir nicht aufgefallen, wie er ihn angesehen hat?«

»Nein.« Ich bin wirklich überrascht. »Was sollte er gegen ihn haben?«

»Vielleicht bilde ich mir das auch nur ein.«

»Mit Sicherheit ... Vielleicht war Sol sauer, dass Yannis dich nicht vor mir beansprucht hat«, überlege ich scherzhaft. »Er war allgemein nicht bester Laune.«

»Hmmm.«

»Hör auf zu grübeln.«

Sie sieht mich aufreizend an. »Was soll ich denn stattdessen tun?«

»Mir würden da so zwei, drei Sachen einfallen.«

»Aber das habe ich doch schon mit Nevis in der Besen…«

Ich versiegele ihren Mund mit einem Kuss, bevor sie weitersprechen kann. Es ist so still im Haus geworden. Ich höre nur noch Ileas und meinen Atem. Und unsere Herzen, die im Einklang schlagen. Ihre Haut erwärmt sich unter meiner Berührung und der Wunsch, ihr noch näher zu sein, wird immer dringender. Ilea scheint es ebenfalls so zu gehen, denn sie zerrt an meinem Shirt. Ich ziehe es mir über den Kopf und sie streicht mit großen Augen über meine nackte Brust. Neugierig und ohne Scheu wandern ihre Hände zum Bund meiner Hose. Ein kurzer Blick zu mir, und ihre Lippen landen auf der Stelle direkt unter meinem Bauchnabel. Ich keuche und sie lächelt.

»Darf ich?«, fragt sie und meint damit meine Boxershorts. Es bedarf keiner Antwort. Wir verfallen in einen Rausch, und ehe ich mich's versehe, ist kein Stoff mehr zwischen uns. Ihre samtweiche Haut und ihr Duft sind noch betörender. Ich drehe sie sanft auf den Bauch und beginne damit, von ihrem Nacken eine Spur ihren Rücken hinab zu küssen. Wenn sie morgen früh aufwacht, soll es keinen Zentimeter ihrer Haut geben, den ich nicht gekostet habe.

»Es ist schon wieder jemand vom Orden da«, höre ich Paulek draußen sagen. Die Stimme, die antwortet, spricht leiser und ich verstehe nicht viel. Allerdings erkenne ich Nevis. Ich sehe zu Ilea, die fest an mich gekuschelt neben mir liegt. Ihre Haare sind fast überall und ich muss mir ein paar aus dem Gesicht streichen.

»In Ordnung, danke. Ich werde die beiden wecken, es ist schon nach Mittag.«

Schritte entfernen sich, vermutlich die meines Bruders, dann klopft es an der Tür.

»Wollt ihr nicht mal herunterkommen?«

Ilea wird wach und sieht einen Moment lang verwirrt aus, dann lächelt sie mich jedoch an. Ich küsse ihre Stirn und löse mich sanft von ihr.

»Wo willst du hin?«, murrt sie.

»Für kleine Frühlingsgötter.« Ich ziehe mir eine Hose an.

»Du gehst die Blumen gießen?« Verspielt funkelt sie mich an. Ich halte inne und ... nein, der Spruch war gut, dafür hat sie meinen Respekt verdient.

»Ilea? Aviv?«, ertönt Pauleks Stimme von draußen und ein weiteres Klopfen folgt. Ich öffne die Tür.

»Guten Morgen.«

»Wohl eher guten Tag.« Paulek mustert mich. »Ich dachte schon, ihr zwei seid durchgebrannt.«

»Eigentlich eine gute Idee«, sage ich und klopfe ihm auf die Schulter. »Aber vorher muss ich zur Toilette.«

Als Ilea und ich später runtergehen, ist Caleb zu Besuch. Er und Nevis sitzen auf der Couch und lachen. Maya beobachtet sie mit einem Buch in der Hand vom Sessel aus. Ich setze mich neben sie auf die Lehne. Ilea drückt mir einen Kuss auf die Wange und geht nach unten in die Schneiderei. Eigentlich wollte ich weiter an dem Bild arbeiten, doch irgendetwas an Nevis und Caleb hält mich gefangen. Moment mal ...

»Trinken die Wein?«, frage ich an Maya gerichtet.

»Hm«, brummt diese amüsiert.

»Ja«, gluckst Nanny, die sie ebenfalls beobachtet.

»Das kann ja heiter werden«, sage ich und stoße mich von der Lehne ab, um zu Seth, Nutty und Sol an den Küchentisch zu gehen.

»Noch alle nüchtern hier?«, frage ich in die Runde. Sol nickt mir nur kurz zu, er ist tief in Gedanken versunken.

»Lange Nacht gehabt?«, übergeht Nutty meine Frage. Seth lacht, verstummt aber, als er einen Blick zu Sol wirft.

»Könnte man so sagen.«

»Bah, jetzt mach nicht einen auf verklemmt.« Nutty sieht mich an, als wollte er sagen: *Komm schon, hast du mit ihr geschlafen?*

»Du bist viel zu neugierig!«, schimpfe ich meinen besten Freund. Er rammt mir seinen Ellenbogen in die Seite und zwinkert mir zu.

»Später, wenn wir unter uns sind, ja?« Er grinst mich an und ich schubse ihn lachend von mir weg.

Sol erhebt sich vom Tisch. »Ich gehe mal in den Orden, bevor die hier im Stundentakt aufkreuzen.«

»Soll ich dich begleiten?«, biete ich an, doch Sol schüttelt den Kopf und sieht zu Nevis.

»Behalte ihn im Auge.«

Ich folge seinem Blick. Caleb und Nevis brechen gerade in Gelächter aus.

»Von uns kann keiner mit Alkohol umgehen.« Damit verschwindet Sol.

»Woher sollen wir denn wissen, wann es zu viel ist?«, fragt Seth.

Ich habe absolut überhaupt keine Ahnung.

»Maya passt schon auf. Die war mal ein Mensch«, sage ich.

Nutty, Seth und ich beschließen Karten zu spielen, doch die feuchtfröhliche Runde in der anderen Ecke des Raums wird immer lauter und irgendwann gesellen wir uns dazu. Caleb schenkt Nutty ein Glas Wein ein. Er schnüffelt daran und steckt dann zum Test die Zunge hinein. Nevis fängt an zu lachen und ich ziehe die Augenbrauen zusammen, weil es so gar nicht nach ihm klingt. Maya steht auf, geht zu ihm herüber und kniet sich vor ihn. Ihr langes rotes Haar fließt ihr bis zum Boden über den Rücken.

»Hey«, sagt sie belustigt zu Nevis. »Alles klar bei dir?«

Mein Bruder hört auf so merkwürdig herumzugackern und sieht seiner Frau tief in die Augen.

»Du bist so *wünderschon*«, lallt er.

»Ich bin mir ziemlich sicher, das heißt *wunderschön* und nicht *wünderschon*«, korrigiert ihn Nutty.

»Und ich bin mir ziemlich sicher, dass Nevis zu betrunken ist, als dass ihn das gerade interessieren würde«, kann ich gerade noch sagen, bevor Nevis Maya umreißt und sich auf sie wirft. Sie kann noch ein erschrockenes Geräusch von sich geben, als er ihr auch schon einen weintrunkenen Kuss auf die Lippen schmatzt.

»Hey!«, ruft Nanny. »Der Teppich ist antik, ein echtes Familienerbstück, darauf wird nicht kopuliert!«

»Na, komm schon, Brüderchen«, sage ich lachend und zerre Nevis von der quietschenden Maya. Offensichtlich hat Nevis sie gekitzelt. »Hier ist der falsche Ort, um deine Frau zu besteigen.« Zusammen mit Nutty befördere ich ihn wieder auf das Sofa, wo Caleb ihn mit glasigen Augen auslacht. Ich reiche Maya die Hand und ziehe sie vorsichtig nach oben.

»Danke, Aviv.« Sie mustert Nevis. »Ich schätze, für heute war das genug Wein.«

»Das sehe ich auch so.«

Ilea kommt die Treppe herauf und trägt eine Bahn Stoff. Es ist blassgelbe Seide, wenn ich das richtig sehe.

»Sagt mal, Männer ... eure Mutter, hätte sie Freude an einem Kleid?«, fragt Ilea. »Und mag sie Gelb?«

Sie hat ein großes Herz, geht es mir durch den Kopf. Sie macht wohl gerne Geschenke. Die Decke und die Kleidung für mich, jetzt das Kleid für Mutter.

»Mutteeer ist immer nahackt«, lallt Nevis lachend, woraufhin Caleb breit grinst. Ilea sieht mich mit großen Augen an.

»Ich hoffe, Dahlia ... Tereseh ... kommt bald«, sagt Maya.

»Gütige Göttin, bringt ihn ins Bett. Er muss seinen Rausch ausschlafen«, meint Nanny. Ilea legt den Stoff beiseite und kommt näher. Ich betrachte gerade heimlich, wie sich das Sonnenlicht in ihrem brünetten Haar bricht, als es hinter ihr zu pulsieren und vibrieren beginnt.

»Die Göttin!«, ruft Seth und Ilea dreht sich um.

Es geschieht fast in Zeitlupe und ein ungutes Gefühl beschleicht mich. Mutter erscheint, sie ist sichtlich geschwächt und ihre Haut hat eine gräuliche Farbe. Ich eile an ihre Seite und stütze sie. Das sonst so heftige Kribbeln, das ihre Berührung auslöst, ist kaum spürbar.

»Mutter? Was ist passiert?«, frage ich. Sie sieht zu mir hoch.

»Eure Großmutter hat gewonnen. Wir stehen unter Bewachung.« Ihr Blick streift durchs Zimmer. »Ich nehme Nevis mit. Sobald ich mich erholt habe, komme ich und hole den Rest ab.«

»Isch hab jaha gesagt, sie iss nackt.« Nevis grinst Ilea an, die vollkommen irritiert von seinem Kommentar ist. Mutter trägt wirklich nur Blumen, um ihre Blößen zu bedecken. Blasse Regenbogenaugen, denen das Schillern und die Energie fehlen, flehen mich um Vergebung an.

»Aviv, du und Sol, ihr müsst jetzt jemanden mitnehmen oder gar nicht mehr.«

»Wie meinst du das?«, schießt die Frage aus mir heraus.

»Es wird keine Reisen zur Erde mehr geben.« Mutter holt schwer Atem. »Überall sind Wächter.«

»Aber ...«

»Ich kann nicht mehr«, unterbricht sie mich. »Nevis, schnell. Komm zu mir.«

Schnell ist gerade völlig ausgeschlossen für meinen kleinen Bruder. Er wankt mit Mayas Hilfe auf Mutter zu und drückt ihr einen feuchten Kuss auf die Stirn. Ein säuerliches Lächeln liegt auf Gaias Lippen.

»Schön, dass ihr so viel Spaß auf der Erde hattet«, sagt sie sanft, aber mit verkrampftem Kiefer, dann hebt sie die Hand. Maya und ich stoßen fast zusammen, als Nevis und Mutter plötzlich verschwunden sind und ihr Gewicht nicht mehr auf uns lastet. Ich habe plötzlich das Gefühl, nicht mehr atmen zu können. Mit zitternden Händen zerre ich am Kragen meines Hemds.

Kein Weg mehr zur Erde?

Mein Blick trifft Ileas.

Ich werde sie nie wiedersehen?

4. EIN LEBEN OHNE FRÜHLING? – ILEA UND AVIV

Ilea

Er darf nicht mehr zurückkommen?

Heißt das, ich muss mich jetzt verabschieden? Das kann ich nicht! Alle Augen im Raum springen zwischen Aviv und mir hin und her. Ich ertrage das nicht. Sie sollen damit aufhören. Schnell renne ich die Treppe hinauf in mein Zimmer. Ich muss jetzt alleine sein, nachdenken. Die Tür fällt krachend hinter mir ins Schloss und ich raufe mir die Haare. Sie kann ihn mir doch nicht wegnehmen! Sie ist eine gütige Göttin – dachte ich.

»Wieso?«, schreie ich zur Decke. »Warum nur, Mutter aller Dinge? Das ist nicht fair!« Wieso hatte ich nicht den Mut, ihr das ins Gesicht zu sagen? Aber ich bin von ihrer Erscheinung wie paralysiert gewesen. Warme Arme schließen sich von hinten um mich. Ich habe ihn gar nicht kommen gehört, erkenne ihn aber sofort am Duft. Er ist mir mittlerweile so vertraut. Ich drehe mich in seiner Umarmung und verberge wie so oft mein Gesicht an seiner Brust. Werde ich das bald nie wieder tun können?

»Das kann sie nicht machen«, flüstere ich beinahe tonlos.

»Es ist nicht ihre Entscheidung, sondern die ihrer Mutter«, sagt er. »Das haben wir Hemera zu verdanken.«

Ich stoße mich von ihm ab und beginne im Zimmer hin und her zu laufen.

»Wie soll ich in einer Stadt leben, die so heißt wie die Frau, die mir die Liebe meines Lebens genommen hat? Genau wie Nanny wird mich der Liebeskummer auffressen …«

Aviv sagt nichts. Er steht nur da und sieht aus, als leide er Schmerzen.

»Wir müssen also Lebewohl sagen?«, frage ich.

Seine grünen Augen lassen mich nicht los. Kurz zögert er, dann nickt er kaum merklich.

»Aber wieso soll es enden, bevor es richtig angefangen hat? Das ist alles so …« Tränen brennen in meinen Augen und ich habe den Wunsch zu schreien. Alles in mir wehrt sich dagegen, dieses Schicksal zu akzeptieren.

»Und wenn du einfach hierbleibst? Kann sie nicht einen neuen Frühling erschaffen?«

»Weder Mutter noch Großmutter werden das zulassen. Ich habe keine Wahl.«

»Aber wir müssen doch irgendetwas tun können?«

Es klopft an der Tür. Nutty tritt ein, ohne eine Antwort abzuwarten.

»Ich bleibe auf der Erde«, sagt er zu Aviv. »Du und Ilea, ihr könnt mit Gaia gehen.«

»Nein!«, sagen Aviv und ich gleichzeitig.

»Ich lasse nicht zu, dass du dich opferst. Du bist mein bester Freund.«

»Und ich werde garantiert nicht für mein Glück über Leichen gehen«, füge ich hinzu. »Das wird auf keinen Fall passieren.«

»Aber ich wäre bereit es für euch zu tun.« Nutty knetet nervös seine Hände. Aviv legt ihm eine Hand auf die Schulter.

»Das wissen wir zu schätzen, aber dieses Angebot wird keiner von uns annehmen.« Der Frühling seufzt. »Würdest du Ilea und mich wieder alleine lassen? Ich würde sie gerne ... trösten.«

Nutty nickt mit gesenktem Kopf und verschwindet ohne ein weiteres Wort. Er tut mir leid, er wirkt so bedrückt. Ich muss unbedingt auch noch mit ihm reden. Ihn bitten, dass er Aviv beisteht, auch wenn er das ohnehin tun wird. Aviv muss mich vergessen und Nutty wird ihm dabei helfen müssen. Auch wenn der Gedanke daran mir das Herz zerbricht und meine Lungen zerdrückt.

»Wie geht es dir, Kind?«, fragt mich Nanny, als wir gemeinsam das Essen zubereiten. Aviv sitzt auf dem Sofa und hat den Kopf in die Hände gestützt. Sol sieht genauso niedergeschmettert aus, während Seth und Nutty um Worte des Trosts ringen.

»Ich bin wütend«, gebe ich ehrlich zu.

»Hm.«

»Wie hast du es geschafft, Nanny? Wie hast du Sols Verschwinden verkraftet?«

»Nun«, seufzt sie und rührt dabei in den Kartoffeln herum, obwohl das überhaupt nicht nötig ist, »ich hatte immer etwas, woran ich mich klammern konnte. Hoffnung. Und das neue Leben in meinem Bauch.« Nanny hält inne. »Jetzt komm mir aber bloß nicht auf die Idee, dich schwängern zu lassen.«

Ich lache verzweifelt auf. »Nein, keine Sorge.«

»Gut. Ich bin zu alt und ein Kind alleine großzuziehen ist

kein Spaß. Besonders wenn du weißt, dass es seinen Vater nie zu sehen bekommen wird.«

Ich wische mir mit dem Ärmel meines Pullovers eine Träne von der Wange.

»O Kind.« Nanny fasst mich am Arm. »Du bist eine starke Frau, du wirst das schaffen. Und es gibt noch so viele schöne, junge Männer in der Stadt.«

»Keiner von ihnen ist Aviv.«

»Nein, das wohl nicht.« Nanny überlegt. »Den einzigen Aviv, den wir hier haben, ist der alte Bachmeier, und der ist nicht zu empfehlen, der furzt ständig.«

Ich will lachen, doch es kommt eine Mischung aus Schluchzen und Grunzen aus meinem Mund und Nanny zieht mich an sich. Es dauert nicht lange und ich spüre Avivs Nähe. Über die Schulter meiner Großmutter hinweg sehe ich in seine blassgrünen Augen. Nanny bemerkt ihn ebenfalls und schiebt mich zu ihm.

»Genießt die Zeit, die ihr noch zusammen habt«, sagt sie und ich sehe, dass ihre Augen nass sind. »Ich weiß zu gut, wie ihr euch fühlt.«

Aviv führt mich vorsichtig weg. Auf der Treppe nach oben blicke ich noch einmal zurück und sehe Sol, der sich zu Nandra gesellt hat. Vor lauter Schock habe ich vergessen, dass auch sie ihm für immer Lebwohl sagen muss. Nutty erhebt sich und rennt uns nach.

»Ich halte das nicht aus«, platzt er in meinem Zimmer heraus und wirkt unendlich verzweifelt. »Ich will nicht schuld daran sein, dass ihr getrennt werdet.«

»Nutty …«, versucht Aviv auf ihn einzuwirken, doch sein Freund unterbricht ihn sofort.

»Nein, Aviv. Ich will es so. Ihr geht und ich bleibe auf der Erde.«

»Du hast mir doch selbst gesagt, dass du große Angst davor hast«, sage ich. »Wie sollen wir glücklich werden, wenn wir dich dafür opfern müssen? Ich will Aviv nicht in hundert Jahren in die Augen sehen und denken: *Er bereut es, mich gegen Nutty eingetauscht zu haben.*«

»Das würde ich …«

»Er liebt dich«, unterbricht Nutty Aviv erneut. »Und du liebst ihn. Ihr seid seelenverwandt. Es wäre Frevel, euch zu trennen! Aviv hat sich doch schon so lange nach dir gesehnt.«

»Ich habe einen anderen Plan«, sagt Aviv. Nutty und ich starren ihn an. Ich fühle einen kleinen Hoffnungsschimmer in mir aufkeimen.

»Der wäre?«, fragt Nutty.

»Ja, raus damit«, dränge auch ich.

»Lasst mich mal machen.« Aviv schließt kurz die Augen. »Es wird alles gut werden.«

Nutty und ich tauschen unentschlossene Blicke. Was meint er? Was hat er vor?

Aviv geht zu Nutty und umarmt ihn freundschaftlich. »Ich danke dir, Nutty. Für alles, was du für mich getan hast und jetzt tun wolltest.«

Nutty ist erst verwirrt, fügt sich dann jedoch wortlos in die Umarmung, bis Aviv ihn schließlich loslässt.

»Tust du mir einen Gefallen?«, fragt Aviv ihn schließlich. Nutty nickt.

»Jeden.«

»Geh nach unten und pass auf, dass Sol nicht noch einmal Nandras Herz bricht.«

»Geht klar.« Nutty sieht mich entschuldigend an, die dunklen Augen voller Leid. Ohne ein weiteres Wort geht er hinaus und lässt Aviv und mich wieder alleine.

»Was hast du vor?«, frage ich erneut. Ich kann in seinen Augen lesen, dass er etwas plant, das mir nicht gefallen wird. Meine inneren Alarmglocken schrillen mir in den Ohren, bis ich fast taub werde.

»Wir werden glücklich sein, Ilea.« Er packt mich an den Oberarmen und gibt mir einen Kuss auf die Stirn. »Das verspreche ich dir.«

Ich glaube ihm nicht und das macht mir Angst.

Große Angst.

Aviv

Es gibt nur einen Weg.

Ich schreibe Ilea einen Brief und schleiche mich gegen drei Uhr morgens aus dem Zimmer. Meine Hände zittern so sehr, dass es mir nur mit Mühe gelingt, eines der Messer geräuschlos aus dem Küchenblock zu ziehen. Maya seufzt im Schlaf, doch sie wacht zum Glück nicht auf. Ich werfe einen letzten Blick auf sie ... Seth ... Sol ... und Nutty. Tränen verschleiern mir die Sicht, als ich die Stufen nach unten nehme und das Haus verlasse.

Jeder Schritt ist so schwer, als hätte ich Blei an den Füßen.

Ich werde sie wiedersehen.

Ich werde Ilea wiedersehen.

Ilea

Es ist noch dunkel, als ich aufwache. Die Umarmung des Schlafs hält mich noch fest an sich gedrückt, doch irgendwas tief in mir weckt mich. Wie ein Alarm. Ein Schrillen im Unterbewusstsein: Etwas stimmt nicht. Die Nacht ist einfach nicht meine bevorzugte Schlafenszeit, außerdem ist mir kalt. Ich drehe mich seufzend um und taste nach Aviv, doch er ist nicht da. Irritiert setze ich mich auf und schalte das Licht an. Konnte er auch nicht schlafen? Oder ... hat Gaia ihn geholt? Nein! Er kann doch nicht gegangen sein, ohne etwas zu sagen. Mit einem Schlag bin ich hellwach und sehe mich hastig um. Da liegt das Bild von mir. Doch wann hat er es fertig gemalt? Ich hebe es an und finde einen Brief. Mein Magen verknotet sich.

Meine geliebte Ilea,
ich wünschte, alles wäre anders.
Eigentlich weiß ich gar nicht, wie ich anfangen soll Dir das zu erklären, was ich vorhabe. Ich starre dieses Papier jetzt schon eine halbe Ewigkeit an und mir fehlen immer noch die richtigen Worte.
Ich fürchte, es gibt sie nicht.

»Wieso hast du nichts gesagt?«, flüstere ich. »Du hättest mit mir reden können.« Was auch immer ihn bedrückt, ich wäre für ihn da gewesen. Der Wunsch, ihn an mein Herz zu drücken, wird übermächtig. Doch zuerst muss ich herausfinden, wo er ist.

Ilea ... ich möchte es nicht so enden lassen, aber mir bleibt keine Wahl.

Wie bitte? Ich lege eine Hand über meinen Mund und lese weiter.

Ich habe Dir versprochen, dass wir glücklich sein werden. Du hast es verdient. Ich wünsche mir für Dich, dass Du jemanden findest und einen Haufen Kinder mit ihm bekommst.

»Aber ich will nur dich«, schluchze ich.

Ich liebe Dich, Ilea. Mehr als alles andere auf der Welt. Nur wenn ich Dich jetzt freigebe, kannst Du Dein Glück finden. Ich hoffe, dass Du in einigen Jahren mit Deinen Kindern auf dem Sofa sitzt und Zeichentrickfilme siehst. Auch wenn ich nicht dabei sein kann.

»Nein, Aviv! Nein.« Ich schüttele meinen Kopf und rüttele den Brief, als sei er sein Absender selbst. Tränen laufen mir über das Gesicht und ich versuche den Brief vor ihnen zu retten.

Wir werden zusammen sein, Ilea. Nur nicht in diesem Leben. Mutter wird mich holen, komme, was wolle. Ich muss es nutzen, dass sie so geschwächt ist, um etwas in die Tat umzusetzen, wovon ich gehofft habe, dass ich es erst an Deinem Sterbebett tun müsste.
Bitte verzeih mir, Ilea. Ich wünschte, es gäbe einen anderen Weg,

aber ich werde diese Welt verlassen. Ich werde meinen Körper von der Unsterblichkeit befreien, in der Hoffnung, dass ich Dich im nächsten Leben wiederfinde. Wie Jesien seine Dahlia.

Nein, nein, nein! Ist er verrückt geworden? Meine Hände zittern so stark, dass es mir schwerfällt weiterzulesen.

Ich muss Dich verlassen, Ilea.
Es kann für immer sein oder bis zum nächsten Leben. Ich habe keine Garantie, aber dies ist unsere einzige Chance.
Ich bitte Dich mir zu verzeihen und Dein Leben zu leben. Vergeude es nicht wegen mir.
Ich bete darum, dass wir unsere Chance bekommen werden.
Ich werde Dich finden, wenn ich wiederkehre, das verspreche ich Dir.
Hörst Du? Ich werde Dich finden!
Aber nun muss ich gehen.
Ich tue es für Dich.
Für uns.
Zum ersten Mal in meiner langen Existenz werde ich ein Leben nehmen.
Mein eigenes.

Vergib mir.

In ewiger Liebe
Aviv

Ich hülle mich in die Patchworkdecke und schlüpfe in die ersten Schuhe, die ich finden kann. Ohne Rücksicht auf die anderen poltere ich eilig die Treppe herunter.

»SOL! NUTTY!«, brülle ich. Ich denke nicht mehr, ich funktioniere nur noch. Adrenalin hält mich am Laufen.

»Was ist passiert?« Sol ist aus dem Bett hochgeschossen.

»Zieht euch an und sucht Aviv. Er will sich umbringen«, presse ich hervor, bevor ich die Treppe ins Erdgeschoss nehme. Ich kann nicht auf sie warten, vielleicht ist es schon zu spät. O gütige Göttin, lass es nicht zu spät sein.

Draußen erwartet mich ein stilles Hemera. Mein Atem bildet kleine Wolken und ich sehe mich verloren um. Wo könnte er hingegangen sein? An den Bach? Ins Krankenhaus? Nein, Letzteres wird er natürlich meiden. Aber außer dem Bach und dem Orden kennt er hier nichts. Kurzerhand entscheiden meine Füße zum Bach zu laufen.

Ich darf nicht zu spät kommen.

Ich muss ihn finden.

Mehr kann ich nicht denken. Die kalte Luft brennt in meiner Lunge, als ich am Bach ankomme. Ich sehe Aviv nirgends und mein Blick schweift zum Mond. Hastig breche ich sein Licht, meine Haare flammen förmlich auf, und sehe mich in der Umgebung um.

»Aviv?«, rufe ich. »Aviv?«

Hilf mir, Göttin, bitte! Wo könnte er sonst sein?

»Aviv?« Meine Stimme bricht, doch in meinem Körper ist noch Kraft. Ich renne weiter, so schnell mich meine Füße tragen.

Nein, nein, bitte ... Geliebter, tu mir das nicht an.

Aviv

Ein kräftiger Stoß ins Herz.

Mehr nicht.

Ich werde frei sein.

Die Spitze des Messers drückt auf meine Brust.

Meine Finger zittern …

… gebrochen …

… kann nicht mehr …

Ich muss es tun!

FÜR ILEA.

Ich schließe die Augen.

Ihr Name soll das letzte Wort sein, das meine Lippen verlässt.

Ich sehe zum Himmel.

»Ich liebe dich, Ilea.«

Leb wohl.

… glühender Schmerz …

Ich … bekomme … keine … Luft.

Ilea

»Aviv?« Ich schreie mir die Seele aus dem Leib. Es ist mir egal, ob ich ganz Hemera wecke.

»Ilea?« Es ist Seth. Er kommt aus der Azaleengasse auf mich zugelaufen. Ich eile ihm entgegen.

»Wo ist er?«, frage ich ihn verzweifelt, als er mich in seine Arme zieht.

»Ich weiß es nicht. Bestimmt irgendwo, wo wir ihn nicht vermuten.« Seths Hände sind eiskalt, als ich sie drücke. Von meinen können sie keine Wärme erhalten.

»Wo sind Sol und Nutty?«, frage ich.

»Sol ist mit ihm zum Orden gelaufen, sie wollen einen Suchtrupp organisieren. Ich habe mich auf die Suche nach dir gemacht.«

»Sehr gut«, sage ich hastig. »Danke dir, Seth.«

Seine grauen Augen sind so voller Sorge, dass ich ihn kurz an mich drücken muss. Ich löse mich jedoch schnell wieder von ihm und wir schauen uns um.

»Aviv kann überall sein«, klagt Seth. Verzweiflung steht ihm ins Gesicht geschrieben. Ich breche zitternd zusammen und Seth fängt mich auf.

»Ilea? Was ist mit dir?«

»Mir ist ganz schwindelig und schwarz vor Augen.«

Aviv ... wo bist du?

»Möchtest du nach Hause?«, fragt Seth. Ich kralle mich an seinem Oberarm fest, doch er verzieht keine Miene. Die Patchworkdecke rutscht langsam zu Boden.

»Nein, wir holen ein Pferd.«

»In Ordnung.« Er sieht jedoch nicht so aus, als würde er mir glauben, dass ich es bis zu den Ställen schaffe. Doch ich werde mich von meinem Kreislauf nicht abhalten lassen. Seth hat mir einen Arm um die Taille gelegt und stützt mich. Er ist selbst noch ein wenig wackelig auf den Beinen, aber wir helfen uns gegenseitig. Ich weise ihm den Weg und wir schaffen es zu den Pferden.

»Ich habe keine Ahnung, wie man reitet«, gesteht er mir.

»Setz dich hinter mich«, sage ich, zurre den Sattel fest und binde die Patchworkdecke fest. Seth nickt und hilft mir auf das Pferd.

Als die Sonne flammend am Horizont aufgeht, ist bereits die ganze Stadt auf der Suche nach Aviv. Seth und ich reiten an der Grenze entlang und rufen immer wieder seinen Namen. Sols bester Freund ist müde, das sehe ich in seinen Augen, wenn ich mich zu ihm umdrehe. Und da ist noch etwas ... Er glaubt nicht mehr daran, dass wir Aviv lebend finden werden. Die Flamme der Hoffnung ist erloschen und der Rauch droht mich zu ersticken.

»Selbst wenn er uns hören würde«, seufzt Seth, »würde er sich vermutlich nicht melden.«

Ich reibe mir über das Gesicht und bringe das Pferd zum Stehen.

»Der Frühling ist die Geburt. Der Beginn des Lebens. Etwas anderes kennt Aviv nicht. Alles andere widerspricht seiner Natur«, grübelt Seth laut. »Wie sehr muss er dich lieben, dass er sich selbst auslöscht?«

Ich bekomme Gänsehaut und blinzele gegen die Morgensonne an. Das Licht hilft zwar bei der Suche, blendet aber auch meine entzündeten Augen. Mein Blick schweift über den Wald hinter dem Zaun. Er könnte ...

»Er ist im Grenzgebiet«, stoße ich atemlos hervor. Ich drehe mich zu Seth um und sehe in seine grauen Augen. »Dort dürfen wir nicht hin. Er denkt, dass wir ihn dort nicht finden.«

»Du ... könntest Recht haben.« Seth scheint fieberhaft zu überlegen. »Vom Bach aus ... wie kommt man da am schnellsten ins Grenzgebiet? Ich meine, er wird sicher erst einen vertrauten Weg gegangen sein, oder?«

»Es gibt ganz in der Nähe ein Tor ins Grenzgebiet.« Ich drehe mich wieder um und lasse das Pferd loslaufen. Seths Griff um meine Taille wird kräftiger. Ich danke der Göttin, dass meine Mutter mich zu einer rasanten Reiterin herangezogen hat. Binnen kurzer Zeit sind wir an dem Ausgang. Ich springe vom Pferd und helfe dann Seth hinunter. Ich hänge mir die Decke um, aber nicht weil mir kalt ist. Nein. Die Decke ist für Aviv. Er muss schrecklich durchgefroren sein. Hastig eile ich zum Tor und stolpere dabei fast über einen Stein. Es ist geschlossen, aber ich weiß, dass jemand durchgegangen sein muss. Der Beweis liegt auf dem Boden im Gras: Ich bücke mich und hebe ein Seil auf.

»Es wurde durchtrennt«, sage ich und überlege gar nicht mehr länger. Ich öffne das Tor und betrete zum ersten Mal in meinem Leben das verbotene Grenzgebiet.

»Aviv?«, ruft Seth, der mir, ohne zu zögern, gefolgt ist. Hektisch sieht er sich um. »Aviv, bitte melde dich!«

Der Wald verhindert, dass wir weit sehen können, doch irgendetwas sagt mir, dass er ganz in der Nähe sein muss. Zu allem Übel beginnt es auch noch zu regnen. Ich reibe mir die Arme und ziehe die Decke fester um mich.

»Das kam unerwartet«, sagt Seth. Ich sehe ihn fragend an.

»Was meinst du?«

»Der Schnee. Gerade war keine Wolke am Himmel.«

Wir sehen beide nach oben. Da ist nichts.

»Schnee?« Seth hat Recht. Es ist kein Regen. Es ist ... Schnee?! »Espen ...«, sage ich, doch Seth schüttelt den Kopf.

»Nein, er kann hier nicht hin. Vermutlich weiß er nicht, wo Aviv ist. Aber Nevis.«

»Das ist Nevis?«

»Ja ... Nevis hat die Kontrolle über das Wetter im Grenzgebiet«, sagt Seth nickend. Und als ob Nevis uns gehört hätte, bewegt sich der Schnee von uns weg. Wir folgen den Flocken, die sich in Rekordzeit in Pfützen verwandeln. Es ist nicht immer einfach und wir müssen hin und wieder die Richtung wechseln, doch schließlich kann ich etwas ausmachen.

»Gütige Göttin!«, rufe ich und halte mir eine Hand vor den Mund, bevor ich einfach loslaufe. Ich schramme mit dem Oberschenkel an einem Baum vorbei, doch ich spüre keinen Schmerz.

Da liegt Aviv.

Überall ist Blut.

So viel Blut.

Ich sinke auf die Knie.

Tief aus meiner Seele löst sich ein Schrei.

Meine zittrigen Hände legen sich um den Schaft des Messers, das in seiner Brust steckt. Mit einem kräftigen Ruck ziehe ich es heraus. Erschrocken weiten sich Avivs Pupillen.

»Er lebt!«, rufe ich. »O Göttin, er lebt!«

Aviv ringt gurgelnd nach Luft.

Ich auch.

Tränen drohen mich zu ersticken. Nur schwach kann ich erkennen, wie das Licht in Avivs Augen blasser wird.

»Bleib bei uns«, fleht Seth und ohrfeigt Aviv, um ihn daran zu hindern, die Augen wieder zu schließen. »Sieh mich an!« Den letzten Satz brüllt er. »Wage es nicht, zu sterben!«

Kälteschauer schütteln Avivs Körper. Ich nehme die Decke und breite sie über ihm aus.

»Wir müssen ihn hier wegschaffen«, sage ich.

»Ich weiß nicht, ob wir ihn bewegen sollten.« Seth sieht sich panisch um. »Ich hole Hilfe!«

»Findest du den Weg?«

»Ich habe Nevis, sei unbesorgt, ich finde meinen Weg.« Er sieht mich ernst an. »Halte ihn wach! Ich hole Hilfe.«

Ich nicke und Seth hastet durch das knackende Gehölz davon. Aviv zittert immer noch. Ich versuche ihn zu mir zu ziehen, bette seinen Kopf auf meinen Schoß und streiche über sein Haar.

»Weißt du, als Kind habe ich mich immer gefragt, ob mich der Zorn der Göttin trifft, wenn ich das Grenzgebiet betrete«, plaudere ich wild drauflos. Eine blutige Hand kommt unter der Decke vor und greift nach meiner. Obwohl mir Tränen vom Gesicht tropfen, versuche ich krampfhaft meinen Verstand zusammenzuhalten.

»Ich dachte immer, dass mich vielleicht sofort der Blitz erschlägt«, plappere ich weiter und drücke Avivs Hand. Er beginnt leise zu gurgeln und seine Augen öffnen sich erschrocken. Blut quillt aus seinem Mund.

Ich sehe hilflos zu, wie das Licht in seinen Augen erlischt.

»Nein!«, schreie ich. »Nein, nein, nein.« Ich lege mich neben ihn, ziehe ihn an mich. »Nein! Komm zurück. Lass mich nicht allein!«

Meine Lippen finden seine.

Sie sind noch warm.

Der metallische Geschmack von Blut benetzt meine Lippen.

Sein Blut.

Sein Leben.
Für immer verschwunden.
Schwärze umhüllt mich.
Sie ist sanft und warm.
Hier gibt es keinen Schmerz mehr.

5. ABSCHIED – ILEA

»Ilea, jetzt sag doch endlich, was mit Aviv passiert ist.« Sol hat mich gepackt und ich spüre, dass er mich am liebsten schütteln würde. Doch ich habe meine Stimme noch nicht wiedergefunden. Sie ist einfach … weg. Vermutlich habe ich sie herausgeschrien. Es ist auch nicht notwendig, mich zu schütteln, das macht mein Körper ganz von alleine. Trotz der dicken Decke, die man um mich geschlungen hat.

»Dieses Zittern macht mir große Sorgen«, sagt Seth irgendwo neben mir. Ich nehme seine Stimme wie aus großer Entfernung wahr.

Jetzt bin ich alleine.

Aviv …

Ein klagender Laut entfährt mir.

»Ilea, wo ist Aviv?« Es ist Nutty. Er klingt merkwürdig. Weint er? Und wovon spricht er da? Ich schaffe es nicht, ihm meinen Kopf zuzuwenden. Die Stimmen entfernen sich, ich höre Schritte. Ich glaube, Sol ist mit Nutty weggegangen. Der warme Arm, der sich jetzt um mich legt, gehört zu Seth. Ich sinke in seine Umarmung … schreie und weine mein Leid hinaus.

Aviv ist tot.

Und ich bin schuld daran.

»Er wollte so nicht weiterleben«, brabbele ich. »Wir werden uns im nächsten Leben wiedertreffen.«

Ja, im nächsten Leben.

Doch wie soll ich dieses überstehen?

Der Schmerz ist viel zu stark.

Das wird niemals heilen ...

»Was ist mit ihr passiert?«, höre ich die alarmierte Stimme meines Vaters.

»Wenn wir das wüssten ...«

Der Bach plätschert leise.

Er spült das Blut hinfort.

Sein Blut.

Wieso habe ich das getan? Wieso habe ich die Flickendecke ausgespült?

Ich kann ihn doch nicht ... wegwaschen.

Hastig ziehe ich die Decke aus dem Wasser und presse sie an mein Herz.

Das ist alles, was ich noch von ihm habe.

Und ich habe es weggespült ...

Es kommt mir vor, als wäre es Nacht.

Die Sonne wirkt so blass. Wie der Mond.

Meine Hände liegen schwach auf meinen Beinen. Auf dem schwarzen Stoff meines Kleides leuchten sie durchscheinend weiß.

Eine Träne löst sich aus meinem Augenwinkel und zieht eine dünne Spur an meiner Wange herab.

Ich bin erstaunt.

Meine Seele ist so leer, dass ich es nicht für möglich gehalten hätte, dass noch Tränen übrig sind.

Yannis sitzt neben mir.

Die Liebe zu Aviv zerbricht mich.

Der Kampf ist vorbei.

Ich kann nur noch mit ihm gehen ...

... und ich muss diese Decke in Sicherheit bringen, bevor sie mir jemand wegnimmt.

Ich betrachte das Bild, das Aviv von mir gezeichnet hat. Das Papier wellt sich von meinen Tränen. Es passt irgendwie, sitze ich doch auf der Zeichnung am Wasser. Die blutige Patchworkdecke, die ich eigentlich für ihn gemacht habe, hält nun mich warm.

Er ist kalt ... für immer kalt.

Gestorben unter dieser Decke.

Die anderen sagen, sein Körper sei plötzlich verschwunden. Es muss passiert sein, während ich ohnmächtig gewesen bin.

Da waren nur noch sein Blut, das Messer und meine Decke.

Ob Gaia seinen toten Körper zu sich geholt hat, um Aviv dahin zu bringen, wohin sie alle Seelen bringt? Aber wozu braucht sie seinen Körper? Will sie ihn beerdigen?

Es klopft an meine Tür. Ich will niemanden sehen, dennoch bitte ich den Störenfried herein. Sols Kopf erscheint im Türrahmen. Sein blondes Haar ist wirr und ungekämmt.

»Oh, gut, du bist noch wach.« Er ist ganz durcheinander, als er sich zu mir aufs Bett setzt. »Ich will etwas mit dir besprechen.«

»Was denn?«, seufze ich. Im Moment ist mir alles zu viel. Ich will doch nur alleine sein. Mich in die Bettdecke kuscheln und mir vorstellen, Aviv und ich lägen gemeinsam darunter. Gedankenverloren streiche ich über einen Blutfleck.

»Bist du dir wirklich sicher, dass mein Bruder ...«

»Ja«, sage ich tonlos und konzentriere mich wieder auf den Fleck. »Das Licht in seinen Augen war erloschen.« Wie oft werden sie mich noch zwingen das zu wiederholen? Seth und ich waren zu spät.

Ich bin schuld.

Ich hätte wissen müssen, dass er im Grenzgebiet ist.

Sol schießt hoch und rauft sich die Haare. »Aber wieso ist sein Körper dann verschwunden?«

»Vielleicht möchte eure Mutter ihn selbst ... beerdigen?«, vermute ich. Sol starrt mich an.

»Bist du dir wirklich sicher?«

»Sol«, seufze ich seinen Namen. Er soll aufhören, so auf mich einzudrängen. Ich weiß schließlich, was ich gesehen habe, und es verfolgt mich. Ständig sehe ich seine Augen ... wie das Leben aus ihnen entweicht. Es frisst mich auf, raubt mir jede Kraft.

»Ilea?« Er kommt zu mir, kniet sich vor mich und nimmt meine Hände. Seine sind so warm.

»Wenn Mutter wiederkommt ...«

»Kannst du sie ja fragen«, vervollständige ich seinen Satz.

»Das werde ich. Aber was, wenn Aviv lebt?« Wieso fragt er mich so etwas? Wieso tut er es mir immer und immer wieder aufs Neue an?

Zu spät.

Nur ein Atemzug, Ilea.

Falls noch einer da ist ...

Ich liebe ihn ...

Ich vermisse ihn ...

Ich muss atmen. Noch einen Atemzug. Und noch einen.

»Dann haben wir wohl nicht nur dieses Leben, sondern auch die Chance auf das nächste verwirkt«, sage ich und schlucke. Ich würde alles dafür geben, nur noch einmal kurz seine Hand halten zu dürfen. *Alles.*

»Nein, habt ihr nicht.«

Ich sehe Sol verwirrt an.

»Du wirst für mich zu Mutter gehen.«

Wie bitte?

»Werde der neue Sommer.«

6. DIE GÖTTIN – ILEA UND …

Ilea

Seth weint. Das Grau in seinen Augen sieht aus wie flüssiges Silber. Ich halte seine Hand und weine mit ihm.

»Das kann nicht dein Ernst sein! Wieso willst du hierbleiben? Bitte …«, fleht er seinen besten Freund an.

»Weil … weil …« Sol stockt und atmet tief ein. Er sieht zu Nanny, um die Yannis einen Arm gelegt hat. Ich bin ihm unendlich dankbar, dass er ein Auge auf sie hat. Will Sol dieses Mal wirklich bei meiner Großmutter bleiben?

»Außerdem wissen wir ja noch nicht wirklich, was mit Aviv passiert ist«, lenkt Sol ein. »Und wenn er … wenn er … dann muss ich ohnehin zurück. Niemand kann Ilea zum Bleiben zwingen. Ohne ihn.« Der Sommer fährt sich mit der Hand durchs Haar und wirkt, als bereite ihm der Gedanke Schmerzen. Und damit meine ich nicht nur die Tatsache, dass Aviv tot ist. Für mich ist das gar keine Frage. Ich habe ihn schließlich sterben gesehen. Dieser Anblick wird mich für immer verfolgen. Ich schließe meine Augen und fühle in mich hinein. Wenn ich mich konzentriere, kann ich ihn spüren. Aviv. Seine Wärme. Kurz sehe ich sein Lächeln vor Augen, doch dann verschwindet es, stirbt … Ich reiße die Lider auf und atme tief durch.

»Alles in Ordnung?«, fragt Vater. Er setzt sich zu mir auf das Sofa und legt einen Arm um mich. Ich löse mich von Seth und lehne mich an meinen Vater.

»Nein, nichts ist in Ordnung.«

»Er hat dieses Opfer für dich gebracht.«

»Ich weiß. Es ist nur ... ich vermisse ihn.« Meine Stimme bricht.

»Ich habe Yannis gebeten heute Nacht hierzubleiben.«

Ich nicke und murmele ein Dankeschön.

Zu viel Verlust.

Zu viel Tod.

Zu viel Angst.

Und kein Aviv.

Die Nacht verbringe ich in Yannis' Armen. Als er am frühen Morgen kurz wegmuss, gesellt sich Seth zu mir. Draußen ist es noch stockfinster und seine im Mondlicht silbern glänzenden Augen suchen in meinem Gesicht nach einer Antwort. Verloren und verwirrt lässt er sich bei mir nieder. Ich ziehe ihn an mich und schließe die Augen, um einfach nur dem Herz in seiner Brust zu lauschen. Diesem tapferen und selbstlosen Herz.

Aviv hatte keinen Lieblingsplatz in Hemera. Wie auch, er kannte es ja kaum. Auch sein Körper ist fort. Wir haben nur noch das Messer. Sol und die anderen weigern sich, aber Yannis und ich haben es zum Bach gebracht, wo wir es stellvertretend für Aviv beerdigen. Ich singe leise ein Lied zum Abschied, obwohl ich nicht bereit bin ihn gehen zu lassen.

Ein letzter Kuss.

Ein letzter Tanz.

Ein letztes Lächeln.

Irgendetwas ... doch da ist nichts.

Keine Möglichkeit, Lebwohl zu sagen.

Der Schmerz brüllt in mir wie ein wildes Tier.

Yannis schluchzt. Ich drücke seine Hand und sehe zu ihm auf. Er ist kreidebleich und starrt auf unsere Hände. Als sich eine Träne aus seinen Augen löst, spüre ich, wie meine nass werden. Ich presse mein Gesicht an Yannis' Oberarm. Ohne etwas zu sagen, zieht er mich in seine Arme.

Eine ganze Weile stehen wir so da.

Dann erscheinen Seth, Nutty und Sol.

Ich lese Verunsicherung in den Augen der Unsterblichen. Mit dem Tod können sie nichts anfangen.

Nutty geht in die Knie, fällt dann auf alle viere.

»Wieso?«, klagt er so erschütternd, dass es mir durch den ganzen Körper fährt. »Wieso hast du das getan? Ich wäre für dich hiergeblieben! Du verdammter Idiot.« Nutty beginnt wütend um sich zu schlagen.

Es ist Seth, der zu ihm geht und ihn festhält. Ich werde diese grauen Augen voller Mitgefühl vermissen, wenn er fortgeht, mich auch verlässt.

Wie Aviv.

Sols Gesicht ist leer.

Das Lied erstickt in meiner Kehle.

Sols Blick trifft meinen und er bricht in Tränen aus. Ich löse mich von Yannis und nehme ihn in den Arm.

»Das ist nicht wahr, Ilea. Er ist nicht tot«, protestiert er.

Ich widerspreche ihm nicht.

Ich habe kein Recht, ihm die letzte Hoffnung zu nehmen.

* * *

Alles um mich herum blüht, als wäre nichts geschehen. Als hätte ich nicht vor Wut alles zerstört, was Mutters Kampf überlebt hat. Ich atme hastig, bin erschöpft. Auf den ausgerissenen Bäumen recken sich fröhlich neue Pflanzen dem Licht entgegen.

Gefangen.

Wie ein Tier.

Mutter konnte mich holen, bevor mein Licht ganz erloschen war.

Wenn ich könnte, ich würde alles hier töten. Alles gnadenlos verwelken lassen, doch immer wenn ich etwas berühre, erwacht es zum Leben, als wolle es mich verhöhnen.

Ilea.

Ich kann an nichts anderes denken.

Ich würde alles aufgeben.

Alles.

Nur um noch einmal ihre Hand zu halten.

Der Wächter meiner Großmutter kriecht in der Ferne an mir vorbei. Es klingelt, leise wie winzige Glöckchen, wenn er sich bewegt. Er sieht aus wie ein Krake, nur dass er an Land vorwärtsrobbt und in Regenbogenfarben schillert. Manchmal bleibt er stehen und beobachtet meine Wutanfälle. Normalerweise kriecht er aber weiter und beachtet mich nicht. Ein ähnliches Vieh war in der Eingangshalle in Mutters Haus, als sie mich zurückgeholt hat. Ich frage mich, wie lange Mutter diese Kontrolle über sich ergehen lassen muss. Kraftlos sinke ich in die Blumenwiese und stütze meinen Kopf mit den Händen ab. Ich wünschte, ich hätte noch die Kraft weiterzutoben, aber eine fremdartige Ruhe überfällt mich, obwohl es in meinem Inneren brennt.

»Mein armes Kind«, erklingt die Stimme meiner Mutter plötzlich hinter mir. Ich sehe auf und muss mir mit dem Ärmel eine Träne abwischen. Lautlos setzt sie sich neben mich. Ihr Blick wandert zu dem Ungetüm, welches jetzt zwischen den umgeknickten Bäumen verschwindet.

»Wieso hast du mich nicht sterben lassen?«, zische ich. »Wieso musstest du mich hierherbringen?« Ich kenne die Antwort und Mutter weiß das. Sie hatte keine andere Wahl. Deshalb sagt sie auch nichts, nur ihre Regenbogenaugen füllen sich mit Tränen.

»Es tut mir so leid, Aviv. Scheinbar muss ich wohl immer einen meiner Söhne unglücklich machen.« Sie seufzt niedergeschlagen. »Das ist wohl meine Bürde.«

Ich ergreife ihre Hand und drücke sie.

»Du kannst nichts dafür, Mutter«, presse ich hervor. »Aber ich ... ich will das hier nicht mehr.«

»Soll ich sie mitbringen und Nutty auf der Erde lassen?«

»Nein. Bitte, ich würde es nicht ertragen, wenn er wegen mir sterblich werden würde. Ich weiß, dass er große Angst davor hat, und er kennt doch kein anderes Leben als dieses hier.«

»Du warst von dem Augenblick an verloren, als du sie zum ersten Mal gesehen hast.« Mutters Stimme klingt unendlich traurig. »Vielleicht ist in ein paar Hundert Jahren alles anders und ich finde sie für dich. So wie Jesiens Melinda.«

»Ich wünschte, ich könnte ihr sagen, dass ich in Gedanken immer bei ihr sein werde.« Die Welt um mich herum zeugt davon.

»Sie hält dich für tot.«

»Aber Sol müsste sich doch denken können, dass ...«, wende ich ein.

»Dein Bruder«, unterbricht mich Mutter, »ist gerade selbst nicht ganz Herr seiner Gedanken.« Sie lächelt leicht. »Er ist verliebt.«

»In Ilea?«, frage ich entsetzt und fühle einen ganz anderen Stich in meiner Brust. »Er ist ihr Großvater!«

»Nein. Es ist nicht Ilea«, beruhigt sie mich. »Ich würde ja sagen, dass er es dir vielleicht selbst verrät, aber Mutter erlaubt uns unsere Treffen zum Abendessen nicht mehr.«

»Wie bitte?« Ich darf nicht einmal mehr meine Brüder treffen?

»Dafür soll die Auswahl wieder stattfinden.« Sie seufzt. »Das wird interessant, wenn euer beider Herzen trauern und Nevis und Espen keine andere Frau wollen.«

»Mutter, ich ... man muss uns doch erlauben, dass wir uns als Familie treffen!«

»Ich habe schon eine Idee.«

»Die wäre?«

Mutter zeichnet einen magischen Kreis in die Luft, er glüht wie das Sonnenlicht. Dann wiederholt sie die Bewegung und setzt einen zweiten Kreis in die Mitte, ganz nah an den ersten.

»Eure Welten verlaufen zyklisch. Wenn man sie von oben betrachtet, sehen sie aus wie ein Ring.« Sie nimmt den mittleren Kreis und verengt ihn. »Wenn ich eure Welten vergrößere und sie in der Mitte enger zusammenziehe, so wie … wie nannten die Menschen dieses runde Gebäck noch?«

»Donut«, helfe ich ihr.

»Ja, genau, wie einen Donut, dann haben wir in der Mitte nur einen kleinen, dunklen Kreis. Er grenzt an jede Jahreszeit. Dort könntet ihr euch treffen.«

»Das heißt, ich könnte auch Espen sehen?« Bisher ist es mir nur möglich, Nevis und Sol an den Grenzen zu treffen.

»Ja.« Mutter überlegt. »Du weißt, dass zwei deiner Grenzen keine wirkliche Barriere haben, nur den schwarzen Abgrund, der uns vom Ether trennt.«

»Ja, manchmal habe ich mit Nutty Steine dort hineingeworfen.«

Mutter lächelt. »Ich weiß.«

»Sie kamen immer zurückgeschossen.«

»Ich verrate dir jetzt etwas. Bisher war es für euch uninteressant, denn das, was ich dir jetzt sage, war für euch unerreichbar weit in der Schwärze verborgen.«

Ich sehe sie an, fühle mich dabei aber unheimlich leer. Nichts, was sie sagen kann, wird das Loch in mir füllen. Die Schwärze in meinem Herzen verschlingt alles und gibt nichts wieder her.

»Dort, wo sich die Barrieren eurer Welten in der Mitte des Ringes kreuzen, sind sie durchlässig. Sie negieren sich gegenseitig.«

»Du meinst die Barrieren, die uns an den Jahreszeitengrenzen voneinander trennen?«

Sie nickt. »Wenn ich euch also näher aneinanderrücken lasse, könnt ihr euch zwar wegen der Barrieren nicht berühren, aber eure Stimmen werden die Kreuzung in der Mitte durchdringen.«

»Und das lässt Hemera zu?«, frage ich ungläubig.

»Ich darf eure Reiche vergrößern.« Gaia zwinkert mir zu. »Ich habe sie gefragt – natürlich nur mit der Begründung, dass ich euch wenigstens mehr Platz geben möchte, wenn ihr euch schon nicht mehr sehen dürft. Sie stimmte dem zu. Ich weiß nicht, ob sie meine List durchschaut und mir den Wunsch trotzdem gewährt hat, aber selbst wenn nicht: Sie hat es erlaubt und sich selbst widersprechen würde sie niemals.«

»Und wenn du das Loch ganz schließt?«

»Das wage ich nicht.« Mutter wirkt geknickt. »Ich will es nicht überstrapazieren. Außerdem wäre es fatal, wenn sich etwas aus der einen in eine andere Jahreszeit bewegt. Damit meine ich jetzt nicht Maya, die damals zu Nevis geschlüpft ist. Nein, sie war ja damals noch ein Mensch. Ich rede von Dingen, die fest mit einer Jahreszeit verbunden sind.«

»Ist Hemera eigentlich wieder weg?«

»Nein.« Mutter seufzt. »Du hast sie gesehen. In der Eingangshalle.«

»Moment mal … dieses … Ding?«

»Ja … und das da hinten«, Mutter zeigt in den zerstörten Wald, in den der Wächter eben verschwunden ist, »ist einer ihrer Söhne.«

»Dein B-bruder?«

»Hm.«

Ich bin sprachlos.

»Du fragst dich, warum ich anders bin?«

Nein, eigentlich nicht. Der Schmerz, der mein Herz im Klammergriff hält, tötet jeden Gedanken, der nicht Ilea gilt.

»Nun, ich bin zum einen eine Tochter und kein Sohn und zum anderen komme ich mehr nach meinem Vater.«

»Aiter?«

»Hm.« Ihr Blick hängt immer noch im Wald. »Du wirst von meinem Bruder Nyx bewacht. Eros ist bei Sol, Erebos bei Espen und Tartaros bei Nevis.«

»In meinen Büchern gilt Nyx als Frau«, erinnere ich mich.

»Die Menschen haben viel Fantasie. Nyx ist weder eine Frau, noch hat Eros etwas mit der Liebe zu tun. Das alles sind Märchen aus der alten Zeit, also vor meiner Offenbarung.«

»Und was ist mit dem schwarzen Ding, das am Portal zur Erde gestanden hat?« Offensichtlich funktioniert mein Kopf doch noch. Irgendwie zumindest. »Das war aber kein Bruder von mir, oder? Ich meine, du hast es geschaffen, also ...«

»Nein.« Mutters Augen schweifen in die Ferne. »Sie bestehen aus der Lebensenergie und den Seelen jener Menschen, die damals die Schuld an der Zerstörung der Erde trugen.« *Es gibt noch mehr davon?* »Nun sind sie dazu verdammt, einsam über den Friedhof zu streifen, den sie selbst erschaffen haben.«

Wir sitzen eine Weile schweigend da. Die blasse Sonne verfällt zu einem schalen Licht, als sie langsam am Horizont verschwindet.

»Weißt du, die Gabe der Schöpfung habe ich von Vater. Deswegen konnte ich euch erschaffen. Das kann Mutter nicht und das hat sie mir immer übel genommen«, erzählt Mutter.

»Wie lange wird sie noch bleiben?«, frage ich.

»Solange sie Lust hat.«

»Kann dein Vater nichts machen?«

»Ich weiß es nicht. Mutter wird mich nicht zu ihm gehen lassen.« Sie beobachtet mich. »Es tut mir so unendlich leid, Aviv. Dein Schmerz bricht mir das Herz.«

»Es ist schwer«, presse ich hervor und sehe Mutter an. »Egal wie hell die Sonne scheinen mag, es kommt mir vor, als wandele ich in tiefdunkler Nacht.«

»Sonnenfinsternis im Herzen. Sie verdüstert jeden Gedanken, zieht alles in ihre Dunkelheit.«

»Kannst du nichts dagegen tun, Mutter? Gibt es ... keinen Weg?« Mit einem Flehen in den Augen blicke ich sie an.

Gaia erhebt sich und sieht auf mich hinab.

»Nein, ich kann nichts tun.«

Ich kannte die Antwort schon, dennoch verkrampft sich alles in mir und die verzweifelte Wut kocht erneut in mir hoch.

»Ich hoffe darauf, eine Tochter zu bekommen.«

Wie bitte? Doch leider kann ich nicht fragen, was genau sie damit meint, denn plötzlich ist sie einfach verschwunden. Wie soll eine Schwester in dieser Situation helfen? Und wo würde sie leben? In Mutters Haus? Dann würde ich sie im Zweifelsfall nie zu Gesicht bekommen.

Könnte sie mir dennoch helfen Ilea zu sehen?

Plötzlich spüre ich ein Ziehen. Die Welt, mit der ich verbunden bin, streckt sich. Mutter rückt die Jahreszeiten näher aneinander. Dieses Gefühl dauert einige Stunden an. Ich verharre ruhig an meinem Platz und versuche zu verstehen, was vor sich geht. Schon wenig später spüre ich die Anwesenheit von Nevis ... und ... das muss Espen sein. Ich bringe mich selbst mit einem Gedanken dorthin, wo ich meine Brüder spüre. Die kreisrunde Schwärze zu meinen Füßen verwirrt mich, doch viel mehr noch der Anblick von Espen ... und der Blick in seine Welt.

»Aviv?«, höre ich ihn sagen. Mutters Plan geht auf.

»Ich höre dich«, sagt Nevis. »Wie ...?«

»Mutters Plan«, erkläre ich. »Die Schnittstelle«, ich deute auf die aufeinandertreffenden Barrieren, »sie ist durchlässig.«

»Dann ist das hier wohl ab sofort der Platz, an dem wir uns treffen können?« Espen sieht zu der Füchsin hinab, die um seine Beine streicht. Es muss seine Gefährtin Mae sein. »Das ist ... Wieso hat sie das nicht schon eher gemacht?«

»Weil es sie unendlich viel Kraft kostet«, sagt Nevis, der besorgt aussieht. »Je größer unsere Gebiete sind, desto mehr verlangt es ihr ab, sie zu erhalten.«

»Mein Land ist jetzt mehr als dreimal so groß«, sage ich. Nevis nickt zustimmend.

»Das macht mir Sorgen«, meint Espen.

»Mir auch«, erwidert Nevis, »mir auch.«

Ich kann dazu nichts mehr sagen, ich wünsche mir einfach nur, dass der Messerhieb besser getroffen hätte. Wie soll ich das alles ertragen ... ohne jede Kraft? Wie soll das erst im Frühling werden? Ich habe das Gefühl, mich kaum auf den Beinen halten zu können.

»Espen?«, beginnt Nevis mit ruhiger Stimme. »Ich muss dir etwas erzählen. Wir haben deine Eltern auf der Erde getroffen.«

Ich muss hier weg. Sofort ergreife ich die Flucht. Ich kann diese Geschichte nicht hören. Will nicht wissen, dass die Möglichkeit der Wiedergeburt für Ilea und mich gescheitert ist.

O bitte, Mutter, hab Gnade.

Ich kann das nicht mehr.

Ich kann ... nicht mehr.

Mir ist kalt.

Ich wünschte, ich hätte Ileas Decke.

Ein Stück von ihr.

Nur noch im Traum kann ich bei ihr sein ...

Wieso konntest du mich nicht einfach sterben lassen, Mutter?

Wieso?

Ilea

»Vater?«

Er legt seine Arbeit beiseite und sieht zu mir auf.

»Kann ich mit dir sprechen?«

»Aber sicher, Kind.«

Es ist still im Haus geworden. Vater sitzt in der Schneiderei auf seinem Platz an der Nähmaschine.

»Ich wollte mit dir über Sols Plan sprechen.«

Er schluckt und nickt. Yannis kommt die Treppe herunter. Ich habe ihn gebeten dabei zu sein, denn es betrifft auch ihn.

»Setz dich zu uns«, bitte ich meinen besten Freund.

»Ihr wisst ja beide, was Sol vorhat«, beginne ich.

»Aber du meintest doch, dass Aviv …« Vater hält inne und sieht mich unsicher an.

»Ja, ich will nur für alle Fälle sichergehen, dass ihr ohne mich klarkommt. Sollte Aviv …« Ich stocke und muss schlucken. Es wäre einfach zu schön. »Sollte er wirklich noch leben, dann will ich bei ihm sein.«

»Das verstehe ich und du weißt, wie ich dazu stehe«, sagt mein Vater und drückt meine Hand. Seine ist im Gegensatz zu meiner warm und trocken, während eine schwitzige Kälte meine überzogen hat. Yannis mustert den Boden neben mir. Das macht er heute auffallend oft.

»Yannis?«, versuche ich ihn aus den Gedanken zu holen. Er sieht auf und presst die Lippen zu einem Strich. Seine teichgrünen Augen sind getrübt.

»Du wirst mir fehlen«, sagt er. Ich nehme ihn in den Arm und wir halten uns eine ganze Weile einfach nur fest.

»Du musst tun, was dein Herz dir befiehlt«, murmelt Yannis in meinen Nacken. Ich drücke mich sanft von ihm weg.

»Danke. Wenn es mir irgendwie doch möglich sein sollte, komme ich euch besuchen.«

»Da ist noch was, oder?«, mutmaßt mein Vater richtig.

»Ja. Denkt ihr, Nanny ist wütend, wenn ich nicht mit Gaia gehe?« Ich muss die Gelegenheit nutzen, dass Großmutter sich ein wenig hingelegt hat.

»Wieso sollte sie?«

»Wegen Sol. Wenn ich hierbleibe, muss er gehen. Ich will nicht, dass Avivs Opfer umsonst gewesen ist. Wenn seine Seele wiedergeboren wird, darf meine nicht durch die Unsterblichkeit von ihm getrennt sein.«

Yannis atmet hörbar durch. Vater lächelt traurig.

»Das wird nicht passieren. Du bleibst hier. Glaub mir, meine Nachtblüte. Du bist Nanny wichtiger als Sol.«

Ich nicke und gebe Vater einen Kuss, während ich lächelnd die Arbeit in seiner Hand betrachte. Ich wünschte, ich könnte mich auf etwas konzentrieren oder mich ablenken, doch es ist unmöglich. Yannis und ich gehen wieder nach oben, lassen Vater weiterarbeiten. Nutty und Seth sitzen auf dem Sofa. Sie unterhalten sich leise. Beide stehen immer noch merklich unter Schock. Ich gehe zu ihnen.

»Ilea!« Seth sieht mich entschuldigend an. »Bitte verzeih mir, was ich zu Sol gesagt habe. Das ging nicht gegen dich, ich will ihn nur nicht verlieren.«

»Ich weiß«, sage ich. »Mach dir keine Sorgen, ich verstehe dich.« Ich seufze. »Ich glaube ohnehin nicht, dass …« Mein Blick kreuzt den von Nutty.

»Schon gut«, sagt dieser und verzieht das Gesicht. »Es ist nur, ich habe nicht das Gefühl, dass er weg ist. Vielleicht weil ich es einfach nicht wahrhaben will.« Seine Finger kneten einander nervös. »Diese Ungewissheit macht mich wahnsinnig.« Er holt tief Luft. »Ich will endlich wissen, ob ich … meinen besten Freund verloren habe und in ein leeres Heim zurückkehre.« Eine Träne löst sich aus seinen dunklen Augen. Ich ergreife seine nervösen Hände und halte sie ganz fest. Seine Haut hat dieselbe Temperatur wie meine. Sol kommt zu uns und setzt sich neben Seth.

»Die Liebe lässt uns merkwürdige Dinge tun, was?«, seufzt mein Großvater. »Sie lässt einen ein Leben lang hoffen und warten. Sie lässt einen die schlimmsten Schmerzen ertragen.« Er sieht mich an. »Und manchmal führt sie auch eine Hand.«

Ich fühle mich ertappt. Woher …?

»Du planst doch nicht etwa ihm zu folgen?«, will Sol wissen. Yannis, der vorher noch Abstand gehalten hat, kommt jetzt näher.

»Das darfst du nicht, hörst du?«, sagt er.

»Nein, ich … nein. Macht euch keine Sorgen.« Nicht solange Nanny noch lebt. Ich muss mich um sie kümmern. Auch wenn ich nicht weiß, wie.

Mein Körper besteht nur noch aus Angst und Trauer. Vor meinem inneren Auge sehe ich wieder Aviv. Seinen erstaunten Gesichtsausdruck, als ich das Messer herausgezogen habe … Ich muss mich schütteln. Nein, ich will es nicht immer und immer wieder sehen. O gütige Göttin, das wird mich bis an mein Lebensende verfolgen. Yannis, der sich hinter mich gestellt hat, legt eine Hand auf meine Schulter.

»Es ist schon merkwürdig, oder?«, spricht Sol seine Gedanken aus. »Dass Liebe so süchtig macht, dass wir bereit sind alles dafür zu geben. Nur für die kleinste Hoffnung darauf, es … wieder zu fühlen oder es nicht zu verlieren.«

»Oder die Liebe im nächsten Leben zu finden«, füge ich hinzu.

»Ein nächstes Leben ist nicht nötig«, erklingt eine schwache, fremde Stimme vom Esstisch her. An unserem Tisch, auf einem der Stühle, sitzt … Gaia.

»Mutter!« Sol springt auf. Die Göttin ist blass und wirkt erschöpft. Ihre Lippen lächeln gütig und mustern ihren Sommersohn.

»Vater! Nanny! Kommt schnell«, rufe ich. »Die Göttin ist da!« Ich höre meinen Vater die Stufen heraufpoltern, bevor Gaia etwas sagen kann. Er stellt sich an meine Seite. Yannis ergreift meine Hand auf der anderen.

»Was ist mit Aviv?«, fragt Sol, der vom Blick seiner Mutter kurz wie paralysiert gewesen zu sein schien. Maya kommt mit Nanny die Treppe heruntergerannt und verbeugt sich. Seth und Nutty gehen zu ihr und tun es ihr gleich. Hätte ich das auch tun sollen? Gaia blickt die Tiergeister an.

»Bereit, ihr drei?«

»Ja.« Maya sieht zu uns Menschen. »Lebt wohl und habt Dank für alles.« Sie drückt Nanny, die ihr liebevoll den Rücken tätschelt.

»Was ist mit Aviv?«, will Nutty wissen, doch Gaia lächelt ihn nur müde an. Ich löse mich von den Männern und gehe zu den Tiergeistern. Maya drückt mich an ihr Herz, dann verabschiede ich mich von Nutty und Seth. Ohne ein weiteres Wort lässt die Göttin Maya und Nutty verschwinden. Nur Sol und Seth sind noch hier. Wieso hat sie Seth nicht weggeschickt? Der Sommer sieht seine Mutter panisch an und ich ergreife Nannys Hand. Gaia hat nichts gesagt. Aviv ist tot. Die Gewissheit breitet sich in meinem Verstand aus, erstickt das leise Stimmchen der Hoffnung unter seinem Gewicht.

»Nun sag schon, Mutter!« Sol hingegen scheint es aus ihrem Mund hören zu wollen. Doch statt zu antworten, betrachtet die

Göttin mit ihren schillernden Augen nun mich. Sie erhebt sich von dem Stuhl und kommt auf mich zu. Ich bin wie gelähmt. Wird sie mich dafür bestrafen, was ich mit ihrem Sohn gemacht habe? Dass ich ihm den Kopf verdreht habe?

»Es ist keine leichte Aufgabe, die du da antreten willst«, sagt sie.

»Also lebt mein Bruder?«, fragt Sol.

Die Göttin lächelt. Ihr Blick ruht immer noch auf mir. »Ja.«

Ich beginne augenblicklich am ganzen Körper zu zittern. Er lebt … mir wird schwindelig.

Aviv lebt!

Ich sehe Nanny aufgeregt an. Sie lächelt unter Tränen.

»Auch wenn sein Herz vor Trauer schwer krank ist.«

»Ich komme mit und heile es«, schießt es aus mir heraus. Gaia schließt einen Moment die Augen und wirkt, als würde sie meine Worte genießen. Anders kann ich es nicht beschreiben.

»Du musst in die Fußstapfen deines Großvaters treten«, spricht Gaia weiter, »bewacht von meinem Bruder Eros. Ich weiß noch nicht, ob du Aviv in den nächsten hundert Jahren berühren können wirst. Ihr seid durch eine Barriere aus reiner Energie getrennt.«

»Aber … unsere gemeinsamen Abende?«, wirft Sol ein und runzelt die Stirn. »Und was redest du da von einem Eros?«

»Der neue Wächter des Sommers«, sagt Gaia und sieht zu ihm. »Großmutter hat vieles verändert. Ich darf euch nicht mehr aus euren Jahreszeiten lassen. Außer wie früher zu einer Wahl.« Die Göttin überlegt.

»Das ist mir egal«, spreche ich unaufgefordert. »Und wenn ich ihn in alle Ewigkeit nur noch sehen kann …«

Gaia mustert mich. »Ihr könnt miteinander sprechen. Das konnte ich einrichten.«

Ich nicke und sehe zu meinem Vater. Ihm scheint das alles gar nicht zu gefallen. Yannis ist weiß wie die Wand. Nanny hingegen drückt meine Hand.

»Schon bei deiner Geburt wusste ich, dass du zu Höherem bestimmt bist«, sagt sie leise. Ihre alten Augen sehen mich voller Stolz an.

»Ich weiß nicht, ob ich das von dir verlangen kann«, sagt Sol und fasst mich am Arm. Er tauscht einen Blick mit Nanny.

»Das musst du auch nicht. Ich will es«, bestätige ich. »Jetzt, wo ich weiß, dass Aviv noch lebt, kann mich nichts mehr davon abhalten. Ich liebe ihn. Mehr als alles andere.« Ich sehe meine Familie und Yannis an. »Verzeiht mir.«

Gaia kommt zu uns und streicht ihrem Sohn über die Schulter.

»Ihr müsst euch schnell entscheiden. Ich habe keine Kraft mehr und werde immer schwächer.«

»Nimmst du … mich o-oder … Yannis mit?«, dringt Seths Stimme leise stammelnd durch den Raum.

Sol sieht mich panisch an. »Du musst Seth mitnehmen.«

Mein Blick trifft graue Augen und ich lächele. »Natürlich Seth.« Er wirkt erleichtert und ich sehe zu Yannis. »Ich kann weder Seth die Unsterblichkeit noch dir die Chance auf ein erfülltes Leben nehmen.«

Yannis weint und beißt sich auf die Unterlippe. Aber er nickt.

Ich kenne ihn lang genug, um zu wissen, dass er nicht als Tiergeist leben wollen würde. Ich sehe die Göttin an. Dann ist mein Schicksal also besiegelt. Meine Haut überzieht sich mit Gänsehaut, als ich mich Vater zuwende. Er steht bei Yannis und auch er hat Tränen in den Augen. Als ich meinen Vater an mein Herz drücke, sehe ich im Augenwinkel, dass Sol sich bei Seth verabschiedet. Nanny umarmt mich von hinten, ich erkenne sie an ihrem vertrauten Duft. Ein letztes Mal genieße ich seine Wirkung auf mich.

»Geh, kleine Nachtblüte. Trage Licht in die Dunkelheit. Dafür wurdest du geboren«, sagt mein Vater und ich weiß schon jetzt, dass seine Worte mich für immer begleiten werden. Ich löse mich von Nanny und ihm und umarme ein letztes Mal meinen besten Freund.

»Siehst du ab und zu nach Vater und Nanny?«, flüstere ich in Yannis Nacken. Er nickt unter leisem Schluchzen. Es ist mir fast unmöglich, ihn wieder loszulassen. Doch Seth tippt mir auf die Schulter. Tränen stehen in seinen grauen Augen, die ich in den letzten Tagen so lieb gewonnen habe.

»Bereit die Göttin des Sommers zu werden?«

»Noch nicht«, sage ich und gehe an ihm vorbei zu der letzten Person, von der ich mich noch nicht verabschiedet habe. »Lebwohl, Großvater.«

»Mach mich stolz, Kleines.« Damit nimmt er mich in seine starken Arme und drückt mich an seine Brust. »Pass auf Seth auf, ja?«

»Mache ich. Und du auf Nanny.«

»Ich werde jetzt für sie da sein«, verspricht er mir. Die Göttin hat die Augen geschlossen und atmet tief durch, als ich Hand in Hand mit Seth zu ihr trete. Als sie sie öffnet, scheint der Regenbogen in ihrer Iris zu verblassen. Sie sieht zu Sol und ich drehe mich noch einmal zu Vater, Nanny und Yannis um. Ihre vor Leid verzerrten Gesichter sind das Letzte, was ich sehe.

»Komm, meine Tochter«, rauscht Gaias Stimme in meinen Ohren.

Plötzlich ist alles um mich herum weiß.

Wärme umhüllt mich und nimmt mir für einen kurzen Moment den Schmerz des Abschieds. Stille drückt auf meine Ohren und ich fühle mich, als würde ich schweben.

Meine nun nackten Füße finden jedoch schnell Halt.

Die Welt um mich herum erscheint wie durch einen Nebel.

Wo ist Seth? Haben wir ihn verloren?

»Was hast du getan?«, erklingt eine dunkle, kraftvolle Frauenstimme hinter mir. Eine warme Hand angelt nach meiner. Als ich mich erstaunt umdrehe, bemerke ich Seth direkt neben mir. Er ist es, dessen Hand ich halte. Meine neue Umgebung nehme ich nur mäßig wahr, denn dort steht etwas, das meine ganze Aufmerksamkeit auf sich zieht. Ein Wesen, das wie Gaias Augen schillert, aber es ist … unförmig. Ich kann kein Gesicht ausmachen, nur Arme. Wie eine Spinne. Oder so ein Ding, das früher im Meer gelebt hat. Ängstlich weiche ich zurück.

»Das ist meine neue Tochter Ilea«, stellt Gaia mich diesem Wesen vor. »Und Seth, ihr Tiergeist.«

»Du darfst keine Tochter haben«, stöhnt das Ding.

»Ich darf mir keine Tochter erschaffen, hast du gesagt. Ilea war jedoch ein Mensch.«

»Du bringst sie zurück und holst deinen Sohn. Danach verkleinerst du die Ebenen wieder. Wenn sie so groß bleiben, ist das dein Tod, Gaia. Die Jahreszeiten kosten dich zu viel Kraft.«

»Dann werde ich wohl sterben«, höre ich die Göttin sagen und fühle einen Ruck. Etwas zerrt an mir und ich schließe mit einem erstickten Laut die Augen. Ein stiller Druck liegt wieder auf meinen Ohren. Dann verschwindet er so plötzlich, wie er gekommen war.

Auf einmal ist es heiß.

Wind weht und ich fühle Sand unter meinen nackten Füßen ... Sand.

Etwas flattert um meine Beine ...

... und was ist das für ein Rauschen?

Ich öffne vorsichtig blinzelnd die Augen.

Die Sonne steht direkt über mir.

Da ist Wasser ... überall.

Das ist ...

Das Meer!

Meine Haut überzieht sich mit Gänsehaut.

Schweigend vor Ehrfurcht bleibe ich still stehen.

Wellen.

Ihr Geräusch ist so ... ergreifend.

Vögel flattern über meinem Kopf. Ihr Ruf ist ein merkwürdiges Schreien, doch ich achte nicht wirklich auf sie. Immer wieder zieht das schimmernde Wasser meinen Blick an wie ein Magnet.

»Wie muss es wohl sein, diese Schönheit zum ersten Mal zu erblicken?«, höre ich Seths Stimme neben mir.

»Atemberaubend«, flüstere ich in den warmen Wind hinein. »Das Meer ist ja größer als Hemera.«

Ich drehe meinen Kopf. Seth ist eine funkelnde Kugel aus bunt schillerndem Licht.

»Was?«, frage ich verwirrt. »Warum siehst du so aus?«

»Du musst mir eine Gestalt geben«, erklingt seine Stimme.

»Möchtest du wieder ein Delfin werden?«, frage ich.

»Am liebsten wäre ich etwas, das bei dir an Land bleiben kann.«

Noch ehe ich meinen Gedanken aussprechen kann, verwandelt sich der schimmernde Ball. Ein kleines Äffchen klammert sich an meinen nackten Oberarm.

»Sehr interessant«, sagt Seth und betrachtet seine Finger. Dann klettert er auf meine Schulter. »Hast du viele Piratenfilme gesehen?«

»Aber … aber ich habe doch noch nichts gesagt«, staune ich. Ich habe nur an einen Affen gedacht. Ich starre an mir herunter. Meine Haut ist braun gebrannt und ich bin … blond! Ich trage ein gelbes Kleid ohne Ärmel. Es ist vorne kurz und hinten lang. Der Wind lässt es um meine gebräunten Beine flattern.

»Gewöhne dich dran«, gluckst das Äffchen auf meiner Schulter. »Diese Welt hier gehorcht deinen Gedanken.«

Ich sehe in den Himmel. Diese schreienden Vögel sind Möwen. Ich kenne sie aus Filmen.

»Das muss Eros sein«, sagt Seth. Ich folge seinem Blick. Dieses *Ding* beobachtet mich aus der Ferne. Es sieht aus wie das, was ich bei der Göttin gesehen habe.

»Eros macht mir Angst«, gestehe ich nervös.

»Sieht nicht so aus, als würde er auf einen Kaffee unter Freunden vorbeikommen.« Seths winzige Hand streicht über mein Haar. »Mach dir keine Sorgen. Du bist die Göttin dieses Reiches.«

»Ich bin eine Göttin«, wiederhole ich wie gelähmt. Das alles hier ist so surreal. Wie soll ich das jemals verarbeiten? Eros verschwindet hinter einem Sandhügel – ich glaube, dass man das *Düne* nennt. Anscheinend hat das Wesen wirklich nicht vor, sich bei mir vorzustellen.

»Aviv!«, rufe ich. »Wie komme ich zu ihm?«

»Wir sollten zur Grenze«, sagt Seth. »Mit Sicherheit hat Aviv etwas gespürt, das ihn verwirrt.«

»Ich kann ihn fühlen«, sage ich. »Als wäre er ganz nah.«

»Dann ist er an der Grenze zwischen euren Reichen.« Seth kratzt sich am Kopf. »Lass mich überlegen – ich konnte ja nie mitgehen –, vielleicht versuchst du dich zu konzentrieren und an ihn zu denken.«

Ich mache, was er sagt.

Als ich die Augen wieder öffne, blicke ich in vibrierend grüne Augen.

Aviv

Das ist doch …

Kann das sein?

»Ilea?«, höre ich Nevis' fragende Stimme hinter mir. Espen ist auch da, das spüre ich. Doch ich ignoriere sie, habe nur noch Augen für die … Göttin … vor mir.

»Ilea«, hauche ich ihren Namen und muss schlucken. Sie

lehnt sich an die Barriere. Legt ihre Hände darauf. Ich stolpere fast schon vor lauter Eile und drücke mich gegen die Barriere.

»Ich konnte dich doch nicht alleine lassen«, sagt sie und lächelt. Sie sieht atemberaubend aus. Ihr Haar ist nun blond und vom warmen Sommerwind zerzaust. Es umrahmt ihr sonnengebräuntes Gesicht. Das gelbe Kleid, das sie trägt, zeichnet sie als neue Göttin des Sommers aus. Ich lege meine Hand an die ihre. Die Barriere vibriert zwischen uns.

»Du hast alles für mich aufgegeben?«, frage ich heiser.

»Ja. Genau wie du es für mich tun wolltest.«

»Wieso?«

»Weil ich dich liebe.«

»Du musst verrückt sein«, stelle ich hysterisch lachend fest. *Sie ist hier. Sie ist mir wahrhaftig gefolgt und Sol ist für uns sterblich geworden.*

»Verrückt nach dir, da hast du Recht.« Sie lächelt und sieht dabei so verführerisch aus, dass ich das Gefühl habe, den Halt zu verlieren.

»SETH!«, brüllt mir Nutty ins Ohr. Er ist wohl irgendwann auf meine Schulter gesprungen. Ein kleines Äffchen kommt hinter Ilea hervor. Es klettert an ihr hoch und winkt.

»Du bist ein Affe!«, stellt Nutty fest.

»Dir entgeht auch nichts«, nuschele ich. Zum Dank zieht er mich am Ohr.

»Und du ein Eichhörnchen«, antwortet Seth und grinst so breit, dass man alle seine Zähne sieht.

»Warum bist du ein Affe?«

»Warum nicht?« Seth grinst Ilea an. Sie hat ihn sich so gewünscht. »Meine Göttin hat wohl vor, Piratin zu werden, da blieben nur Papagei oder Affe.«

»Ilea, du willst wirklich die Ewigkeit so verbringen?«, frage ich verzweifelt und deute auf die Barriere zwischen uns.

»Als Piratin?«, scherzt sie.

»Wusstest du überhaupt, was dich erwartet?«, übergehe ich ihren Einwurf.

»Ja, ich habe mit Gaia darüber gesprochen. Aber mir ist es so lieber, als für immer auf dich zu verzichten, Aviv.«

»Das ist nicht so romantisch, wie es klingt«, seufzt Nevis, der wie kein anderer weiß, wovon er spricht. »Wenigstens könnt ihr euch unterhalten.«

Ilea wirkt plötzlich besorgt.

»Ich muss euch etwas sagen.« Sie blickt in die Runde und mustert kurz die Schwärze zwischen uns. »Eure Mutter wird sterben.«

»Bitte was?« Nevis hat seine Sprache vor mir gefunden.

»Sie sagte zu dem Ding in ihrem Haus, dass sie sterben wird, weil sie eure – unsere – Länder zu groß gemacht hat.«

»Aber, das ist doch …«, zischt Nevis. Erst jetzt sehe ich, dass ein weißer Wolf neben ihm steht. Maya. Ich war zu abgelenkt von der Tatsache, dass Ilea wirklich hier ist. Es erscheint mir immer noch wie ein Traum.

»Mutter opfert sich für uns«, spreche ich aus, was alle denken.

»Aber was geschieht dann?«, erklingt Espens Stimme das erste Mal. Sie ist voller Furcht. Mae hat sich mit ihrer Flanke fest an ihn gepresst.

»Ich habe keinen Schimmer.« Nevis fährt sich durch die Haare.

»Wir müssen mit ihr sprechen«, sage ich. »Das kann sie nicht tun.«

»Vielleicht möchte sie eure Großmutter auch nur unter Druck setzen?«, vermutet Ilea. Ich tausche einen Blick mit Nevis. Wir sind uns einig: Es ist möglich, aber riskant.

»Da könnte Ilea Recht haben«, stimmt ihr Maya zu.

»Du hättest nicht herkommen sollen, Ilea«, stöhne ich. Wie soll ich sie verteidigen, wenn ich sie nicht mal berühren kann? Wie soll ich sie vor drohendem Unheil beschützen?

»Wir stehen das zusammen durch, Aviv«, erklingt ihre sanfte Stimme. »Hörst du mich? Wir schaffen das. Irgendwie.«

»Wir sollten uns hier etwas bauen«, schlägt Espen vor.

»Bauen?« Ilea sieht verwirrt in die Runde.

»Ja, wir könnten hier ein gemeinsames Haus erscheinen lassen. Und das hier wird eine Art Besprechungsraum.«

»Keine schlechte Idee«, meint Nevis. »Dann stehen wir hier zumindest nicht mehr dumm herum.«

»Nein, das können wir dann im Sitzen tun«, meint Nutty.

»Dumm aussehen?«, frage ich.

»Das kann ja nicht jedem so leicht gelingen wie dir.« Er grinst frech, woraufhin ich ihn von meiner Schulter schnipse.

»Hey!«, brüllt er noch im Flug.

»Wie mache ich das?«, fragt Ilea. »Das Bauen?«

»Mit deiner Fantasie«, antworte ich und kann nicht anders, als ihre Schönheit zu bewundern. »Damit ist hier fast alles möglich.«

Sie ist eine Göttin.

Meine Göttin.

Der Wunsch, sie zu berühren, ist übermächtig.

Doch gerade in diesem Moment möchte ich nicht undankbar sein.

Sie zu sehen ist mehr, als ich mir erhofft habe.

Ich spüre, wie die Wut in mir verklingt.

Sie ist nur noch ein Echo. Eine Erinnerung.

Ilea läuft immer noch durch ihr Haus und lässt Dinge erscheinen und wieder verschwinden. Ich lächele, als ich sie von einem Sessel aus beobachte. Ilea und ich haben unser Haus zusammen gebaut. Nur die Barriere trennt uns. Für meine Brüder habe ich jedoch eine Wand gezogen und die Idee eines Zimmers um die Schwärze aufgenommen. Ilea hat ein Buch mit Pflanzen erscheinen lassen, welches sie nun durchblättert und ausprobiert. Als sie irgendwann fertig ist, kommt sie zur Barriere und deutet auf das Zimmer, in dem wir uns unterhalten können. Ich nicke. Zum Glück sind weder Nevis noch Espen da.

»Alles in Ordnung bei dir?«, frage ich sie. Ilea seufzt.

»Ich vermisse Nanny, Vater und Yannis«, gibt sie zu. »Das Haus hier hat mich abgelenkt, aber jetzt wird mir so langsam bewusst, dass ich sie nie wiedersehen werde.«

Ich setze mich auf das Sofa, das ich direkt an die Barriere zu Ileas Welt gestellt habe. Sie lässt das Gleiche erscheinen und setzt sich zu mir.

»Du hättest wirklich nicht kommen sollen«, sage ich und sehe, wie Espen leise wieder verschwindet. Vermutlich hat er gedacht, dass wir reden wollten. Nevis scheint zu ahnen, dass ich nur mit Ilea sprechen will.

»Kann die Göttin die Reiche eigentlich nicht von der anderen Seite verkleinern?«, grübelt sie und übergeht meinen Kommentar. Sie ist so stark. Trotz ihres zierlichen Körpers. In ihr wohnt die Seele einer Löwin. Oder einer Göttin.

»Ich habe leider keine Ahnung, wie das alles funktioniert, obwohl ich hier geboren wurde und schon viele Jahre hier lebe«, gebe ich zu.

»Auch nicht, was unter uns ist?« Sie sieht in den Kreis aus Schwärze.

»Nein, ich weiß nur, dass es alles wieder ausspuckt, was man reinwirft.«

Ilea grinst mich an und schon hat sie einen Ball in der Hand. Ehe ich etwas sagen kann, fliegt er in das Loch und wieder zurück in ihre Arme. Lachend sieht sie mich an.

»Danke«, sage ich.

Sie wird wieder ernst. »Wofür?«

»Dass du zu mir gekommen bist.«

»Ich würde dir überallhin folgen, Aviv.«

Ich presse die Lippen aufeinander.

»Ich habe darüber nachgedacht, dir zu folgen«, gesteht sie. »Als ich dachte, dass du tot seist.«

Angst durchfließt meine Adern. »Zum Glück hast du es nicht getan.«

»Ja.«

Wir schweigen. Ich wünschte so sehr, sie berühren zu können, doch es geht nicht und ich darf nicht undankbar werden.

Mutter riskiert gerade alles, um das hier für uns zu ermöglichen, und zehrt sich dabei selbst auf. Ich wage es nicht, daran zu denken, was passiert, wenn Großmutter nicht nachgibt.

»Schau bitte nicht so traurig«, sagt Ilea sanft. »Auch wenn du mich nicht spüren kannst, bin ich doch direkt hier. Neben dir.«

Ich lehne meine Stirn an die Barriere und schließe meine Augen. Wie hat Nevis das nur hundert Jahre lang ausgehalten?

7. SEELEN – ILEA UND AVIV

Aviv

»Ich glaube, ich habe so langsam alles wieder in Ordnung gebracht«, seufzt Nevis am nächsten Morgen erschöpft. Er hat sich mit Maya auf einem großen Sessel niedergelassen. Die Wölfin betrachtet ihn voller Sorge. Ilea und ich haben das Aufräumen unserer Welten noch vor uns. Wir konnten uns bisher einfach nicht voneinander lösen und haben die ganze Nacht am Treffpunkt verbracht.

»Ich merke, dass mir sechs Seelen fehlen«, sage ich.

»Seelen?«, fragt Ilea verwirrt. Ihre Stimme kribbelt in meinem ganzen Körper. Wie gerne würde ich den Duft ihres Haars einatmen. Die Wärme ihrer Haut spüren.

»Jede Welt hat eine feste Zahl an Tierseelen, die sie bevölkern«, beginne ich zu erklären. »Wenn eines der Tiere stirbt, ist es uns möglich, der frei gewordenen Seele einen neuen Körper zu geben. Dabei muss es nicht unbedingt die gleiche Art wie vorher sein. Eine neue Seele kann keiner von uns erschaffen. Alles bewegt sich nach festen Regeln.« Ich grübele. »Vermutlich haben die vielen umgefallenen Bäume sie das Leben gekostet.« Mit anderen Worten: meine Wut. Von dem Gedanken wird mir schlecht.

»Es gab während Gaias Kampf Erdbeben und Orkane«, berichtet Espen. »Manchmal konnte ich mich kaum am Wetterportal festhalten.«

»Es muss furchtbar gewesen sein.« Ilea klingt besorgt. »Aber wie merke ich, dass Tiere fehlen?«

»Du spürst es einfach. Du merkst, dass deine Welt unvollständig ist.« Ich sehe zu dem schlafenden Seth. »Er kann dir dabei helfen. Er ist auch mit dem Sommer verbunden und wird es spüren.«

Ilea folgt meinem Blick und lächelt. Gedankenverloren streicht sie über Seths kleinen Affenkörper. Ich kann nicht anders, als dem Stich der Eifersucht kurz Einlass in meinem Herzen zu gewähren.

»Dass die Opferzahl nur so gering ist, hast du übrigens mir zu verdanken«, erklärt Nutty und streicht sich über die Brust. »Ich habe alle angewiesen, Schutz zu suchen, bevor mich Gaia wegholen durfte.«

Ich halte ihm meine Faust hin und er stößt mit seiner dagegen. Wie der Flügelschlag eines Schmetterlings, aber das sage ich ihm nicht. Das würde ihn vermutlich in seiner Ehre kränken.

»Es ist gut, dass die Wetterportale fest verankert sind«, sagt Espen. »Ihre Zerstörung wäre schlimmer gewesen.«

»Nur Mutter könnte sie reparieren«, erkläre ich Ilea und nicke dann Espen zu. »Du hast wirklich tapfer gekämpft. Auf der Erde war nichts zu spüren.«

Espen lächelt und sieht dabei aus wie sein Vater. Ein Blick zu Nevis verrät mir, dass er dasselbe denkt. *Jesien. Er wird immer fehlen. Und Sol …*

»Moment mal«, sagt Maya. »Die Wetterportale sind genau auf der anderen Seite. Deswegen kann Gaia die Welten nur an dieser Stelle hier wieder verkleinern.«

»Oder sterben«, fügt Mae hinzu.

»Kann sie die Portale nicht einfach … hierher versetzen?«, überlegt Ilea. Mehr als ein Kopfschütteln und Schulterzucken kann ich ihr nicht geben. Ich habe absolut keine Ahnung.

»Das heißt also, der äußere Rand dieses Jahreszeitenrings ist fest und nicht verschiebbar?« Ilea seufzt.

»Ich schätze ja«, sagt Espen und streicht sich über die Haare. Ich sehe zu Nevis, der mit verzogenem Gesicht die Augen geschlossen hat. Es beginnt sehr klein, aber ich registriere es sofort, das kleine Schneegestöber um seine geballten Fäuste. Auch Maya hat es bemerkt.

»Nevis? Liebling?«

»Erst Jesien«, knurrt mein jüngster und inzwischen letzter verbliebener Bruder, »dann Sol … und Mutter.« Nevis öffnet die Augen. Ihr helles Blau scheint fast zu glühen. »Das können wir nicht tatenlos zulassen. Wir können Mutter nicht sterben lassen.«

»Ja, was wird dann aus uns?«, fragt Nutty neben mir. Nevis' Eisblick trifft ihn, spitz wie ein Stachel.

»Das ist mir egal.« Das Schneegestöber ist größer geworden und zerzaust Mayas Fell. »Sie ist meine Mutter und ich ertrage es nicht, dass sie sich für uns opfern will.«

»Beruhige dich, Nevis«, sage ich und stehe vom Sofa auf. Beschwichtigend hebe ich meine Hände. »Wir werden eine Lösung finden.«

Mein Bruder sieht mich an. Nicht mehr wütend, sondern traurig. Diesen Ausdruck habe ich schon lange nicht mehr mit solcher Tiefe in seinen Augen gesehen.

»Wir dürfen das nicht zulassen, Aviv«, fleht er.

»Werden wir nicht«, verspreche ich.

»Niemals«, sagt auch Ilea.

»Nicht nach allem, was Großmutter für uns getan hat.« Espen nickt entschlossen.

Ilea

Das Meer ist so wunderschön. Sogar bei Nacht. Der warme Wind verwöhnt meine Haut, streichelt sie und pustet mir sanft eine Prise Salz in die Nase. Der Mond steht als Sichel über mir und begleitet Millionen von Sternen. Die Wellen spülen lauwarmes Wasser um meine nackten Füße, während sie langsam im nassen Sand versinken. Die Hitze des vergangenen Tages hat das Meer in eine große Badewanne verwandelt.

»Deine Heimat ist so atemberaubend schön«, flüstere ich Seth zu, der auf meiner Schulter sitzt.

»Sie ist jetzt auch deine Heimat.«

Ich habe Gänsehaut. Die Welt ist mir so fremd und dennoch so vertraut. Sie hat etwas in mir geweckt, das mein Leben lang geschlummert hat. Ich fühle mich stark und mächtig. Es ist, als würde eine Energie von den Füßen bis in meine Finger und hinauf in die Haarspitzen summen. Am Nachmittag habe ich mich von Aviv verabschiedet, um meine Welt zu erkunden. Ich habe dabei einiges repariert. Es war erstaunlich, wie sich Pflanzen einfach durch meinen bloßen Gedanken wieder aufrichteten. Auf einer umgeknickten Palme habe ich eine Pause gemacht und mich einfach nur ein wenig der Länge nach auf ihren Stamm gelegt und die Vögel am Himmel betrachtet. Wenn ich mich auf einen konzentriert habe, konnte ich seine Seele spüren. Er war glücklich und unbeschwert. Das hat mein Herz schneller schlagen lassen. Zuletzt haben Seth und ich am Meer entlang die Algen beseitigt, die der Sturm an den Strand gespült hatte. Was meine Familie jetzt wohl macht? Die Worte meines Vaters gehen mir durch den Kopf. *Geh, kleine Nachtblüte. Trage Licht in die Dunkelheit. Dafür wurdest du geboren.* War das hier von Anfang an meine Bestimmung? Wurde ich wirklich dafür geboren? Das Gefühl, das durch meine Adern fließt, scheint es zu bestätigen. Ich bin die Göttin des Sommers, verliebt in den Frühling. Leben und Geburt. Doch die Familie, die mich zur Welt gebracht und großgezogen hat, werde ich nie vergessen. Ich trage ihre Namen und Gesichter im Herzen. Dort werden sie verweilen bis ans Ende aller Tage.

Aviv

Espen musste wieder ans Wetterportal. Mae ist mit ihm gegangen. Übrig sind jetzt nur noch Nevis, Maya, Nutty und ich. Ilea scheint länger zu brauchen, um ihre Welt aufzuräumen. Meine Arbeit war schnell getan. Ich schätze, dass sie alles zu Fuß abläuft und sich nicht teleportiert. Aber es ist gut so. Sie muss ihre Welt kennenlernen, soll ihre Schönheit entdecken und sich dort wohlfühlen. Alles andere würde mir das Herz brechen. Wenn sie unglücklich wäre … wegen mir … ich schlucke. Nein, das würde mich umbringen. Ich wünschte mir nur, alles wäre anders gekommen. Wie gerne wäre ich mit ihr auf der Erde geblieben. Ich hätte mich mit ihr um ihre Familie gekümmert, eine eigene gegründet und wäre einfach mit ihr alt geworden. Ein Gefühl sagt mir jedoch, dass es nicht das ist, was sie will ... wofür sie bestimmt ist. Wenn ich mir ihr Bild vor Augen rufe, das lange blonde Haar, das gelbe Kleid und diese Kraft, die in ihren Augen schillert. Sie ist wahrhaftig eine Göttin geworden. Einzigartig. So schön wie die Sonne heiß. Verführerisch ... Ich schüttele mich. Nein, das ist nicht der Zeitpunkt, um vor Leidenschaft zu zergehen. Nevis braucht meinen Zuspruch. Wir müssen uns etwas überlegen.

»Hallo Männer«, erklingt Ileas Stimme neben mir.

»Hallo Schönheit«, antworte ich und lächele sie an. Gütige Göttin, wie gerne ich diese Frau ... wie sage ich es, ohne zu ordinär zu wirken? Wir hätten auf der Erde ein paar bildhübschen Kindern das Leben geschenkt. Ich sollte kalt duschen.

»Dein Bruder lebt noch«, reißt Mayas Stimme mich aus meinen Tagträumen. Sie versucht Nevis zu trösten. »Sol ist noch am Leben und es war seine Wahl. Auch Gaia wird nicht sofort tot umfallen. Ich kann mir nicht vorstellen, dass Hemera sie so einfach sterben lässt. Es ist der klassische Kampf zwischen Mutter und Kind. Eine Frage des Willens.«

Nevis lächelt sie an.

»Ich habe als Kind auch mal die Luft angehalten, weil mir meine Mutter meinen Willen nicht lassen wollte«, erzählt Maya.

»Wer hat gewonnen?«, fragt Nevis neugierig.

»Ich. Meine Mutter konnte mir nichts ausschlagen, solange es nicht gegen die Regeln des Ordens verstieß.«

Nevis drückt den Wolf an sich und streicht über sein Fell. Ich sehe wieder zu Ilea, die die Szene auch beobachtet hat. Der Wunsch, sie in meinen Arm zu nehmen, wird übermächtig.

Ilea

Avivs Blick brennt auf mir. Ich kann seinen Wunsch spüren. Er macht mich unruhig, auf eine gute, aber dennoch schmerzvolle Art und Weise. Ich muss über einen Gedanken lächeln: Wären wir jetzt auf der Erde, trüge ich wahrscheinlich schneller sein Kind unter dem Herzen, als mir lieb wäre. Diese Anziehungskraft zwischen uns ist so stark, dass ich das Gefühl habe, gleich wie von einem Magnet angezogen gegen die Barriere gepresst zu werden. Wie wohl ein Kind von uns aussehen würde? Meine blonden Sommerhaare und die sprühenden grünen Augen des Vaters? Ich glaube, Aviv würde mir ein Mädchen schenken. Eine Tochter, die unser Erbe irgendwann weitertragen würde. Schön wie der junge Morgen mit meiner Figur und der Größe ihres Vaters. Wir würden sie Liora nennen, was so viel wie »Lichtgöttin« bedeutet. Über meine Gedanken hinweg merke ich zuerst gar nicht, dass sich Avivs Gesichtsausdruck verändert hat. Wieso sieht er denn plötzlich so erschrocken aus?

»Was … zur … GÖTTIN?«, höre ich Nevis' Stimme. Ich sehe mich panisch um. Hier ist alles normal, aber auf Avivs Seite … Energie, bunte schillernde Wellen wie auf den Wänden im Haus der Göttin. Die materialisierte Energie glitzert wie Gaias Augen, schießt aus Avivs Welt über die Schnittstelle in der Mitte in meine!

»Ilea?« Aviv hämmert gegen die Barriere.

»Ich weiß nicht, was los ist!«, schwöre ich. Doch Aviv ist bereits wie erfroren. Er starrt hinter mich. Mir stellen sich die Nackenhaare auf. Ist es dieses Wesen? Wird es mich töten? Aber ich habe doch gar nichts falsch gemacht. Zitternd drehe ich meinen Kopf … und erstarre ebenfalls.

»E-ein Baby? Ilea, wieso liegt dort ein Baby?«, will Aviv wissen.

»Wie hat sie das gemacht?« Nevis klingt fassungslos.

Ich gehe langsam zu dem nackten kleinen Kind. Vorsichtig hebe ich es auf.

»D-das ist Liora«, stottere ich. »Deine Tochter.« Wie habe ich das gemacht? Grüne Augen sehen mich erstaunt an. Das blonde Haar ist so kraus wie das ihres Vaters. Ehe Aviv etwas erwidern kann, beginnt die Erde zu beben. Die Wände des Hauses wackeln und ich presse das kleine Wesen an meine Brust und lasse das Haus verschwinden, bevor uns etwas davon treffen kann. Aviv hat dasselbe getan. Vorsichtig gehe ich in die Hocke, um nicht das Gleichgewicht zu verlieren. Doch der Anblick, der sich mir bietet, lässt mich innehalten. Frühling und Sommer versuchen sich zu vermischen, die Barriere beginnt zu zerbröckeln. Wie in Zeitlupe sehe ich erste Kirschblütenblätter, die mir der Sommerwind vor die Füße weht, während Palmen ihre grünen Blätter in die nach Blumen duftende Frühlingsluft recken. Ein Kreischen ertönt, als der Wächter Eros gegen die Barriere knallt und in bunte Strahlen zerfällt. Sie erhellen die Nacht wie ein Feuerwerk. Dann wird alles weiß. Ehe ich schreien oder in Panik ausbrechen kann, spüre ich Druck auf den Ohren.

»Gib mir das Kind.« Es ist Gaias Stimme, die ich wahrnehme, bevor ich etwas sehen kann. Ihr Gesicht bekommt Konturen und die Eingangshalle, in der ich gestern gestanden habe, materialisiert sich um mich herum.

»Ilea, schnell, gib mir das Kind!«, fleht die Göttin. Sie versucht es mir aus den Armen zu nehmen.

»Wieso?«, frage ich und klammere mich an dem Baby fest.

»Es darf nicht hier sein. Es zerstört alles!« Gaia nimmt mein Gesicht in ihre Hände, während auch hier der Boden zu beben beginnt. »Ich bin selbst eine Mutter. Es wird ihr gut gehen. Das verspreche ich dir!«

Ich überreiche ihr das Baby mit einem merkwürdigen Gefühl. Ich hatte keine Zeit, Muttergefühle zu entwickeln, doch es widerstrebt mir trotzdem. Gaia verschwindet zur Tür hinaus. Ich werfe einen Blick nach draußen und schreie. Ein merkwürdiger Geruch nach Tod und Verfall weht in die Empfangshalle. Ich meine glühende Erde zu sehen.

»Ruhig, Ilea.« *Aviv! Aviv …!* Ich drehe mich um und falle in seine Arme. Klettere förmlich an ihm hoch. Die Erde hört auf zu beben und alles wird ruhig.

»Wo bringt sie das Kind hin?«, frage ich und kralle mich an Aviv fest.

»Auf die Erde.« Hemeras Stimme schrillt in unseren Ohren. Aviv drückt mich fester an sich.

»Großmutter.« Er neigt seinen Kopf.

»Deswegen darf es keine Halbgöttinnen aus Gaias Genen geben«, kreischt Hemeras Stimme, obwohl sie leise spricht. »Sie können Seelen erschaffen. Frei nach ihren Vorstellungen.«

»Auch Menschen«, denkt Aviv laut und sieht mich dann an. »Hast du dir vorgestellt ein Kind mit mir zu bekommen.«

Ich nicke. *Ja, aber das ist doch nicht verboten, oder?*

»Du hast es auch getan«, sagt Gaia hinter uns. Das Kind ist nicht mehr in ihren Armen. »Liora ist bei deiner Familie und Sol, Ilea. Es wird ihr gut gehen.« Sie sieht zu Aviv. »Auch du hast dir vorgestellt ein Kind mit Ilea zu bekommen. Gemeinsam habt ihr Leben erschaffen.«

»Und dabei meine Söhne getötet!«, schreit Hemera wütend und ich spüre den Boden unter meinen Füßen erneut vibrieren. Söhne? Ich habe nur Eros gesehen ...

»Die Anwesenheit von Liora hat das Gleichgewicht der Jahreszeiten zerstört«, erklärt Gaia. Erst jetzt fällt mir auf, dass sie ... stark aussieht.

»Und dir Kraft gegeben, Mutter«, sagt Aviv.

»Ja«, sagt Gaia und dreht sich zu Hemera. »Ich musste ihr einen Teil ihrer Stärke nehmen, damit es sie nicht zerreißt. Sie stammt direkt von Frühling und Sommer ab. Das ist zu viel für einen menschlichen Körper.«

»Und das passt dir wunderbar in den Kram, oder, Tochter?« Hemera spuckt förmlich Gift mit ihren Worten. Moment mal ... geht da ein Zittern durch ihren unförmigen Körper?

»Ja, vortrefflich.«

Wie stark ist Gaia durch das Baby geworden? Und hat der Tod ihrer Söhne Hemera geschwächt? Gaia sieht Aviv und mich an.

»Ihr geht zurück. Ich komme zu euch, sobald ich kann.«

»Nein, Mutter«, protestiert Aviv. »Wir werden dir helfen und Großmutter die Stirn bieten.«

»Was maßt du dir an?«, zischt das komische Ding.

»Das hier ist Gaias Welt«, sage ich mit kräftiger Stimme. »Da, wo ich herkomme, würde niemals eine Mutter auf die Idee kommen, den Haushalt einer anderen Mutter durcheinanderzubringen. Auch wenn es die eigene Tochter ist. Das hier ist Gaias Familie und ich gehöre jetzt dazu.« Ich drücke Avivs Hand. »Wir werden unser Familienoberhaupt mit allem beschützen, was wir haben.«

Hemera lacht auf, es klingt merkwürdig gekünstelt und unsicher. Sie hat an Kraft verloren! Da bin ich mir jetzt ganz sicher.

»Verschwinde hier, Mutter«, sagt Gaia mit ruhiger Stimme. »Zwinge mich nicht, dich mit Gewalt zu verjagen.«

»Ich habe dir das Leben geschenkt, du undankbare Göre!«

In mir zuckt alles zusammen. Gaia ist meine Göttin. Dass sie so beleidigt wird, trifft mich tief.

»Ja, und ich habe Söhnen das Leben geschenkt und im Gegensatz zu dir werde ich immer alles tun, was in meiner Macht steht, um sie glücklich zu machen. Du hast mich verjagt, als dir klar wurde, dass ich Vaters Fähigkeiten geerbt habe.«

»Es war nur zu deinem Besten.«

»Zu meinem Besten?« Gaia lacht. »Verschwinde hier und komme nie wieder. Ich habe mir hier etwas aufgebaut, was du in deinem blinden Neid nicht zerstören wirst.«

»Die vielen Fehler, die du in die Energieketten einwebst, wie die ständigen Treffen deiner Söhne und dass sie sogar ihre Welten verlassen, stören das große Gesamtmuster.«

»Gewöhne dich dran, dass nicht immer alles perfekt ist.«

»Übertreibe es nicht, du könntest große Schäden anrichten.«

»Ich weiß, Mutter. Ich bin immer verantwortungsvoll mit allem umgegangen.«

Hemera lacht erneut. »Hast du eine Ahnung, welche Auswirkungen es haben kann, wenn du so weitermachst? Deine eingewebten Fehler haben sich bis zu mir durchgeschlichen. Ich habe dich schon vor langer Zeit gewarnt, als ich dich zu uns in den Ether gerufen habe. Doch du hast es einfach ignoriert. Vermutlich hast du den Verstand verloren.«

»Das mag sein. Zum Glück aber nicht mein Herz.« Gaia schnaubt wütend. »Du konntest mich noch nie ausstehen. Ich war dir immer ein Dorn im Auge. Ich habe dich das während unseres Kampfes hundertmal gefragt, aber ich frage dich noch einmal: Was ist im Ether passiert, dass meine kleinen Fehler dich plötzlich so aufgebracht haben?«

»Dein Vater hat *gelächelt*«, spuckt Hemera angewidert aus.

Wie bitte? Das kann doch nicht ihr Ernst sein.

»Hasst du mich wirklich so sehr?« Meine Göttin ist erschüttert. Sie so zu sehen geht mir durch Mark und Bein.

»Das hier ist noch nicht zu Ende, Gaia.«

»Doch, Mutter. Das ist es. Weiß Vater, was du hier tust?«

»Er denkt, ich besuche dich.« Hemera grinst selbstgefällig. »Sicher ist er glücklich darüber, dass ich deine Fehler wieder korrigiert habe.«

»Ich werde mit ihm sprechen.«

»Tu es doch. Ich bin seine Frau. Er wird zu mir halten.«

»Das werden wir sehen.« Ein Knurren erklingt … und plötzlich ist das Wesen verschwunden.

»Irgendwie habe ich ein Déjà-vu«, sage ich zu Seth, während ich erneut meine Welt repariere.

»Und ich komme immer noch nicht darüber hinweg, was du getan hast. Ilea, du hast ein Kind, ein menschliches Wesen, aus dem Nichts erschaffen! Eine vollkommen neue Seele! In einem menschlichen Körper.«

»Laut Gaia war Aviv daran nicht unbeteiligt«, sage ich und versuche nicht daran zu denken, was Nanny mir jetzt sagen würde, wenn sie hier wäre. Ich habe eine Tochter ... ganz ohne Schwangerschaft und Monate der Vorbereitung fühlt sich das so unwirklich an. Ist sie jetzt bei Sol? Oder wird Nanny sich um sie kümmern? Vater hat nicht wirklich Zeit für ein Baby, und obwohl ich nichts gegen seine neue Freundin habe, hoffe ich dennoch, dass entweder Sol oder Nanny sich um sie kümmern werden. Ober beide zusammen? Der Gedanke wärmt mein Herz ein wenig. Es wäre so etwas wie ihre zweite Chance.

Aviv

»Das sollte nicht zur Gewohnheit werden«, seufze ich erledigt, nachdem ich für Ordnung gesorgt und die Seelen wiederhergestellt habe.

»Immerhin habt ihr damit Hemera verjagt«, sagt Nutty und mustert mich. »Und du hast jetzt ein Kind auf der Erde.«

»Ja ... eigenartig«, grübele ich laut. Mutter ist da. Ich fühle ihre Anwesenheit. Sie ist am Treffpunkt in der Mitte. »Na endlich. Mutter ist gekommen und wird uns sagen, wie es jetzt weitergeht.« Die letzten Stunden waren ein Wechselbad der Gefühle zwischen Hoffnung und Sehnsucht nach Ilea. Sie im Arm zu halten hat mich gierig gemacht. Vergessen sind Dankbarkeit und Bescheidenheit. Ilea löst einen Sturm in mir aus, den ich nicht kontrollieren kann. Ich teleportiere mich zu Mutter. Sie schwebt in der Mitte des schwarzen Lochs inmitten der durchlässigen Barriere. Gaia wirkt glücklich und stark. Sie trägt ein weißes Kleid und scheint sich hübsch gemacht zu haben.

»Meine lieben Kinder«, beginnt sie, als Espen als Letzter erscheint. »Ich muss euch diesen Platz hier wieder nehmen. Es kostet mich zu viel Kraft, eure Welten in dieser Größe aufrechtzuerhalten.«

»Ich habe mir große Sorgen gemacht deswegen«, sagt Nevis. Mutter lächelt ihn gütig an.

»Ich weiß, mein Jüngster. Ich weiß.« Sie sieht zu Ilea und mir. »Wir werden alles wieder auf die Ursprungsgröße zurücksetzen und uns wieder einmal die Woche gemeinsam bei mir treffen.«

Ich sehe zu Ilea. Ihr Blick ist nachdenklich auf Mutter gerichtet.

»Das heißt, Aviv und ich können uns nicht mehr jederzeit unterhalten, dürfen uns dafür aber einmal die Woche bei dir sehen?«, fragt sie.

Mutter nickt. »Ja.« Sie seufzt. »Mit einem hatte Mutter Recht. Ich habe zu viele Fehler in das große Energiemuster gewoben, und sosehr mir auch das Herz blutet, aber Besuche auf der Erde müssen aufhören. Ich bin das Risiko für Sol und Aviv eingegangen, weil sie mir so leidtaten, und habe damit fast unser aller Leben riskiert. Ihr müsst es euch wie einen Pullover vorstellen, der jedes Mal, wenn einer von euch diese Welt verlässt, Maschen verliert. Das ist nicht gut. Das macht alles instabil und ich glaube, niemand von uns möchte Hemera noch einmal auf den Plan rufen.« Mutter hat Tränen in den Augen. »Es tut mir so leid wegen dem Kind.«

»Das verstehen wir«, entgegne ich schnell, bevor Ilea etwas sagen kann. »Es wird unserer Tochter nichts nützen, wenn alles zusammenbricht.«

Ilea nickt.

»Ihr beiden müsst aufpassen«, warnt Mutter uns. »Wer von euch hat dem Kind einen Namen gegeben?«

»Das war ich«, gesteht Ilea.

»Tu das nicht, Ilea. Ein Name gibt einem Mensch eine Existenz. Das Risiko ist zu groß, dass sich das Unglück noch mal wiederholt.«

»Ja, Mutter aller Dinge.«

»Nur Mutter.« Gaia schwebt in Ileas Welt und reicht ihr die Hände. »Du bist jetzt meine Tochter.«

Ich kann sehen, wie Ilea lächelt.

»Du bist die Göttin des Sommers.«

»Ich bin die Göttin des Sommers«, wiederholt Ilea ernst und mit fester Stimme.

Ilea und ich haben uns wieder ein gemeinsames Haus gebaut. Jeder eine Hälfte: ein halbes Bett, ein halbes Sofa ... einen halben Esstisch. Vielleicht können wir nicht miteinander reden, aber wir können uns sehen und uns auf unsere eigene Art nah sein. Ich beschwere mich nicht. Einmal die Woche darf ich sie in meine Arme schließen. Mutter gibt Ilea und mir sogar den ganzen Tag, nicht nur den Abend. Nevis und Espen geht es mit ihren Tiergeistfrauen doch auch nicht viel besser. Die Lösungen mögen nicht optimal sein, aber sie sind gut. Sie stören die Balance zwischen den Welten nicht und halten die Liebe mit viel Sehnsucht am Leben. Ich habe das Gefühl, mich nach Ilea zu verzehren, lieben gelernt. Und noch mehr das, wenn wir uns dann endlich gegenüberstehen. Wir schaffen es nicht immer, mit den anderen zu essen. Meistens sind wir im Gästezimmer mit dem wunderschönen Ausblick auf den großen Kirschblütenbaum. Für den Rest der Woche gewöhnen wir uns gerade an die Gebärdensprache. Wir lernen sie beide aus Büchern und Lehrvideos. Es funktioniert schon für die einfachen Alltagsdinge. Auf diese Weise können wir uns doch irgendwie unterhalten. Und Ilea wird immer schöner. Sie geht in ihrer Rolle als Göttin auf. Mit Gänsehaut am ganzen Körper beobachte ich manchmal, wie sie erhobenen Hauptes durch ihr Reich schreitet. Ich bin mir sicher, dass Seth ihr eine große Hilfe und ein guter Freund ist. Im Moment sind sie schwimmen. Sie liebt das Meer fast so sehr, wie sie mich liebt.

Wir reden viel über unsere Tochter. Sie ist in unserem Herzen, auch wenn wir nie die Gelegenheit bekommen haben, sie kennenzulernen. Wir nennen sie *unsere Retterin.* Unbekannt und doch geliebt. Ihre Mutter, die Erbin des Sommers, und ich werden sie nie vergessen.

Ilea

»Das sieht so süß aus, wenn du schwimmst«, ziehe ich Seth auf, der versucht durch die Wellen zu mir herüberzurudern.

»Haha«, prustet er ein wenig beleidigt und hustet dann etwas Wasser aus. »Das Schwimmen ist mir in der Tat schon mal leichter gefallen.« Er krallt sich an mir fest. »Außerdem möchte ich dich an deine ersten Schwimmversuche erinnern.«

Ich gluckse, ja, das ist echt lustig gewesen. Am Anfang habe ich sicherlich wie ein strampelnder Hund ausgesehen.

»Ich bin elfengleich wie eine Meerjungfrau durchs Wasser levitiert«, halte ich fest. Seth lacht und verschluckt sich schon wieder am salzigen Meerwasser.

»Ja genau. Elfenhaft. Wie ein Flusspferd.«

Ich schubse ihn von mir runter und beobachte lachend, wie er sich wieder auf meine Schulter rettet.

»Das ist nicht witzig, Ilea! Affen sind nicht zum Schwimmen gemacht.«

»Nein, zum Klettern. Aber immer wenn ich dich eine Kokosnuss holen schicke, machst du dir gleich in die Hose!«

»Diese verdammten Palmen sind viel zu hoch.«

»Ja, die *verdammten Palmen.*«

Wir lachen und raufen ein wenig, bis die Sonne glühend im Meer versinkt. Als uns die Wellen gemächlich zum Strand spülen, erkenne ich die Göttin in der Ferne. Muscheln bedecken ihre Blöße und sie spielt mit den Zehen im Sand. Lächelnd betrachtet sie ihre Füße. Ihr offenes Haar weht in der Meeresbrise.

»Mutter«, begrüße ich sie und verneige mein Haupt. Sie hebt ihren Kopf und sieht mich wohlwollend an.

»Komm«, sagt sie und nimmt meine nasse Hand. »Geh ein Stück mit mir, Tochter.«

Seth springt von meiner Schulter und schüttelt sich. Sein

Blick sagt mir, dass er hier warten wird. Gemeinsam mit der Göttin gehe ich eine Zeit lang schweigend den Strand entlang.

»Ich vermisse Sol«, sagt sie irgendwann. »Aber du bist sein Kind und dadurch auch meins.« Ihr Blick wandert zum Himmel. »Alle Menschen sind meine Kinder. Töchter und Söhne. Aber ich muss gestehen, dass ich mir eine Tochter hier gewünscht habe.« Sie bleibt stehen und wir drehen uns einander zu. Ich wische eine blonde Strähne beiseite, die mir der Wind ins Gesicht geweht hat. Verlegen lächelnd sehe ich zur Göttin.

»Du bist bildschön«, schwärmt sie und mein Gesicht beginnt zu brennen. Sicher bin ich rot geworden. Sie bemerkt es und grinst. Sanft zieht sie mich weiter.

»Weißt du«, beginnt sie zu erzählen, »als die Welt noch die Alte war, waren meine Söhne Energieströme. Ohne Erinnerung, ohne Körper. Dann zerstörten die Menschen ihre Heimat und damit sich selbst. Die wenigen, die übrig geblieben sind, brachte ich nach Hemera. Meine Söhne, die Energien des Wetters, waren rund um die Erde verteilt. Manchmal haben sie sich abgewechselt, manchmal waren sie alleine in einer Region, so wie Nevis an den Polen oder Sol über dem, was damals als Afrika bekannt gewesen ist. Aber meistens wanderten sie, vermischten sich hier und da. Mir wurde klar, dass ich diese Energien nur leiten kann und es schaffen werde, die Welt in diesem neuen Gleichgewicht zu halten, wenn das Wetter intelligent wird.«

Ich hänge gebannt an ihren Lippen. Erzählt sie doch gerade von der Geburt des Wesens, das ich am meisten liebe.

»Ich erschuf Körper für meine Söhne, zog die Energien aus dem Muster und steckte sie in meine Kinder. Meine Mutter bestand darauf, dass es keine weiblichen Körper sein durften. Frauen erschaffen Leben, Seelen und Energien, die alles durcheinanderbringen können. Heute glaube ich, dass auch ihr Neid, diese Fähigkeit nicht zu haben, dabei mitspielte.«

»Aber wie bist du entstanden, wenn sie kein Leben erschaffen kann?«, frage ich neugierig dazwischen.

Gaia lacht. »Alte Götter, Ilea. Eure Geschichten sind nicht immer falsch. Da paart sich mal ein Stier mit einer Menschenfrau oder ein Mann bekommt ein Kind.«

»Dein Vater hat dich also erschaffen?«

»Er ging nicht mit mir schwanger oder hat mich geboren. Das darfst du nicht missverstehen, aber ja, er hat mich erschaffen und damit auch die Fähigkeit des Gebärens in den Schoß der Frauen gelegt.«

»Oh«, staune ich. »Und wie kam es zu der Auswahl?«

»Mir wurde klar, dass meine Söhne mit ihren halb menschlichen Körpern auch Bedürfnisse haben. Nach Liebe und der Nähe einer Frau.« Sie seufzt. »Doch dieser Ort hier ist empfindlich, wie du weißt. Du hast gesehen, was die bloße Anwesenheit deiner Tochter in ihr ausgelöst hat. Die Jahreszeiten bebten, die Energien kamen ins Ungleichgewicht, wollten sich mit aller Gewalt vermischen. Aus diesem Grund konnte immer nur ein Mensch hier sein. Aber damit sie nicht vereinsamten, schenkte ich ihnen Freunde. Tiergeister, die sich mit ihren Energien an diese Welt anpassen.«

»Aber sind jetzt nicht an Vollmond immer zwei Menschen hier? Maya und Mae?«, frage ich.

»Nein, Mae und Espen haben mittlerweile die drei Tage nach

dem Vollmond.« Sie zwinkert mir zu, dann wird sie nachdenklich. »Weswegen ich eigentlich zu dir gekommen bin: Ich würde gerne wissen, wie es dir geht. Mit der neuen Situation und dem Verlust deiner Tochter.«

»Ich hatte ja gar nicht wirklich Zeit, mich an sie zu binden«, antworte ich und schaue dabei verlegen zu Boden. »Manchmal habe ich ein schlechtes Gewissen, weil ich so glücklich bin.«

»Nicht«, sagt Gaia schnell. »Ich bin froh, dass es dir und Aviv gut geht. Auch er schäumt über vor Glück.« Sie lächelt. »Und deine Tochter ... sie schenkt jemandem pure, unverdorbene Liebe, die so groß ist, dass er es selbst kaum fassen kann.«

»Sol?«, frage ich erstaunt.

»Ja, sie ist jetzt bei ihm.« Gaia nimmt mein Gesicht in ihre Hände. Es kribbelt wie verrückt, besonders als sie sich zu mir herüberbeugt und mir einen Kuss auf die Wange gibt. »Wir sehen uns, geliebte Tochter.« Damit ist sie verschwunden.

Ich schließe meine Augen und erscheine vor meinem Haus, wo Seth bereits auf dem Sofa liegt und eine Banane isst. Nutty sitzt auf der anderen Seite der Barriere auf dem Couchtisch und versucht Nüsse mit einer Fernbedienung zu zerschmettern. Ich muss über die beiden lachen, dann sehe ich Aviv. Seine grünen Augen ziehen mich magisch an. Ich gehe zu ihm und wir küssen uns. Die Barriere surrt zwischen unseren Lippen.

Schauen wir zusammen einen Film?, gebärdet er. Ich nicke lachend.

Ich würde alles tun, solange wir es gemeinsam tun.

Ich liebe dich, Sommergöttin!

Und ich dich, Frühlingsgott.

EPILOG – ILEA, AITER UND SOL

Ilea

»Bis später«, verabschiede ich mich mit einem Lächeln auf den Lippen von Seth.

»Genießt euren Tag.«

»Werden wir.«

Der Weg ins Haus der Göttin ist offen. Ob Aviv schon da ist? Meine nackten Füße berühren den kalten Stein der Marmortreppe, während meine Augen noch vom gleißenden Licht geblendet sind. Große, starke Hände legen sich um meine Taille und ziehen mich vom Boden hoch. Es duftet nach taufrischer Wiese und Blumen. Als sich meine Augen an das Licht gewöhnen, sehen sie Aviv. Sein Blick ist von seinen Wimpern verhangen und ich fühle ein leises Vibrieren in seiner Brust an meiner.

»Endlich«, knurrt er spielerisch und verschließt meinen Mund mit einem Kuss. Ich schmelze dahin, zerfließe in seinen Armen. Sanft löse ich mich von ihm.

»Ich habe Hunger, lass uns frühstücken«, sage ich und freue mich heimlich über seinen entsetzten Gesichtsausdruck.

»Oh«, sagt er und setzt mich ab. »In Ordnung.«

Mal sehen, wie weit ich komme.

Ich nehme seine Hand und ziehe ihn hinter mir her, ein schadenfrohes Grinsen im Gesicht.

»Wollen wir im Garten picknicken?«

»Alles, was du willst.« Er klingt ein wenig knurrig. Woran das wohl liegen mag? Ich öffne die Haustür und trete mit ihm über die Veranda nach draußen. Gaias Garten ist ein einziges Blütenmeer. Während ich Aviv mit mir ziehe, sehe ich über meine Schulter zu ihm. Er lächelt. Ich glaube, er ahnt, dass ich ihn nur aufziehen möchte. Wir tauchen ein zwischen die Bäume und folgen einem kleinen Schotterweg vorbei an der Bank, von der Nevis seine Maya vor vielen Jahrhunderten gerettet hat, bis zu einer kleinen Lichtung. Ich lasse eine Decke erscheinen und Aviv schnalzt mit der Zunge, während er den Kopf schüttelt. Er hebt kurz seine Hand und aus meiner Decke wird eine Matratze. Mit schiefem Grinsen und wissendem Blick sehe ich ihn an.

»Ich möchte heute mit dem Dessert beginnen«, sagt er.

»Beim Frühstück gibt es keinen Nachtisch«, erinnere ich ihn und weiche spielerisch von ihm zurück. Er schnappt mich, presst mich mit seinen starken Armen an sich. Ich habe keine Chance, seinem Griff zu entkommen ... nicht, dass ich das wollte. Als seine Hände besitzergreifend über meinen Körper streifen, gebe ich auf.

»Das sollten wir dringend ändern«, brummt Aviv in meinen Nacken. Damit sinken wir auf die Matratze, umringt von Blumen unter dem Blätterdach der Bäume.

Aiter

Ich habe es gespürt.

Das Kind und seine Kraft.

Ein Ruck ging durch meine Energien. Wie damals, als Gaia die Erde erschuf. Mächtig und verändernd.

»Da bist du ja«, sage ich, als meine Frau Hemera vor mir erscheint. »Konntest du mit Gaia sprechen?«

»Ja, alles in Ordnung. Ich mache mich dann wieder an die Arbeit.«

»Halt!«, rufe ich voller Wut. Ich hebe meine Hand und Hemeras Körper wird zu mir gezogen. »Hältst du mich zum Narren?« Meine Stimme ist eiskalt und ich kann sehen, wie sie über Hemeras wabernden Körper streicht und eine Art Gänsehaut hinterlässt.

»Das würde ich nie tun«, wimmert sie.

»Du gehst jetzt an deinen Platz, verrichtest deine Arbeit und wirst dich nie wieder beschweren, verstehst du mich?«

Hemera nickt. Angst flimmert in ihr.

»Das war dein letzter Besuch bei Gaia.«

»Aber ...«

»Wage es nicht einmal, an sie zu denken«, zische ich und stoße sie von mir. »Ich werde jetzt mein Kind besuchen gehen und es trösten.«

»Ihre Brut hat unsere Söhne getötet!«, kreischt Hemera verzweifelt.

»Ich weiß. Sie waren so verdorben wie du.«

»Aiter!«

Ich lasse sie verschwinden, banne sie an ihren Platz an den

Energiesträngen. Mein armes Kind ... Wie konnte ich Hemera nur gehen lassen? Ich denke an Hemeras Reich und finde mich sofort in ihrem Haus wieder. Ein roter Papagei sitzt auf dem Geländer einer Treppe aus Marmor.

»Vater, Vater«, krächzt er. Gaia erscheint vor mir, angelockt von ihrem geliebten Haustier. Ihre Augen, die meinen so ähnlich sind, weiten sich. Ich öffne meine Arme und sie sucht Schutz in ihnen. Sanft lege ich sie um sie.

»Es tut mir leid«, sage ich. »Sie wird dir nie wieder etwas anhaben können.«

Sol

»Herzlichen Glückwunsch, Urgroßvater!«, sagt Nanny und schlägt mir auf die Schulter.

»Moment mal, du bist genauso Urgroßmutter.«

»Ja, aber du wirst gleichzeitig Vater.«

Ich sehe sie an. Wie bitte?

»Was schaust du so? Ich bin eine alte Frau, hatte gerade erst einen Herzinfarkt. Sol, ich bin für dich und das Kind da, aber glaubst du ernsthaft, ich könnte mich noch um so einen Winzling kümmern?«

»Du willst, dass ich ...?«

»Ja.«

»Aber ...«

»Nichts aber. Wie fühlt es sich in meinen Schuhen an?« Es scheint ihr eine teuflische Freude zu machen, mich zu ärgern. Doch ihr Gesicht wird sanft. »Steht dir gut, so ein Neugeborenes.« Sie setzt sich zu mir. »Gib sie mir mal.«

Zittrig überreiche ich ihr das kleine Wesen. Ich habe große Angst, ich könnte sie irgendwie … kaputt machen.

»Wie war noch mal ihr Name?«

»Liora«, sage ich.

»Das bedeutet Licht und Gott.« Nanny küsst die Stirn des schlafenden Babys. »Lichtgöttin.« Sie mustert das kleine Gesicht und streicht mit dem Zeigefinger darüber. »Die Tochter des Sommers und des Frühlings.« Nanny sieht mich ernst an. »Du solltest mit ihr in den Orden ziehen.« Ich hole Luft, um etwas zu sagen, doch Nandra ist schneller. »Sol, ich will dich nicht rausschmeißen, das ist es nicht. Ich merke nur, dass ich noch lange nicht wieder auf dem Damm bin. Vielleicht werde ich das auch nie wieder sein …«

»Aber du …«

»Nein«, fährt sie mir ins Wort. »Ein so kleiner Mensch ist anstrengend. Manchmal denkst du dir, dass du am Ende deiner Kräfte bist. Dass du nicht mehr kannst. Und du musst trotzdem weiter. Diese Winzlinge loten jeden Tag aufs Neue deine Grenzen aus.« Sie grinst, sicherlich hat sie die Angst in meinem Gesicht gesehen. »Dieses Kind wird dir so viel Liebe geben, dass du gar nicht mehr weißt, wohin damit. Gleichzeitig ist sie zu Höherem bestimmt. Sie sollte die Ausbildung der Hüterinnen genießen und bei ihrer Abstammung – und so die Göttin will – wird sie die Menschen irgendwann als oberste Hüterin leiten.«

»Männer sind doch im Orden nicht gerne gesehen, oder?«

»Söhne der Göttin schon.« Nanny gibt mir das Baby zurück. Dass Liora bei dem Hin und Her nicht aufwacht, erstaunt mich.

»Dort sind eine Menge Hüterinnen, die dir helfen werden aus ihr eine intelligente junge Frau zu machen.«

»U-und du? Ich meine, willst du nicht ... auch?«

»Ich werde euch jeden Tag besuchen kommen.« Sie stößt mich sanft mit dem Ellenbogen an. »Glaubst du, ich werde dich Trottel nicht kontrollieren und nach meinem Urenkelchen sehen?«

»Danke«, sage ich und lache leise. »Du bist immer so nett zu mir.«

»Komm, das magst du doch an mir.«

Ich schmunzele. »Du hast Recht. Ich hätte dich damals nicht so hastig verlassen sollen. Dann hätte ich von der Schwangerschaft erfahren und dir helfen können.«

Nanny streichelt über den Kopf des Babys. »In deinen Armen liegt die Chance, alles wiedergutzumachen.« Warm legt sich ihre Hand auf mein Schulterblatt. »Und wer weiß, vielleicht findest du ja bald auch eine liebe Frau, die dir beisteht und weitere Kinder schenkt?«

Ich schlucke.

Nein, das wird wohl eher nicht der Fall sein.

Und als ob er es geahnt hätte, kommt der Grund dafür zur Tür herein. Yannis' Hose ist dreckig von der Arbeit und seine schwarzen Haare sind ebenfalls ganz grau vom Bauschutt.

»Hey«, begrüßt er mich und beugt sich dann zu Nanny herunter, um sie zu küssen. In mir schreit alles ... Diese Lippen ...

»Da ist ja die kleine Prinzessin!« Er will gerade die Hand heben, um das Baby zu streicheln, da schlägt Nanny sie herunter.

»Yannis!«, kreischt sie. »Du bist dreckig wie ein Straßenköter! Fass ja nicht das Baby an.«

Yannis lacht und bringt damit meinen ganzen Körper dazu, sich zu verkrampfen. Grinsend beugt er sich herunter, um mit dem Gesicht näher an Liora zu kommen.

»Hallo, Baby«, trällert er in geübtem Singsang. Ich weiß von Ilea, dass er mehrere kleinere Geschwister hat, aber daran kann ich gerade nicht denken. Seine Haare duften nach Sonne, Staub und frischem Schweiß. Ich bin völlig verwirrt.

»Darf ich?« Er öffnet seine Arme und sieht mich mit diesen teichgrünen Augen an. Mehr als ein merkwürdiges Geräusch kann ich nicht von mir geben, als Yannis auch schon einen Arm an meiner Brust vorbeischiebt, um das Baby in Empfang zu nehmen. Ich verfalle fast in Schockstarre, bis diese plötzliche Nähe auch abrupt wieder endet und mich zitternd und lichterloh brennend zurücklässt.

»So viel zu ›nicht anfassen‹«, schnaubt Nanny neben mir.

»Dreck härtet ab«, gluckst Yannis.

»Sag ihm, er soll dir das Baby zurückgeben!«, fordert mich Nanny auf, doch mir stecken die Worte in der Kehle fest. Nandra mustert mich und legt dann den Kopf schief. Es dauert einen Moment und ihre Augen werden groß.

Sie ahnt es …

Keine Frau hat mich je auf diese Art interessiert.

Mehr als ein leichtes, zärtliches Glimmen habe ich nie empfunden. Das Brennen war immer nur gespielt.

Und gleichzeitig habe ich mich danach gesehnt, es verzweifelt gesucht.

Wenn ich Yannis ansehe, stehe ich in Flammen.

Nannys wissende Augen beginnen zu funkeln. Weiß sie, dass ich meine Mutter, der das Erschaffen neuen Lebens so sehr am Herzen liegt, enttäuschen werde?

Ein Mann ...

Ausgerechnet ein Mann entfacht das längst tot geglaubte Feuer in mir.

Yannis kommt zu mir und beugt sich runter. Unsere Blicke treffen sich. Er lächelt und ich verliere kurz die Kontrolle über meinen Körper.

»Deine ... Tochter«, erinnert er mich mit sanfter Stimme.

»Hmm?« Ich bin wie berauscht, kann die Wärme seines Körpers spüren.

»Nimmst du sie mir wieder ab?«

»Ja.«

Eine Reihe weißer Zähne erscheint, umringt von zum Küssen geschwungenen Lippen und einem leichten Bartschatten. Alleine der Gedanke daran, wie rau er sich auf meiner Haut anfühlen würde, lässt mich erschauern.

»Ist dir kalt?«, fragt Yannis, die dunkelgrünen Augen besorgt geweitet. *Du bist so ... Du duftest so ... Ich finde keine Worte, die ihn auch nur annähernd beschreiben könnten. Schön wäre viel zu einfach. Man nennt ein Meisterwerk nicht einfach nur schön. Wunderschön, bildschön, zauberhaft. Alles wird ihm nicht gerecht.*

Mir ist nicht kalt.

Mir ist heiß.

Ich brenne.

Vielleicht bin ich nicht mehr der Sommergott, aber Yannis

ist definitiv die Sonne. Und ich bin die Motte, die niemals so hoch fliegen kann und irgendwann an einer Kerze verbrennen wird. Doch zumindest in diesem Moment darf ich mich in seinem Licht wärmen.

DANKSAGUNG

Dieses Mal gilt mein Dank all den verrückten Mädels und Jungs auf Facebook, die mit ihren Aktionen erreicht haben, dass *Morgentau* und *Abendsonne* im Carlsen Verlag gedruckt werden.

Ein ganz besonderes Dankeschön geht an Nadine Roth, die mich das erste Mal mit viel Energie, Ideen und Geduld als Betaleserin unterstützt hat.

Außerdem möchte ich noch Isabell Walery danken. Du warst auf der Buchmesse eine unglaublich hübsche Maya Morgentau und ich freue mich schon jetzt auf Dahlia im Brautkleid.

Tauch ein in
romantische Geschichten.
Hol Dir
Bittersüsse
Stimmung
auf Deinen
E-Reader!
E-Books von impress hier:
Carlsen.de/impress
impress IST DAS DIGITALE LABEL DES CARLSEN VERLAGS FÜR GEFÜHLVOLLE UND MITREISSENDE GESCHICHTEN AUS DER GEHEIMNISVOLLEN WELT DER FANTASY.
im.
pre
ss

Eintauchen in Spannung pur!

Laura Kneidl
Water & Air
480 Seiten
Broschur
ISBN 978-3-551-31544-1

Seit dem Anstieg der Meeresspiegel leben die Menschen in Kuppeln unter Wasser oder in der Luft. Mit ihren achtzehn Jahren hat Kenzie noch nie die Sonne gesehen und ihr Leben in der Wasserkolonie unterliegt strengen Regeln. Schließlich hält sie es nicht mehr aus und flieht in eine Luftkolonie, um dort einen Neuanfang zu wagen. Doch dann wird sie zur Hauptverdächtigen in einer mysteriösen Mordserie und nur Callum mit dem geheimnisvollen Lächeln hält zu ihr. Aber nicht nur den beiden droht Gefahr, auch das Schicksal der gesamten Kolonie steht auf dem Spiel.

CARLSEN

www.carlsen.de